断罪された当て馬王子と愛したがり黒龍陛下の幸せな結婚

登場人物紹介
イル＝ニヴァーナ
優秀な兄と比べて馬鹿にされている妾腹のニヴァーナ王国第二王子。唐突に龍人国の王との結婚を命じられる。
タイラン＝ヘイロウ
龍人国を統べる黒龍陛下。イルと結婚するためにニヴァーナにやってきた。政略結婚のはずが、イルに優しく愛を示す。

ユウ
青龍の伴侶。
ピィイン
龍人国の東側を治める青龍。
ホンスァ
タイランの世話役。年齢不詳。
ラムダ
ニヴァーナ王国第一王子。次期国王に相応しく、優秀だったが……？
ユリア
異世界からやってきた聖女。イルを目の敵にしている。

目次

断罪された当て馬王子と愛したがり黒龍陛下の幸せな結婚

第一章

常春の国――ニヴァーナ王国とはいえ、多少の季節の変化は存在する。

新たな年の始まりである新春、恋の季節とも呼ばれる熱春、やや肌寒くなる寒春だ。主にこの三つの気候を繰り返すニヴァーナで、その微々たる変化は多少なりとも刺激になっている。

そして貴族の通う学園では、熱春の季節はイベントという名の社交が活発になる時期だ。

そのため今後の人生を大きく左右すると言っても過言ではない学園生活において、周囲と揉めることは身の破滅を意味する。

そう、今の自分のように。

「イル＝ニヴァーナ！」

明らかに叱責の色を含む声が僕の名前を叫ぶ。ホール中央に立ち、僕に指を突きつけるのは半分だけ血の繋がったこの国の第一王位継承者だ。

距離にしておおよそ十メートル離れた僕たちを、ダンスを止めた生徒たちが取り囲み、何事かと注目していた。

兄の剣幕に楽団の音色も止まり、こちらを窺いひそひそと話す彼らの姿が視界に入る。

そんな周囲の視線をどう受け取ったのか、兄は芝居がかったポーズで自分の胸に手を当て叫ぶ。

「イル＝ニヴァーナ！　愚かな我が弟よ！」

僕は内心ため息をついた。こんな茶番に何の意味があるんだろうか。

観衆は皆なにが起こるのかと僕たち兄弟を見守っているが、その中に何人、僕の味方がいるだろう。一人でもいれば御の字かもしれない。

貴族にとって、自分に関係のない他人の醜聞はただの娯楽だ。大半の生徒たちは面白半分で、事の成り行きを見守っているのだろう。

王家の象徴である金髪に、ローズアイと呼ばれる赤みがかった桃色の瞳は、僕も兄と全く同じだというのに、この格差はなんだろうといつも思う。いくら異母兄弟とはいえ、外見の色合い以外は全てにおいて僕たち兄弟は真逆だった。

身長だって、百九十近い兄と違って百七十に少し届かない程度しか成長しなかった。文武両道と名高い第一王子の兄と、痩《や》せっぽっちで何をしても十人並みの第二王子の僕が兄弟だと言っても、国外の人間には信じてもらえないだろう。

兄は完璧で完全な第一王子だった。

そうだったのだ。

王の器だったはずの聡明な兄は今、彼の隣にいる一人の女によって狂わされている。

それが当たり前のような顔をして兄の隣に立つ、その女生徒を僕はつい睨み付けてしまう。

こいつさえ、いなければ。

「……っ」

女の名前はユリア。

兄に肩を抱かれていかにも不安げに身を震わせている、桃色の髪の毛をした女生徒だ。

ただし、僕の位置からはその女――ユリアがほくそ笑んでいる様が見て取れる。

だが兄はそれに気付かない。か弱く、可憐な乙女だと妄信しているのだ。

守られている陰でにたりと顔を歪める女のどこに、守るべき要素があるというのか。

握りしめる拳に、勝手に力が込もっていく。

「お前は私の愛するユリアに向かい、幾度となく暴言を吐いたそうだな。このような可憐な少女であるユリアに対して、王子という立場を悪用した態度は許せん！」

「……兄上、暴言ではありません。ただの事実です。学園内の風紀を乱すような過剰なボディタッチは、彼女が我が国のマナーに疎《うと》いことを差し引いても許せるものではないかと」

実際に僕のしたことと言えば、ただの生徒同士の距離感を超えたスキンシップを行うユリアに対して、分を弁《わきま》えろと何度か忠言しただけだ。

この学園の生徒はユリア以外は全員貴族だ。婚約者がいる者も多く、兄も第一王子として隣国に幼い頃から婚約している姫がいる。ユリアに骨抜きになっていることが隣国の耳に入れば、最悪国際問題になる。

僕がそう伝えても、兄はやれやれといった顔で首を横に振った。

この人は優秀すぎるせいか、昔から自分が一番正しいと思っている節がある。目下《めした》の存在である弟、しかもパッとしない僕の言うことなど、最初から聞き入れるつもりがないのだろう。

「だがユリアが泣いていた。わかるか？　お前がしたことは、異世界にただ一人迷い込んだ少女を追い詰めただけだ。孤独な心を慰める相手が彼女には必要で、それがたまたま王族の私だっただけの話……なあ皆、分かるだろう？」

兄の言葉に、周囲からは小さな拍手が湧き起きる。そしてそれは次第に大きなものへと変化して、兄を称える言葉も次々に聞こえてきた。

「そうですわ、ラムダ様はお優しいから。聖女の孤独を救ってさしあげるなんて、素晴らしい」

聖女とはユリアのことだ。異世界から渡ってきたというユリアは特別な力で功績を上げ、聖女と呼ばれている。可憐な聖女と美しい王子の奇跡の恋は、まるでお伽話のように運命的だと人々に受け入れられてしまった。

だが実際の兄には婚約者がいるし、いくら聖女とはいえ学園の風紀を乱すような過剰な触れあいはどう考えても良くないだろう。

しかしそう思うのは自分だけなのか、誰一人としてそれを指摘しない。

どう考えてもおかしいのに。

聖女などと言われていても、婚約者のいる王子に擦り寄るような性根の女だ。

兄も兄だ。見目麗しい女性であれば他にもいるというのに、どうしてこんなおかしな女に惑わされているのだろうか。

何かが変だ、おかしい。

そう思わざるを得ない空気が最近ずっとこの国に蔓延している気がする。それなのに僕以外の誰も、それに疑問を感じていないのだ。

僕の戸惑いをよそに、周囲はひそひそと、だがしっかりとした声音で好き勝手に言葉を紡ぐ。

「龍人国《りゅうじんこく》との停戦も、聖女のおかげだと聞く。今はまだユリア嬢の立場は平民だが、ゆくゆくは我々よりも上になるのではないか」

「それに比べてナイナイ王子は、ラムダ様の温情で生きているようなものなのに、厚かましいわね」

その言葉は静かなホールに響き、僕本人の耳に躊躇《ちゅうちょ》なく飛び込んできた。

「ふふっ、ナイナイ王子ですって」

嘲《あざけ》りを含んだ誰かの呟きに、自分の顔に熱が集まっていくのが分かった。言われ慣れているとはいえ、こんなつるし上げのような形で投げられた言葉にはやっぱり傷つくし、恥ずかしい。

ナイナイ王子——それは僕のあだ名だ。容姿も頭脳もパッとしナイ、妾《めかけ》だった母すら亡くなって後ろ盾もナイ、第二王子とはいえ王位継承権は十歳の弟より下で、僕に味方する価値はナイ。

このあだ名だけで、僕の学園生活の惨《みじ》めさがわかるようだ。さすがに今までは面と向かって言ってくる者はいなかったが、この状況下では何を言っても良いと思われたのだろう。

恋に狂う兄に忠言できるのはこの学園では僕だけなのだからと、頑張った結果は空回りしている。

兄は黙り込む僕の態度をどう思ったのか、隣のユリアをぐいっと引き寄せ、周囲に見せつけるように彼女のつむじにキスを落とす。

「イル。そんなに私が羨《うらや》ましかったのか？　ん？　この愛らしい聖女ユリアに、身を弁《わきま》えず懸想《けそう》していたと聞いたが？」

「なっ！」

周囲はその言葉にドッと盛り上がる。僕の顔はいよいよ真っ赤になっているだろう。

決して彼女に想いを寄せていた訳ではない。ただ愚直に兄のためと思い動いていた僕は、そんな道化に見えていたのか。

兄の恋人に叶わない片思いをして、その羨《うらや》む気持ちから彼女に辛く当たっていたのだと思われていたなんて。それこそ一体、どんな喜劇なのか。

僕の行動が空回りしていただけならそう言ってくれたらいいのに、こんな風に晒し者にするなんて今までの兄らしくない。

彼女を支える兄の腕にユリアがしなだれかかる。

「あーん、ラムダ様ぁ。ユリア、怖かったぁ。イル様にずっと言い寄られてて、ラムダ様がいるからって断ったら、平民の癖にとかぁ、女狐めとかぁ、酷いこと沢山言われたんですぅ」

「そん……っ！　嘘を――」

「えーん、ユリアはどうせ異世界の平民で、王子様になんて相応しくないんですぅ」

明らかに嘘泣きだろうと思うのに、周囲はなぜかユリアに同情的だ。

あまりに不自然なこれは、聖女の力なのだろうか。自分には胡散臭い女にしか見えないというのに、この場はユリアを擁護する空気に満ちている。

兄はユリアの露骨な嘘泣きを、どうやら本気で信じているらしい。震えているように見せているユリアの身体を引き寄せ、そしてさも愛おしいとばかりに熱い抱擁を披露する。

たとえ今はこの場にいないとはいえ、他国に婚約者がいる男がやることではない。

このホールには高位貴族の子息もいる。これ以上王族の失態を晒すのは得策ではない。

「兄上――」

だが僕の発しかけた制止の声は、感極まった兄の声にかき消される。

「ユリア……！　私がまだ王位を継いでいないばかりに、弟を増長させお前に辛い思いをさせたのだな！　身分がなんだというのか。ラムダ＝ニヴァーナはここに宣言する！　ユリアは私の愛する唯一の乙女であり、将来を誓い合った未来の妃だと！」

「は……っ？　兄上、婚約者の姫はどうするおつもりで!?」

僕の叫びは、地鳴りのように辺りを揺らす生徒たちの歓声にかき消された。

卑怯な弟の策略を乗り越えて、愛をはぐくんだ悲劇の聖女――そんな言葉が浮かんできそうなほど、彼らはホールの中心で自分たちの世界に浸っていた。

「未来の王妃を貶《おとし》めた弟イルには、謹慎を命じる！　己の性根の悪さと向き合うが良い！」

僕はその言葉に脱力した。僕の言いたかったことは、結局何一つとして兄に伝わっていなかった。

これはなんという茶番だろうか。仲が良いとは言えないまでも、兄弟として当たり障りのない距離感で接していたはずの兄の頭は、いつの間にかおかしなことになっていたらしい。

聖女との婚約、そして僕の謹慎。そんな勝手なこと、王である父が許すはずがないだろうに。

◇◇◇

我が国には、連峰を隔てて隣接している大国がある。

土地の規模に比例した力を持つその大国は、龍人《りゅうじん》と呼ばれる種族が暮らす国だ。周囲の国からは種族名そのままに、龍人国と呼ばれている。

この世界には二つの種族が共存していて、一つは僕たち人間。そしてもう一つはその龍人だ。世界の人口の約二割が龍人だが、そのほとんどが龍人国にいるため、我が国でその姿を見ることはない。

龍人と呼ばれる彼らは龍であり人間でもあるが、驚異的な怪力や特別な能力を持つとも言われ、人間よりもむしろ獣に近い生き物だとされている。

少なくともニヴァーナ王国ではそう噂され、隣国であるにもかかわらず正式な国交手段すらない。人の足では踏み入れることがかなわない、両国を隔てている連峰もその要因の一つだが、そもそも龍という獣でありながら人間のように言葉を話し、二足で歩ける龍人は化け物として忌み嫌われているのが理由だ。

鋭い爪のついた四足の足と鱗に覆われた長い身体を持ち、翼すらないのに長い髭を揺らして空を飛ぶなんて——龍人とは、まるで空想の生き物のようである。僕たちにとって一番近くにありながら、一番遠い世界の隣人が住まう国。それが龍人国だった。

ところが今から数年前、ある時突然この国の王――つまり父が龍人国への侵略を決定した。というのも、彼の国と我が国の境界線である連邦の裾山が、どうやら金山のようだという文献が出てきたのだ。秘密裏に調査団を派遣したところ、なんとわずかだが金が採れた。

この大陸の中でニヴァーナ王国はどちらかといえば閉鎖的な小国の部類に入るだろう。これといって産業が発達している訳でもなく、華やかな文化がある訳でもない。それでも龍人国を除く周辺国の中では歴史があり、それがプライドでもあった。

だがそのプライドだけでは、不作続きのしわ寄せはどうにもならない。不作で税収が減るせいで増税が繰り返され、国民の不満は増すばかりで国として焦る気持ちがあったのかもしれない。

結局そのまま兵を出し金山を奪おうとしたものの、はいそうですかと渡してもらえる訳もない。長年龍人国と戦争を続ける羽目になってしまった。驚異的な身体能力を持つと言われる龍人相手に我が国も奮闘していた方だとは思うが、だらだらと長引く戦争は、痩《や》せ細った国庫をさらに圧迫し続けた。

とはいえこちらから仕掛けた戦争だ。国の威信がかかったそれは簡単に引く訳にはいかない。どうするべきかと議会が頭を抱えていた時に、彼女は彗星の如く現れ、窮地《きゅうち》に陥っていた我が国を勝利へと導いたという。

それが一年半ほど前の話だ。

そして昨年の始まりに、その女性は僕たちの前に姿を現した。

学年が変わり、年度初めの浮き足立った気持ちも落ち着いてきた頃だった。

「ユリアですぅ。えっとぉ、ニホンってゆー異世界から来ましたぁ。いっぱいお友達が欲しいので、皆さん仲良くしてくださいねっ」

教師に案内され、舞台の中央に立つ少女はそう名乗り、ピンク色の髪の毛を揺らす。

週に一度の全校集会の場で、転入生だと紹介されたユリアは臆する様子もなく、余裕すら見える態度で微笑んだ。

「ユリア嬢が聖女と呼ばれていることは既にご存じでしょう。龍人たちを説得し、我々に金山を明け渡させた立役者です。皆さん、敬意を持って接するように」

そう――金山を巡る戦争を彼女が終わらせた。

異世界から来た聖女はその不思議な力でこの国に富をもたらしたのだと、この頃にはもう国中に広まっていた。

荒ぶる龍人たちを説き伏せられるような人物には到底見えない、ふわふわとした砂糖菓子のような少女だが、人は見かけによらないものだ。

そのうえ未来視の能力が備わっているようで、この国に来てから何度も自然災害を予知したり、高位貴族が暴漢に襲われるという大きな事件を未然に防いだという実績がある。

他にも何か能力があるのではないかと言われているが、今のところは不明だ。それでも未来視と高い対話能力、そして異世界から来たというその背景から、神殿によって聖女という称号を与えられているのだ。

過去にも異世界から聖女が訪れたという言い伝えがあるそうで、神殿側はさほど驚いた様子もなく身元保証人に名乗りを上げている。

「ヤですよォ先生。そんな大それたこと言ったら、お友達ができないじゃないですかぁ。ユリアは皆と変らない、普通の女の子なんですからぁ」

「ははは。ユリア嬢は実に謙虚でいらっしゃる」

教師の言葉に、講義堂に微笑ましい忍び笑いが湧いた。

この国の貴族が集まるこの学園は、十六歳から二十二歳までの貴族の子息・令嬢たちが集まり、学問を学ぶ——という体《てい》で過ごす。実際はほとんど自由登校で、親の執務の手伝いと並行しながら通っている生徒も少なくない。

学園は学問の場というよりも小さな社交場だ。卒業後の社交の足がかりともなるため、人付きあいが何よりも重視される。爵位が低い家柄の者や、跡継ぎ以外の子息ともなれば、卒業後の就職先を得るために必死になる。

そんな貴族の思惑が渦巻くこの学び舎に、異世界から迷い込んだ平民の女性が入学してきたのだ。噂好きの貴族たちには格好のネタだろうと思われたのだが、この反応は意外だった。

「もおっ、お友達ができなかったら先生のせいですからねっ」

ぷくりと頬を膨らませたユリアは、その小柄さも相まって小動物のように愛らしく見えた。生徒の間から漏れ聞こえる声は、どれも好意的だった。平民を下に見ている者も多い中で、この出だしはなかなか好調なのではないか。

親しみやすい聖女なのだな。

その時は僕もまだ、周囲の皆と同じそんな感想を持っていた。

……だが。

彼女の異常な行動は、その後一ヶ月もしないうちに明らかになっていく。

「皆さんったら！　ユリアは子供じゃないんですからねっ」

そう唇を尖らす彼女の周りを、華やかな男子生徒たちが目尻を下げて取り囲む。

なぜか次々と男子生徒がユリアに執心していき、気が付けばユリアを中心としたまるで小さなハレムのような一団ができ上がってしまっていた。もちろん生徒は皆、貴族だ。ほとんどの者には婚約者がいるし、たとえ相手がいなくても、異性への過ぎた好意はよろしくない。

それを見ている女生徒たちだって、いくら聖女とはいえ、貴族ではないユリアが露骨にちやほやされている状況を不満に思うだろう。

いいいいいい、しかしどうしてか、誰もそれを口にしない。

それどころか、「ユリア嬢ですものね」などと物わかりの良い言葉を口にするのだ。普段は美しい化粧の下で、婉曲に罵詈雑言を交わしている貴族の女性陣が、だ。

異世界から来たという割に、彼女は随分この国に馴染んでいた。いや、馴染みすぎていたのだ。受け入れられすぎている。

その空気に、何かがおかしいと思い始めたのはこの時かもしれない。

だが彼らの様子がおかしかろうが、ある意味この時までは対岸の火事だった。僕には婚約者などいないし、恋愛なんてする気もなかったからだ。

僕の王位継承権が低いこともあったが、何より王位を継ぐだろう優秀な兄を尊敬していた。恋愛も結婚もするつもりがなく、兄の補佐として一生を国に捧げる心づもりだったのだ。

それなのにその兄までもが、気が付けばユリアの毒牙にかかってしまっていた。

あれはユリアが転入してきて一年近く経った、半年ほど前の頃だ。

カフェテリアで仲睦まじく、まるで恋人のように振る舞う二人を見た時には目の前が暗くなるようだった。

「ほらユリア。寒春明けは少し冷える。もっと近くに座ったらいい」

「やぁん、ラムダ様ってば優しい〜」

ベンチに腰掛けて身を寄せ合い、膝の上で手を繋いでいたのは兄と聖女ユリアだった。

「ユリア嬢！　そのように兄上の御身に触れてはいけません。兄上もその距離を許すべきではありませんっ」

カフェテリアで。教室で。中庭で。

近すぎる距離の二人を見かける度に、僕は苦言を呈した。城でも兄に何度も慎むようにと伝えたし、ユリアにも幾度となく注意をしたのだ。

兄はこの国の第一王子であり、学園においても生徒たちの模範となるべき生徒会長を務めている。その周囲を固めている生徒会役員も将来この国を担うであろう優秀な人たちばかりだったというのに、生徒会がまるごとユリアの親衛隊のようになってしまう始末だ。

この状況はどうみてもおかしい。

「イル様、ちょっとしつこいんですよぉ。空気読めないって、言われませぇん？」

「お前の言いたいことは分かっている。何も心配するな」

僕の言葉を聞き流す二人に苛立っていたのは事実だ。

だが僕が兄を諫《いさ》めなければ、他にこの学園で誰が諫《いさ》められる？

煙たがられているのは十分承知の上で、僕は彼らを見かける度に注意を促した。

それなのに気が付けば周囲は二人を祝福し、兄相手では叶わないと見たのか、ユリアのハレムは生徒会以外は自然と解体したようだった。

いや、まだ一般生徒たちのハレムで満足してくれた方が良かった。この国の第一王子、次期国王であり既に婚約者がいる兄が誑《たぶら》かされるだなんて、一体誰が思おうか。

次第に兄の生活態度は目に見えて悪くなり、成績も落ちていった。

どう見てもおかしな状況だというのに、誰もそれを指摘しない。諸悪の根源であるはずのユリアすら、ただそこにいるだけでもてはやされるのもおかしな話だった。

「我が国にはユリアという聖女がいる。これから私の隣で共に国を導いてくれるのは彼女しかあり得ない」

国の指導者となるべきなのは兄なのに、一体何を言っているのか。恋に狂う自分を正当化するための言い訳にしか聞こえない。

普段なら聡明な、兄の学友である生徒会役員たちまでもが、隣で頷く始末だった。

ユリアならば安心だ、王子だけじゃなくユリアを支えるのはこの俺だ、いや私が、いや僕が。

そんなおかしな会話を、聞かされるこちらがおかしくなりそうだった。

そして兄とユリアが交際を始めた年始から半年経った今、ダンスパーティーで僕の断罪劇が行われたという訳だ。

僕が兄から言いつけられた謹慎をきっかけに、話はさらにおかしな方へと転がっていった。

◇◇◇

愚かな断罪劇の翌朝。

学園で大騒ぎした兄の顔もあるし、しばらくは城で大人しくしていようとした矢先だった。

朝から父に呼び出された僕は、突然降ってきた話にあんぐりと口を開けた。

「……は？　父上、どういうことですか。僕が結婚？　それもつい二年前に戦争をしていた、あの龍人国の者と？」

父の執務室は重要な書類が並んでいるため、他の部屋に比べて窓は少し小さい。それでも明かり取りの窓からは十分爽やかな朝の日差しが注がれているというのに、僕たち親子の間にある空気は冷たい。

窓を背にして椅子に腰掛ける父と、執務机を挟んで立ったままの僕。他人行儀にも見えるこれは、いつもと変わらない距離感だ。

正妃ミラーニャ様に似ている兄に父が目を掛けていることは周知の事実で、同じ子供であっても妾《めかけ》の息子である僕とは対応が全く違う。

なぜなら僕の母は、妾《めかけ》とはいえ父に愛されていた訳ではないからだ。城に滞在していた旅団の中にいた、一際美しい踊り子である母に、父は遊びで手を出した。結局その滞在中に僕を身籠もったと判明し、正妃の冷たい視線の中、渋々召し上げることになったという。

そのため僕は生まれてから長い間、母と共に離宮で育った。僕たち母子にほとんど無関心だった父は、物心ついた時から僕の前で父親として振る舞ったことはない。常にこの国の王だった。

残念ながら美しかった母と違い、僕は容姿すら今一つだった。全てがパッとしないのも、半分平民であるせいだと言われれば返す言葉もない。

そんな母も数年前に亡くなり、いよいよ今の僕にはなんの後ろ盾もナイ。

ナイナイ王子というあだ名は、全く否定できないただの事実なのだ。

しかしそうだとしても、兄の暴挙に続き、父が持ってきたこの突拍子もない縁談は、どう考えても簡単に頷けるものではない。

重厚な机に肘をつく国王に面倒くさそうな視線を寄越されても、引き下がる訳にはいかないのだ。

「長年金山を巡って戦争をしていた国ですよね？　それを昨年現れたユリア……聖女が奇跡の力で勝利に導いた、と聞いておりますが。なぜそんな国と我が国が婚姻を結ぶ必要があるんですか」

国の有力者同士の結婚は、言わば同盟だ。人質を兼ねて嫁ぎ、両国を結びつけるとともに戦争を回避する目的がある。

しかし敗戦国である龍人国と、ニヴァーナ王国がわざわざ縁を結ぶ必要はないはずだ。そんな疑問を口にすると、父はあからさまなため息をついた。察しが悪いなと、その表情は雄弁に伝えてくる。僕と同じ金色の髪の毛が、わずかに揺れる。

「レナード」

父がそう声を掛けると、側近であるレナードが一歩前に進み出て代わりに説明してくれた。僕を相手に説明することすら億劫《おっくう》なのだという、そんな父の態度に今更傷ついたりしない。

「我が国が勝利した先の戦争ですが、そもそも勝利したとは言いがたいのです。確かに我が国は金山を手に入れましたが、それすら今は危うい」

「……どういう、こと？」

レナードの言っている意味が理解できず聞き返すと、彼は神経質そうに眼鏡をクイと上げる。まるで物わかりの悪い生徒を前にした教師のようだ。

「公《おおやけ》には、突然空から現れた聖女ユリアが聖なる力で龍人たちを平伏させ、金山奪取の立役者となった、とされています。王子がご存じの話は、この部分だけでしょう」

そうだ。だからこそユリアは戦争に向かった兵士たちを中心に聖女と呼ばれ、功労者としてその敬称と報奨金、そしてこの国で暮らすための基盤を与えられ学園にいる。

「事実は少し違います。聖女ユリアは不思議な力で龍人を平伏させ、称えられたことは事実。しかしそれは長くは続きませんでした。洗脳が解けた彼らは怒り、金山を返せと文書を送ってきました」

「そんな……！」

あまりのことに思わず声を上げてしまった。

聖女であるユリアが、特別な力を持っているところまではいい。龍人たちをどうにかして我が国を勝利に導いた、これもいいだろう。

だが、そのどうにかしたはずの龍人たちが、正気に返ってしまった？　はいどうぞと差し出したはずの金山を、返せと？

国としてそれを返せる訳もなく、だからといって一方的に突っぱねては、再び戦争になる。

返答一つで金と人、そして命を賭ける必要がでてきてしまうのだ。

「最初の文書が届いたのは、戦が終わってしばらくして――そうですね、聖女が学園に転入した頃です。今なら金山を返せば不問にしてやるといった内容でした。まったく、獣風情《ふぜい》が腹立たしい」

吐き捨てるような言葉に、我が国における龍人への感情が凝縮されているようだ。

戦争が終わった時、所詮は知能のついた獣だ、化け物をやっつけた、そんな言葉が聞こえてきたくらいだ。人間ではない彼らを下に見ているし、見たこともない龍人に対して嫌悪感を抱いている。

だけど僕は龍人についてそんな風には思えない。もちろん戦争中は敵国として強い反発心は持っていたが、生まれを理由に見下されてきた僕は、彼らを一方的に侮蔑《ぶべつ》することはできなかった。

ただ綺麗な慈愛の心で、そんな風に思っていた訳ではない。それをしてしまったら、僕が僕であることすら否定されそうで怖いのだ。王子という立場にいながら、王族として異端であり何も持たない僕が惨《みじ》めな存在なのだと肯定されてしまう気がしたからだ。

そんな自己中心的な考えをしてしまう、自分がほとほと嫌になる。

「彼らの洗脳が解けてしまってからこの一年、金山について文書を交わしてきましたが、お互いの主張は平行線です。彼らは金山を返せと言いますが、我々は当然返したくない。しかし今年に入ってから龍人の要求は次第に過激になりました。あの国のトップであるという黒龍王《こくりゅうおう》までもが出てきてしまい、いまや奴らは我が国の中心部まで乗り込みかねない勢いです」

龍人は、顔はトカゲのようで肌は鱗に覆われている、爪が鋭い人間もどきだと囁かれる存在だ。龍の姿で空を飛び、火を吐くとも言われている。

城の上空にそんな恐ろしい生き物が飛び回る光景を想像して、背中がヒヤリとした。

この国はなんて相手を敵に回し、戦を仕掛けていたんだろうか。そんな無茶をしてしまう程に、国の経済状況が芳《かんば》しくなかったとも言える。

だが同時に疑問も沸き起こる。

なぜそんな龍人を相手に、我が国は長年戦を続けられていたのか。

僕の表情にそれが出ていたのか、レナードは眼鏡を指で押し上げながら言った。

「先の金山戦争は、彼らにとって遊びだったと言われました。若い兵士たちの実践に近い模擬試合だったと。だからこそ、洗脳により金山を奪われたことは許しがたいとも」

苦々しい表情を浮かべるレナードだったが、それはそうだろう。

国と国との戦いを、遊び半分でいなされていたと言われたのだから。

「先の戦争で我が国は、随分国庫に負担をかけてきました。期待した金山も、蓋を開けてみれば数年で底をつく埋蔵量という見立てであり、利益どころか戦争費用すら回収が難しい」

「ちょ、ちょっと！　まってよレナード！　それじゃ話が全然違うじゃないか！」

「そうです、実情は全く違います。だからこそ公《おおやけ》にはされていません。我が国には再び戦争できるだけの体力も資本もない今、本気で戦争を仕掛けられたら、負けるのは十中八九この国でしょう」

「そんな……嘘でしょう。何年もかけていたあの戦争に意味がなかったなんて」

戦に勝利した時に聞いた、民衆の歓声が思い出される。あれすら偽りの喜びだったのだろうか。

「幸か不幸か、彼らにとっては模擬試合だったおかげで、兵に死傷者はほとんどいません。それでもわずかな金山の利益から、食費や俸禄《ほうろく》などの必要経費を差し引けば赤字の見込みです。その上さらなる戦争となれば、どれだけの金と命が消えていくか分かりません」

僕は呻き、王の前だというのに頭を抱えた。

その戦争を回避するために、龍人国と婚姻を結ぼうとしているのか。

僕は言わば人質。女兄弟がいないのだから、結婚で差し出すのは王子しかいない。そして三人いるこの国の王子の中から選ぶのであれば、誰だろうと僕を選ぶだろう。

正妃の子供である優秀な第一王子と、その弟の第三王子。真ん中にいる妾腹の僕は、正妃にとっても目の上のたんこぶだ。さらにさほど優秀でもなく、ただ王家に存在するだけの厄介者。

「この婚姻は龍人国からの提案です。金山を諦める代わりに縁を結ぼうという申し出でした。正直、あちらにとってこの国との婚姻は旨味がほとんどないので、なぜこんな提案をしてきたのか理解に苦しみますが、それで戦争を回避できるのであれば国民に負担をかけることなく話を終えられるのです」

お分かりでしょうか、とレナードは言う。

つまりこの長々とした話は全てそこに帰結するのだ。国民を、国を守るために政略結婚に応じろと、応じるしかないのだということだ。

僕が拒否する場合は国民が犠牲になるのだと、言外にそう言い含められている。

「なに。いくら龍人どもの国とはいえ、隣国。今まで国交がなかった方が不思議なくらいだ。この婚姻は向こうから言い出したものなのだから悪い条件ではない。相手は王族に縁のある娘だと聞く」

ずっと黙っていた父が目を細めてそう言う。

きっと僕の知らない所で、国同士の利益が絡んでいるのだろう。国を動かす人間が、いかに息子相手だろうと自分にとって不利益になる情報を開示する訳がない。

父は、結婚するのは自分じゃないからそんなことが言えるのだ。人間以外と結婚するなんて、今までの人生で一度だって考えたことはない。自分にふりかかる不安と恐怖は、きっと他の人には理解してもらえないのだろう。

「安心するがいい。さすがに龍人の姫でも、婿を取って食いはしないだろう」

すぐにはな。そう言って父は、側近と含み笑いを零した。

人語を使える獣。二足歩行の龍。そんな龍人と結婚する僕は、父には喜劇の主人公に見えるのだろう。

大きな龍の口に丸呑みにされる自分を想像して、身体が勝手に大きく震えた。

「引き受けてくれるな、イル」

否など認めないという態度で念押しされずとも、そもそも僕に拒否権などない。

「……はい、父上」

これは王命だ。僕はただ諾々《だくだく》と首を縦に振る。

龍人の姫がせめて、ヒトに近い容貌であることを祈るのだった。


父の執務室を出てすぐに、僕は城内の図書室に向かって龍人についての文献を漁った。

だが膨大な書架の中で、探し回って見つけた本はわずか二冊。

一冊は子供向けの絵本で、もう一冊は大陸をまわった旅行記の一ページに小さく書いてあるだけだった。

とにかく龍人についての情報を集めなければ、この漠然とした不安も解消できない。国内では誰も龍人について教えてくれない。いや、誰も知らないのだ。嫌悪されている彼らの外見も能力も、そして文化も、蔓延《はびこ》る噂の正誤すら一つも答え合わせができない。

そんな正体不明の国に婿入りするというのだから、ため息が漏れるのは仕方がないだろう。

二冊の本を抱えて自室に持ち帰り、パラパラと絵本のページをめくった。

龍人国は謎が多い。

隣国にしては不自然なほど国交がないのは、この国が龍人を軽んじているせいでもあるだろう。開いた絵本の中身は、化け物のような姿の龍人が、わがままを言う子供を攫《さら》って食べてしまうという寓話だった。

「これが僕の将来かもな」

龍人の膨らんだ腹の中に子供が収まっている様子が描かれているが、それが未来の自分の姿に見えてしまうのだから重傷だ。

しかし隣国なのにこんなにも溝があるのは、彼ら——龍人国の方だって悪い。

彼らは古い歴史がある割に閉鎖的で、あまり他国と積極的に交流をしていないのだ。ニヴァーナ王国との間には険しい山が連なっているし、そこを越えてまでわざわざ我が国と国交を結びたいと思っていないのだろう。お互い様といえばそうかもしれないが、向こうは空を飛べるのだからもう少し歩み寄っても良かったのではないか。

噂に聞くような蛮族《ばんぞく》ではないと思いたいが、誰も真相を知らないのだから否定も肯定もできない。そんな長い歴史の中で交わることのなかった両国なのに、どうして今になって婚姻という形で縁を繋ぎたがるのか理解できない。

埋蔵量は少ないとはいえ金山もそのまま我が国のもので、強靭な肉体を持つという龍人に攻め入られることも回避できる。おまけにナイナイ王子である僕を、大義名分を押し付け国外追放できるのだ。

どう見てもニヴァーナ王国に有利な条件すぎて、僕を押し付けられる龍人国側に何か得があるようには思えない。

「……自虐的すぎる」

実の母親や兄くらい見目が良かったら、自信をもって婿入りできたのかもしれない。半分王族の血を引いている以外、何のとりえもないと自覚しているからこそ怖いのだ。それこそ僕は、あっさりと食われても文句が言えない立場なのだ。

王族として、国の駒として生きることは受け入れていた。だけど未知の生き物と結婚させられるなんて、思ってもみなかった。

「なんで、どうして龍人なんだ」

一人で小さく文句を零すことくらいは許されるだろう。

僕は旅行記に書かれた、龍人国のページをそっとめくる。

挿絵はないそのページには、それでも豊かな彼らの生活が描かれていた。庶民でも生活水準は高く、全ての子供が文字と計算を学べる。食べ物のほとんどを国内で作りその多くを消費するが、どれも大層美味しい。他国に出荷されるそれらは、値段が倍に跳ね上がる程だ、と書いてあった。

この本を読む限り、ひょっとして噂に聞くように人間を食べることはないのかもしれない。僕は少しだけほっと胸を撫で下ろした。

「はあ……」

父から与えられた、衝撃的な命令の余波はまだ消えない。

旅行記によれば、龍人は神である龍がヒトと交わって生まれたとされている。この世界では特別であり異質だ。身体能力が極めて高く、その上寿命は人間の二倍から三倍はあると書いてある。

龍人の力が強いことは、さすがに僕でも知っていた。だからこそ相手に戦争を仕掛けた時には、誰もが死に行くようなものだと言っていたし、それが不利な戦争を勝利に導いたユリアがもてはやされている理由でもある。

「だけど、せめて結婚するなら人間が良かった」

鱗に覆われた肌なんて、想像するだけでも寒気がする。そんな相手と結婚する事実を、僕はまだ受け入れられていない。その肌に触れて、笑顔で接することができるだろうか。

せめてまだ本当に龍そのものだったら良かったのに。昔からヘビもトカゲも嫌いじゃない。そうだ、人間だと思うから違和感があるんだ。ヘビだと思えば、仲良くできるかもしれない。

前向きに考えようとして、だけど発想の愚かさに気付いて再び脱力した。

「どっちにしろ、人間じゃないじゃないか」

そうして本を開いては閉じ、それ以上の情報がない紙面をまた開く。それを何度も繰り返し、同じ数だけため息を付いていると、外から扉をノックする音が響いた。

置き時計を確認すると、夕方に差し掛かった頃合いだった。

「入るぞ」

こちらからどうぞと声を掛ける間もなく扉を開けたのは、昨日僕を晒し者にした兄だった。学園が終わってそのまま真っすぐこの部屋に来たのだろう。制服姿のままズカズカと室内に入ってくる。

「……兄上」

その悠然たる佇《たたず》まいこそ以前と変わらないが、瞳は以前よりどこか濁っているように感じる。

特別親しい関係ではなかったが、今までは異母兄弟としてお互い節度ある距離感を保っていたはずだ。それがユリアとの恋に盲目になった途端、僕から見ると身を持ち崩し、挙げ句僕を疎《うと》ましいという態度を隠さなくなった。

ユリアとの関係に何度も干渉してくる僕が鬱陶《うっとう》しくなったにしても、王位継承者である兄があんなおかしな断罪劇を繰り広げたことには、今でも納得できない。

それだけ、恋とは人を狂わせるのかもしれない。これから政略結婚する僕には無縁だけど、それなら恋なんてしない方が良いとすら思ってしまう。恋とは、聡明な兄がすっかりおかしくなるほどの猛毒なのだから。

「イルも座るがいい」

まるで自分がこの部屋の主だといわんばかりの兄は、ソファにどっかりと腰を下ろした。僕の部屋にもかかわらず、この空間の支配者は兄である。それから膝の上で手を組み、昨日とは打って変わって優しさに満ちた表情を向けてきた。

「なあイル、反省できたか？　今までどれだけユリアを傷つけていたかを、な」

そう言われて気が付いた。告げられた結婚の衝撃で、兄が現れるまでそのことを忘れていた。

そもそも今日欠席したのは、反省の意を示すためではない。むしろ自分には非がないとすら思っているし、第一王位継承権を持つ兄の顔を立てたつもりだった。

あんな風に貴族の生徒たちの前で弟を断罪したのだから、そこに僕が当たり前の顔をして登校しては、兄の沽券に関わるだろうと判断した。次期国王である兄が、弟一人従えられないなどと言われるのは困る。

それに、あんな風に恥をかかせられて、僕を非難した生徒たちの前に顔を出せるほど僕も厚顔無恥《こうがんむち》ではない。それらの考えに父からの呼び出しが重なって、結局ずっと室内にいるだけだったのだが、目の前の男は自分の命令に従ったのだと思ったようだ。

兄は慈愛の微笑みを浮かべ、猫なで声を出す。

「だが安心してもいい。ユリアは私に、お前を許してやってくれと頼み込んできたぞ。心まで清らかなユリアはまさに、名実ともに聖女といえるだろう」

聖女とはなんだろうか。聖女とは断罪する兄に肩を抱かれながら、あんなニヤついた顔をするだろうか。僕の冤罪を知っているのはユリアだけ。その本人が、僕を許してやれと兄に訴えた？

周囲の男子生徒たちに愛想を振りまく彼女だったが、不思議と僕にはちょっかいをかけてきたことがない。それは全く構わないのだが、それでも高位貴族に執心している様子のユリアの行動からすると、仮にも王子という立場の僕を嫌う理由が分からない。

そこまで考えて、自嘲した。

王子といっても、ナイナイ王子に媚びを売っても仕方ないか。

思わず鼻で笑ってしまいそうになり、慌てて顔を押さえた。チラと覗き見るも、兄には気付かれていないようでホッとする。

ユリアに心酔できずにいる僕は、彼女に目《め》の敵《かたき》にされている気がする。とはいえそれはお互い様だ。僕も彼女を好ましく思っていない。

あの聖女さえいなければ兄も変わらなかったし、学園は平穏だったはずだ。聖女が現れなければ龍人国との金山をめぐる話も変わっていただろうし、何より龍人国との結婚話なんて湧かなかったはずなのに——そこまで考えてから、僕は内心首を横に振った。

湧き上がる恨みはあるものの、ユリアが全ての原因ではない。

金山の戦争はニヴァーナ王国が、自国の利益のために自ら引き起こしたものだ。その被害が最小限で済み、一応の勝利で終わったのは確かに聖女のおかげ。

諸悪の根源のような扱いをするのも筋違いのような気がして、慌てて自分のその醜い感情に蓋をする。自分にとって都合の悪いもの全てを、ユリアに押し付けるのは違うだろう。

だけどざわつくこの心を、どう宥《なだ》めたらいいのかも分からないでいる。

以前の兄にならもしくは、相談できたかもしれない。学園に漂う不穏な空気、金山を巡る戦争の実態、龍人との婚姻による和平について、以前の兄なら耳を傾けてくれた可能性もある。

ラムダ＝ニヴァーナは、このニヴァーナ王国の次期国王に相応しい人だった。聡明で頼もしく、母が亡くなってからはこの城内で唯一、普通に話をしてくれる血縁者だった。

孤立無援の城内で、それがどれだけ嬉しかったか。心強かったか。王である父も、その配偶者である王妃も僕を普段はいないものとして扱っていたし、その冷たい空気の中で過ごすのも当たり前になっていた。親しい訳ではなかったが、それでも目を見て話をしてくれたのが兄だった。

だからこそ僕は兄を尊敬していたし、彼が将来治めるこの国を、どんな形になろうと側で支えたいと考えていたのだ。もっともそれら全ての情も青写真も、今はもう泡のように消えてしまった。

敬愛していた兄の姿は、今はもうどこにも見当たらない。

ユリアに傾倒している兄には、何を言っても通じないだろうという確信めいた諦めがある。

そんな僕の心情を知らない目の前の男は、以前とよく似た朗らかそうな笑みを浮かべて僕の手を握った。だけどその瞳はやはり、どこか清廉さを欠いている。

「謹慎を解こう。明日からは学園に来ることを許してやる」

なんと上からの譲歩だろうか。いくらこの国の第一王子であり生徒会長の兄であろうと、いち生徒に懲罰を与える権限はそもそもない。生徒会の運営は生徒の自治に任せられているといっても、生徒が生徒を裁くような真似などできる訳がないのだ。

文武両道で人当たりも良く、人の上に立つに相応しいカリスマ性を持つ我が国の第一王子、ラムダ＝ニヴァーナ。そんな兄への評価が再び揺らぐ。

いや。ユリアと一緒にいるようになってからそれはずっと揺らぎ続け、もはや信頼などないに等しい。

「兄上、別に僕は――」

ユリアに恋心を抱いてもいないし、兄に嫉妬した訳でもない。

諫《いさ》める言葉は届かなくても、せめてその誤解だけでも解きたい。その一心で口を開いた。

だが兄は僕の片手を握ったまま、反対の手を持ち上げることで僕の言葉を遮った。

「良い、良い。昨日は俺も言い過ぎた」

その言葉に僕は思わず目を見開いた。まさか兄からそんな言葉が聞けるとは思ってもいなかった。すっかり変わってしまった兄は、格下の僕に謝罪なんてしないと思っていたのに。

思いがけない言葉に驚きながらも、もしかしたらという期待が湧き始めた僕の手を、兄は強く握り直し笑みを深める。

「男の嫉妬は恐ろしいと聞くからな。報われない恋に狂うのも致し方あるまい。許そう」

「な……っ」

結局なんの誤解も解けていなかった。

あんまりな言われ様に思わず立ち上がり、握られた手を振りほどく。しかし兄は気にした様子なく鷹揚《おうよう》な態度で僕を見つめ、その長い脚を組み代えた。

「失恋の傷を埋める相手も、できたことだしな」

「――っ」

弧を描く兄の瞳の奥には、明らかな嘲笑の色が混じっていた。

僕が龍人との結婚を言い渡されたことを、既に知っていたのだ。

「おっと、婚約者ができたというのにそんな顔をするもんじゃない。もっと幸せそうな顔をしなさい。たとえ相手が……クク、龍人の美姫であってもな」

兄は顎に手を当てて、実に楽しそうに嗤った。

顔をにたつかせるこの男は、僕の置かれた境遇を全て分かっていたのだ。いや、むしろ知っているからこそ、ユリアのいる学園への出席を許可しているのだ。

弟の結婚相手が龍人であることを、兄は喜んでいる。いや、楽しんでいるのだ。

そこまで僕はこの人に嫌われていたのだろうか。異母兄弟とはいえ、優しく接してくれる兄だと思っていた。信頼していた。だからこそ、辛い。

こんな風に人を嘲《あざけ》ることができる人だったのか？　そんなにも僕が嫌いだったのか？

少なくない兄との些細な交流の日々が、全て脆《もろ》く崩れ去っていくような思いだ。

奥歯が痛んで、無意識に強く噛みしめていたことに気が付く。

「なあに、お前の献身のおかげで我が国は安定するのだ。そもそもお前の王位継承権は最下位であるし、むしろ玉《たま》の輿《こし》に乗れるのではないか？　ん？」

「……そう、ですね」

ここで僕がどう反発しようとも、兄にとっては些末事《さまつごと》でしかない。結局自分の思い描いた話にしか興味がないのだ。自分の恋人に懸想《けそう》した挙げ句、彼女を陥れようとした哀れな弟という立ち位置は、きっともう僕が何を言っても変わらないのだろう。

もう、僕の知る優しい兄はどこにもいないのだ。

僕が従順に頷くと兄は随分気を良くしたらしく、口がさらに軽くなる。

「そういえばお前は昔、城の外れでヘビを拾って育てていたじゃないか。良かったな、これも何かの縁だろう。ククク、ヘビが繋いだ縁かもな」

何が縁だ、それなら兄上が結婚したらいい。

そう叫びたい気持ちを、膝の上で拳を握りしめてやり過ごした。今この人に言い返しても自分が惨《みじ》めになるだけだ。

だけど確かに昔、十歳にもならない頃、城内で手のひらに乗るくらいのヘビを拾ったことがある。真っ白で美しく、だけど弱っているのか大人しい子だった。人懐っこいそのヘビをしばらくこっそり離宮の自室で飼っていたけど、兄に見せた後で周囲に見つかり咎《とが》められてしまい、気が付けばヘビはどこかに消えてしまっていた。

ひょっとしたら。

僕は今更ながら、ふいにあることを思い出した。

あの時の騒ぎもひょっとして、兄のせいだったのだろうか。

笑顔で接してくれていた兄の笑顔が、どこか強ばっていたことを思い出す。僕がヘビと一緒に木登りをしていた時に、兄が下りてこいと珍しく声を荒げていた。楽しそうにしていたのが気に入らなかったのかもしれないし、ヘビが苦手だったのかもしれない。兄は高い場所が苦手だというのは、もう少し後になって知ったことだ。

そういえばそれ以前にも似たようなことがあった。迷い込んできた子猫を保護したら、いつの間にか兄のペットになっていたり、もらった美しい鳥を兄に強請《ねだ》られて差し出したこともあった。

どうして僕は今までそれを忘れていたんだろう。

兄は決して、優しいだけの人ではなかった。

それだけ今まで僕は、無意識に兄に心酔していたのかもしれない。構ってもらえることが嬉しくて、声を掛けられて心を弾ませていた。

第一王子として育つ兄の、周囲の期待はきっと重い。僕にはそれを理解することはできないが、もしかしたらその憂さを僕で晴らしていたのだろうか。

つまり兄の本質は昔から一貫して変わっていないのかもしれない——そんな悪い方にばかり考えてしまい、僕は思考を止めた。今はもう、兄のなにを理解しようと手遅れだ。

理想の兄の姿が崩れゆく中で、嘲《あざけ》るように目を細めて僕を見つめる男が目の前にいた。

男は下卑た笑みを浮かべたまま、動作だけは優雅に首を傾げる。

「これでナイナイ王子脱却だな？　婚約おめでとう、弟よ」

「ありがとう、ございます」

僕は零れそうになるため息を噛み殺して、淡々と応えるしかなかった。

第二章

兄によって再び通学を許された学園だが、それはもうかなわなかった。

結婚を通達されたその翌日から、その準備に追われるようになったせいだ。王族の結婚、特に他国との政略結婚であれば、本来ならその準備には年単位を要する。

ところが今回の結婚は龍人国の要望により、平民でも考えられないほどの早さで執り行われることとなった。なんと二週間後には先方が我が国にやって来て、こちらで結婚式を挙げるという。僕が告げられた時点で既に国同士で婚姻が了承されていたのだろうが、それでも異例のスピードだ。

そのため仕立屋が来て新しい服の採寸をしたり、社交に関わるマナーの再教育と、この国の看板を背負って婿入りするためニヴァーナ王国史の総復習が行われた。

今までは王位継承権も低く、母の生きていた頃は離宮でのびのびと育てられたせいもあって、こんなものかと放置されていたのだろう。フォークの上げ下げから歩く姿勢まで、宛てがわれたマナー講師とやらが事細かに注意してきて辟易《へきえき》した。

龍人国側から申し出されたこの結婚は、向こうの風習が優先されるようだった。僕と花嫁は一ヶ月ほどニヴァーナ王国で過ごし、その後は龍人国へ行く。

恐らく二度と帰って来られないのでしょうね、と言ったのはある程度の事情を知らされているマナー講師だった。龍人との結婚はまだ城内でも極秘扱いで、内情を知っているのはごくわずかだ。であるにもかかわらず、この結婚を知っている者は、なぜか僕の前でも相手を悪し様に言う。わざわざ他国での挙式を希望するくらいなのだから、よっぽど龍人国内で嫁のもらい手がなかった娘かもしれない。そう口にする者もいたし、化け物が城内に侵入するなどおぞましいと震える者もいた。ただ全員こう言うのだ。「結婚するのが自分でなくて良かった」と。

気持ちは分かるが、向こうだって他国の人間との結婚で不安もあるだろう。その上いくら政略結婚とはいえ、見た目も能力もパッとしない僕を婿に取らなければいけないのだから、それはそれで申し訳ない気持ちになる。

少なくとも我が国では、きっと誰にも祝福されない結婚式になるだろう。

どんな女性かは分からないが、一生に一度の晴れ舞台でそれはあまりにも酷ではないか。

僕のつまらない外見はもう変えることができないけれど、それならばせめて優雅に立ち振る舞えるようにした方がいいだろう。少しでも見栄え良く、未来の妻の隣に立ちたい。

結婚が言い渡されてから一週間でようやく、僕はそんな風に思えるようになってきた。

政略結婚の事実が変わらないのであれば、少しでもまだ見ぬ妻に歩み寄りたい。いかに龍人といっても女性は女性、夫である僕が口さがないこの国の人たちから守らなければいけないだろう。

「イル王子、眉間に皺が寄っていますよ。王子たるもの優雅にお過ごしあそばせ。貴方はこの国の顔として、龍人国に婿入りするのですからね」

そう注意してくるのは、ふくよかな体型のマナー講師だ。二週間後にはこちらに姫が到着することが決まっているため、僕の仕上がりにマナー講師も焦っているのだろう。言葉の端々に棘がある。

「第一王子であれば十の頃にはこれくらい身に付けてらっしゃったのに……やはり踊り子風情《ふぜい》が母親では、こんなものなのかしらね」

訂正しよう。端々どころではなく、表立って失礼な人だ。

僕の出自が蔑《さげす》まれていることは理解している。面と向かって言い放つ人間は少ないものの、陰口は子供の頃から言われ慣れていた。

だけどさすがに望みもしない婚姻を、心の準備が整う前に押し付けられた僕に対して、少しは同情してくれても良いのではないだろうか。

それも人間ですらない、龍人との結婚を国のためにするというのに。

「ま、どうせヘビみたいな怪物が相手ですものね。多少おかしくても気が付かないかもしれませんわ。そもそもあちらの国に食器すらなかったらどうしましょう。ねえ王子」

「……そう、ですね」

自分の無礼さを棚に上げ、コロコロと笑うマナー講師だったが、それでもその後も指導は続く。疲れた顔をする針子たちに連日囲まれ、足が痛くなろうと何時間もダンスを踊り続けた。我が国の歴史を再度教え込まれて、いかに他国に比べて優れているかを学者に力説される。

だけど誰一人、龍人国のマナーや歴史、文化について触れようとはしない。僕が向こうへと行くのだから、あちらに合わせるべきだと思うのだが、本当に情報がないのだろう。

「化け物」

「怪物」

「人間じゃない」

「どうせ野蛮人」

周囲の人間から漏れ出る本音は、仮にも婚姻を結ぶ相手国へ向ける言葉とは思えなかった。

いや、僕自身もそう思っていないと言えば嘘になる。

だけど周囲から言われれば言われるほど、それは果たして真実なのかという気持ちになっていた。

蛮族《ばんぞく》が国をそこまで大きく、そして破綻なく維持できるだろうか。

怪物だからという理由だけで、龍人国は他の国々から恐れられているだろうか。

独自に発達させた文化があるという彼らは、本当に僕たち人間よりも劣っているのだろうか。

そんな疑問を抱いているのは、僕だけのようだった。

あくまで龍人はヒトより劣り、国土こそ小さいもののニヴァーナ王国の立場は上で立派だと、そう妄信している。その立派な国ではもう何年も、農民は飢餓に瀕《ひん》しているのに見ないふりだ。

僕は下賤の国に婿入りする惨《みじ》めな人身御供《ひとみごくう》で、何も持たないナイナイ王子。最期に国のために役立つなら名誉なことでしょうと、そんな周囲の空気を痛いほど感じた。

だけど誰も知らない龍人国は、本当はどんな国なのか。

夜、一人になる度に書庫から引っ張り出した本をめくった。

旅行記に書かれた龍人国の様子からは、野蛮な獣だという印象は全く受けない。むしろ豊かで恵まれた国のようにすら思えた。ほんのわずかなその手記は、もう読まなくてもそらんじられる。

まもなく暮らす、僕の知らない隣の国は。

「本当はどんな人たちが住む所なんだろうな」

この結婚が決まってからずっと考えていた。

たとえお互い望まない結婚であっても、少しでも歩み寄れるのではないかと。縁あって夫婦になるのなら理解し合えるのではないかと。

何度も読み返したページに繰り返し触れる。

艶のあるインクを指でなぞっても、そこからは文字の情報以外何も伝わらない。

不安はある。恐れもある。だけど最近はそこに、わずかに期待や楽しみも交じってきた。

「尊敬できる女性だったらいいな」

王族の結婚に愛が芽生える可能性は低い。それでもせめてお互いを大切に想い合えたなら。

そう思ってしまう僕は、やはり無意識に結婚に夢を見ていたのだろうかと自嘲する。

踊り子であった平民の母は、王である父を愛していた。

だけど父にとって母は一時の愛人であり、その想いは長続きしなかったのだろう。身籠もった母を離宮に閉じ込め、ほとんど訪問することもなく僕共々放置していた。

僕の前ではできるだけ明るく振る舞っていた母だったが、ふとした瞬間にその表情に暗い影を落とし、それは月日が重なるごとに顕著になっていた。

狭い離宮では時々、夜中に母のすすり泣きが聞こえたものだった。母は父をずっと愛していて、だからこそ苦しんでいた。結局最期も愛する父に看取られることなく、寂しく息絶えてしまった。

あの母の悲しみが愛だというのなら、僕は愛なんていらない。

そう考えればむしろ、龍人国との政略結婚で良かったのかもしれない。

愛などない方が、良い関係を築けるのかもしれないのだ。

そうしてめまぐるしい日々を過ごしているうちに、あっという間に約束の二週間後がやってきた。

◇◇◇

ついに、僕の花嫁がやってくる日となった。

今日《こんにち》に至るまで、この国で龍人と結婚した者はいない。少なくとも国が把握している婚姻はゼロだ。前例が一切ないため、今回の婚姻に関わる向こうの要望は全て承諾したと聞いている。

第一に、結婚後一ヶ月はこの城に二人で滞在すること。

第二に、可能であれば離れを用意すること。

僕が聞かされているのはこの二つだけだったが、それでもどちらも承諾できる程度の要望だった、というのもあるだろう。

要は婿の実家の様子を見たいのかもしれない。我が国にも、少しは興味を持ってくれるだろうか。

一ヶ月の滞在中は、僕が小さい頃に住んでいた離宮を用意してある。大急ぎで修繕し、必要以上に美しく豪奢《ごうしゃ》に整えられたそこは、これだけの用意ができる国だという見栄も感じられた。その費用をどこから捻出したのかと思うと暗くなってしまうが、必要な見栄だと思うことにした。

僕としても突然異国での生活が始まるよりは、少しでも慣れた自国で結婚生活を始められるのならそれに越したことはないしありがたい。とはいえ肝心の新妻は人間ではなく龍人だ。いかに離宮に籠もろうと、箝口令《かんこうれい》を敷かれようと、口さがない貴族に何を言われてしまうか分からない。妻である女性を、夫である僕だけは守ろう。

僕はこの二週間で、そう決意していた。当初に比べて、心は随分穏やかだ。

深く息を吸い、そして吐く。今日のために作られた柔らかなジャケットの襟を整えて、クラヴァットが曲がっていないか確認する。

明るい午前の日差しを浴びた鏡の中の僕は、いつもと同じ表情をしていた。

「大丈夫。落ち着いていこう」

僕は自室の扉を開け、廊下へと出た。部屋の前に立っていた騎士が無言で僕の後ろをついてくる。

今までは僕にこんな護衛はいなかった。結婚が決まった途端に配置された彼はきっと、僕が逃げ出さないか見張っているのだろう。

万が一僕が逃げてしまったら、龍人国との和平が決裂してしまう。王である父にとって、間違いなくそれは避けたい事態なのだろう。いくらなんでも無責任に逃げるつもりなんてないのだが。

「イル王子、お早めにお願いします」

「分かってる」

護衛騎士がそう声をかけてくる。向かっている先は、この城で一番大きな貴賓室だ。

ついに今日、龍人の姫と対面する。そして予定では明日、城内にある小さな神殿で挙式をする予定だ。だが騎士が僕を急かすのは別の理由があった。

本日午後に到着を予定していたはずの龍人国の客人たちが、既に貴賓室で待機しているのだ。

そのせいで城内は一時騒然となっていたらしい。

なぜなら彼らはわずかな人数で、それも龍の姿で城内の中庭に降り立ったのだ。龍人との婚姻は極秘扱いだったこともあり、初めて見る龍の姿に恐怖で失神した者もいたと聞く。

幸か不幸か、僕はその時湯あみをさせられていたせいで現場は見ていない。ただいくつもの悲鳴が遠くから聞こえ、世話をしていた侍女たちも落ち着かない様子だった。その後しばらくすると騎士が飛び込んできて、早急に支度をと急かされたという訳だ。

突如現れた龍人たちを迎えるために、王である父は予定を変えて既に彼らと面会をしているらしい。僕はやや遅れて、彼らの待つ部屋へと急ぎ足で向かっているのだ。


「扉を」

父と龍人たちが控えている貴賓室の前に立つと、騎士たちの手で扉が左右に開かれた。

窓の多い室内から、眩しい日差しといくつもの視線が注がれるのが分かる。

「お待たせしました。ニヴァーナ王国第二王子、イル＝ニヴァーナが参りました」

片膝をつき、深く礼をした後、顔を上げる。この国で王に対する敬礼だ。

顔を上げた先の父は準礼装に身を包み、なぜか苦い顔をしていた。さすがの父も、初めて出会う龍人に怯えがあるのかもしれない。

広い室内には複雑な模様の絨毯が敷かれ、中央にあるテーブルには巨大な花器が置かれていた。

瑞々しい花々は、この日のために用意されたことが窺える。

チラリと見えた人影は少なく、そのうちのどれかが僕の妻になる女性なのだと思うと、緊張も高まっていく。

「来たな、イル。こちらへ座りなさい」

声を掛けられて気が付いたが、父の隣に座るのは初めてかもしれない。婿入りの時になって初めて親子としての距離を得るとは、人生はなんとも分からないものだと苦笑した。

長いテーブルの前で父の従者が椅子を引いた。促されるままそれに腰を下ろすと、隣にいる父からかすかなため息が聞こえた。

大ぶりの花が活けてある巨大な花瓶を挟んで、向こう側にいるのが龍人たちなのだろう。

視界をふさぐ花を避けるように頭を動かし、僕の妻となる姫へと視線を移す。

「え……」

覚悟はしていた。

龍とは醜い獣のような、口が裂けた姿かもしれないと想像していた。

だけどそこに座っていたのは化け物じみた外見でもない、わずかに長い耳だけを除けばほとんど人間と変わらない女性だった。いやむしろ、今まで見たどの人よりも可憐で愛らしい。

少し癖のある赤毛を短く整えて、同色のくりっとした瞳は長い睫《まつげ》に縁取られている。誰が見ても見惚《みと》れてしまうような可愛らしさに一瞬拍子抜けする——けれど。

「こ、子供……⁉　こんな小さな女の子が、僕の、婚約者なのか⁉」

年はまだ十三にもならないくらいだろうか。美少女は襟が詰まった異国の赤い服に身を包み、澄ました顔で座っている。

この子供が僕の、妻になる⁉

どの国も女性の王族は結婚が早い傾向があるが、だからといってこれはないだろう。

僕の慌て方を見て、少女は落ち着いた様子で咳払いをした。それからにっこりと彼女が微笑むと、それだけでまるで花が咲いたように周囲の空気が和《やわ》らいだ。

そしてその小さな唇を、ゆっくりと開く。少女にしては少し低めの声だ。

「初めましてイル＝ニヴァーナ王子。私はお世話係の赤龍、ホンスァと申します」

「え。君が婚約者では、ないの」

安堵したような、肩透かしを食ったような。そんな心境で思わず呟くと、少女改めホンスァは、気を悪くした様子もなく微笑みを絶やささず言った。

「なんて畏れ多い。私なぞが王子の結婚相手なんて」

首をやや傾げて、口元に手を添える品のある仕草は、お世話係と自称しなければどこぞの姫君だと言われても納得できそうなものだった。よく見れば、爪も色鮮やかに染められている。

「そしてこちらが、貴方様の婚約者であられるタイラン様です」

「は――？」

こちらが僕の婚約者、だって？

少女が膝から何かを抱え上げたまま、席を立つ。

それは少女の腕の中に収まる程度の大きさであり、渦を巻くようにして丸まった――

「……ヘビ？」

艶のある真っ黒な鱗に覆われた身体には、良く見れば頭部から尾にかけて同色のたてがみのようなものが生えている。さらにマジマジと観察すると、鷹のような鋭い爪もあり、言った直後に自分の失言に気が付き口元を押さえた。

ヘビではない。これがきっと、龍だ。

「龍でございます、イル様。たとえ結婚相手とはいえ、御言葉にはお気を付けください。本来であればそのようなことを龍人族の前で申しましたら、龍の吐く炎で焼かれても文句は言えませんよ」

コロコロと笑うホンスァだったが、目は笑っていない。やはりこれは失言だった。

吐くのか、炎を。

君が？　それともその長い身体の龍が？

「す、すまない。その、知らなくて」

「ちなみに私は雄。こう見えても成人男性です。これだけ愛らしい外見ですので勘違いなさるのは致し方ありませんが、こちらも併せてお気を付けくださいますよう」

さらに衝撃的なことに、子供にしか見えない彼は成人男性だと言う。

小さくて可愛い少女、もとい少年はどうやら見た目通りの人物ではないらしい。こんなことを言うのは失礼かもしれないが、儚《はかな》げな外見に似合わず随分しっかりした人だと冷や汗をかく。

それではその彼が膝に抱える龍は一体、どのような人物なのだろうか。

「陛下も。いい加減ヒト型になってください」

ホンスァはペチペチと、静かなままの龍の胴体を叩く。

そんな風に叩いて良い相手なのか？　いやそもそも、ホンスァは、この龍をなんと呼んでいた？

「陛下。黒龍陛下。そろそろ重いんですけどぉ？　照れてるんですかぁ？」

その言葉にハッとして、思わず隣の父に叫んだ。

「な……黒龍陛下⁉　父上、どういうことですか⁉　結婚相手は貴族の姫だと言っていたではありませんか！　女王陛下がお相手だなんて、聞いていません！　まさか僕が、王配になるんですか⁉」

狼狽《うろた》える僕を前に、父は苦々しげな表情で首を横に振る。

「さっきからお前は。少しは落ち着かぬか、客人の前で情けない」

「ッ、申し訳ございません」

父の叱責に居住まいを正したものの、僕は一般的な婿入りの用意しかしていないのだ。王配ともなればまた違う勉強も必要だっただろうに、誰もそんなことは教えてくれなかった。

「お前の相手は龍人国の頂点、黒龍陛下だということだ。それはこちらも今の今まで聞いておらぬ。先ほど知ったばかりで困惑しているのは皆同じ。とはいえお前の結婚は違《たが》えられん。わかるな？」

その言葉にこくりと頷く。

この婚姻は、国と国の結びつきだ。新たな戦争を回避するための、交渉手段でもある。

つまり相手が誰であろうとも、いや龍人の王が相手ならば尚更、この結婚話を取りやめることはできないと、さすがの僕だって理解している。

「取り乱してしまい、申し訳、ございませんでした」

ゆっくりと息を吐き、乱れてしまった呼吸を整える。

相手が誰であろうとも、僕がすることは一つだけ。この国の王族として政略結婚をする。僕の役割は変らないのだから、慌てることは何もない。

「それと、お前の相手は女王ではない」

「え……？」

父は僕を見ないままそう呟くと、眉間に寄せる皺を深くした。苦虫を噛みつぶしたようなその態度は、全てが想定外だと雄弁に告げている。

しかし僕だって、父の言っている意味が分からない。

陛下と呼ばれる人物が結婚相手なのに、僕の相手は女王ではないと言うのだ。龍人国は、何か特殊な貴族制度が存在するのだろうか。

そう考えていたところに突然、張りのある低音が耳に滑り込んできた。

「結婚相手が男とは知らなかったのか、イル王子」

声のする方へと視線を向けると、そこにはすらりとした背の高い男が立っていた。見た目は二十五から三十手前程度だろうか、長く癖のない黒髪を後ろで三つ編みにして、同じく真っ黒な異国の詰め襟、確かこれは旅行記には長袍《チャンパオ》と書かれていた、龍人国特有の服を着ていた。

そして僕を一瞬だけ見たその顔に、僕の視線は釘付けになった。いや、僕だけじゃない。突然この部屋に現れた、神が手ずから創ったような美しい顔に全員が目を奪われる。

女性のようではなくむしろ男性的だというのに、こんなにも美しいという形容詞が似合う人物を、僕は今まで見たことがない。兄も美形だと騒がれているが、恐らくこの人の隣に立った途端に霞《かすみ》のように存在感を消してしまうだろう。

特異なのは容姿だけではない。周囲を圧倒する強烈なオーラにも思わずひれ伏してしまいそうになる。

端麗なその容姿と、甘く響く低音の声は支配的で、その全てで彼こそがこの空間の統治者なのだと理解させられる。

僕を含めた周囲の視線をよそに、男性は優雅に椅子に腰掛ける。その所作は指の先まで美しく、洗練された立ち居振る舞いだ。

「ホンスァ、うちの外相たちはどうなってるんだい」

「さあ～？　すみません、私まだ小さいのでちょっと分かりかねますね」

「はあ……ホンスァ、お前ももういい歳だろうに、いつまでも若ぶって」

「煩《うるさ》いですよ、陛下」

軽快な二人のやりとりに、僕は口をぽかんと開けるしかなかった。

目の前にいる華やかな二人。そのうちの一方の男性に向かって、ホンスァは今なんと言った？

「こくりゅう、へいか……？　黒龍陛下、ですって？　貴方が？」

男は僕を見て、にこりと笑った。隣で額を押さえている父が視界に入る。

僕の結婚相手は『陛下』だが、『女王』ではないと言っていた。

女王陛下ではなくて、陛下。その矛盾が今あっさりと、綺麗に晴れてしまったのだ。つまり。

「そうだよイル王子。私の花嫁」

黒龍陛下は自分の胸元に手を当てて、放心する僕に優雅に言い放つ。

「ぼ、ぼくが、はなよめ……？　う、うそ、僕は男なんかと、結婚しなきゃいけないのか⁉」

政略結婚は許容できる。それが他国の人間であろうと——龍人だろうと。だけどそれがまさか相手が男性だなんて思いもしないだろう！

我が国では同性愛への理解はまだ浅く、僕の身近でもそんな話は聞いたことがない。異性婚が常識であるこの国で、同性結婚だなんて前代未聞だ。

「なんで、お、男なんかと……っ」

「イル。言葉を慎め」

父の叱責も、もはや右から左へと通り過ぎる。

しかも僕が、花嫁？　ウエディングドレスを着るのは、男の僕なのか？

ドレスを身に纏《まと》う滑稽な自分の姿を想像して寒気がした。男の腕に手を添えて歩き、人々に嘲笑される自分の姿が目に浮かぶ。

「イル王子、勘違いしないでおくれよ」

「へ……え？」

黒龍陛下はそう言うと、スッと僕の顎を指先で上げた。

いつの間にか隣に立っていた彼と僕の身長差は、きっと三十センチ近くあるのだろう。随分見上げることになったその美麗なかんばせに、僕は相手が男だということも忘れて一瞬見惚《みと》れてしまう。

「君が望もうと望むまいと関係ない。君はもう私の妻になることが決まっているんだよ」

「な……っ！」

男の矜持《きょうじ》をたたき割るような言葉をぶつけてくるこの人が、僕の結婚相手だって？

「君に似合う、素敵なドレスを用意させるよ。きっと綺麗だ」

細められたその漆黒の瞳には、怒りに震える僕の顔が映っていた。

僕に、ドレスだって？　男の僕にそんなもの、似合う訳がないだろう！

売り言葉に買い言葉。怒りのまま言葉が飛び出した。

「ぼ、僕は！　貴方と結婚なんてお断りです！」

黒龍陛下の後ろで、ホンスァが頭を抱えている。隣の父からは、痛い程の憤怒が伝わってくる。

ハッと我に返った時にはもう遅い。

結婚を撤回され、龍人を敵に回しかねない発言を謝罪するべきか。いやでもこれは正当な怒りではないかと葛藤すること、一瞬。

「イル。後で執務室に来なさい。話がある」

青筋を立てた父の、地を這う声音が聞こえてくる。

こうして僕と黒龍陛下の、最悪すぎる顔合わせは幕を閉じたのだった。

第三章

顔合わせ直後から、周囲は目に見えて慌てふためいていた。

まず、姫を想定して整えられた離宮は、男二人で暮らすには華やか過ぎたという。どうせ滞在するのは一ヶ月だ。僕はそのままでも良いと思うけれど、国の威信にかけてそうとはいかず、カーテンや絨毯、テーブルセットに至るまで交換する破目になったらしい。

男同士の設《しつら》えとなれば全てを整え直さなければならず、それはもう出入りの商人から下働きたちまで上を下への大騒ぎなのだそうだ。

この国での滞在期間は一ヶ月だが、離宮の調度品を整えるのに早くて五日、遅ければ一週間ほどかかると聞いている。その間僕は今まで通り城の自室に、そして黒龍陛下とホンスァは来客用の部屋で過ごすこととなっている。

さらに龍人国から来るのは貴族の娘だと侮《あなど》っていたせいで、計画されていた結婚式は正式なものと比べて随分簡略化していたらしい。龍人国の王を迎える結婚式としてはあまりにみすぼらしいということで、こちらの準備も大臣始め城中をひっくり返したような騒ぎになっていた。

おかげで秘密裏に動いていた龍人国との結婚は、城中に知れ渡ってしまった。男同士の結婚という内情もあり厳しく箝口令《かんこうれい》を敷いたそうだが、すぐに広まってしまうだろう。

予定通りの日程で結婚式を行うために、随分無理をしたような顔でレナードは告げる。

「――以上です。取り急ぎ、本日は予定通り城内の礼拝堂で結婚式を執り行います。相手が誰であろうと、とにかく龍人国との縁を結んだ事実を残さなくてはいけません」

「わかってる」

昨日の顔合わせから一夜明けた今日。自室で食べていた朝食の場に珍しく来客があったかと思えば、父の側近であるレナードだった。昨日の僕の失言については、あの後父に随分叱られた。

確かに、少なくとも直接本人に向かって言うことではなかった。

王族の端に名を連ねている者として、相応しくない態度だったと僕自身も反省している。

昨日のことを思い出しながらレナードの言葉を聞いていると、彼は手帳をぱたんと閉じて言った。

「式後に予定していた披露パーティーについては、別日程で調整しなおしています。龍人国の王が滞在するのであれば、国内の重要貴族たちも招かねばなりませんからね」

本来はお茶会規模の、こぢんまりとしたパーティーを開く予定だったと聞いている。僕に関心のない兄や父は、恐らく欠席するつもりだっただろう。

とはいえさすがに王を相手にそれではまずい。だがいかに招待状を出そうとも、蛇蝎《だかつ》のごとく嫌っていた龍人を歓迎してくれる貴族がいるのかどうかは疑問だ。

レナードはいつも通り無表情のまま、淡々と連絡事項を告げてくる。

僕は話を聞きながら朝食を咀嚼《そしゃく》するものの、もはや味なんてわからない。つまりこのまま今日の結婚式は進められるということか。残りわずかな時間で、僕は男の龍人の伴侶となる。

「それでは、私はこれで。くれぐれも失態を重ねることがありませんよう」

彼はそう釘を刺し、部屋を出て行った。

今後の予定や注意事項を伝えてくれたのかと思っていたが、きっと言いたかったのは最後の一言なのだろう。昨日のようなことを二度としてくれるな、という牽制をしにきたのだ。

正直今朝までは、まだ夢であれと願っていた。だがそう都合良く世界は回らず、僕の世話をする侍女たちも、いつもに増して嫌々な態度で接してくるのだから間違いない。

時折ひそひそと聞こえてくる「男の癖に」という会話はきっと、男の身でありながら嫁ぐ僕へ向けた言葉なのだろう。

この国で前代未聞である龍人との婚姻は、男同士の婚姻という二重苦だ。祝福される訳がないとは思っていたが、国のための政略結婚でこの扱いは少しばかり気が重くなる。誓ったはずの未来の妻への誠意は、相手が男だと分かった途端どこかに霧散してしまったのだから僕も嫌な人間だ。

「失態、かあ」

皿にはまだパンとフルーツが残ったままだったが食べる気が湧かず、申し訳ないと思いながらも侍女に下げてもらった。レナードはああ言ってきたものの、全てがもう遅い気がする。

僕の私室は三つの部屋がある。外の廊下に面している応接室を兼ねたこの部屋、そこから一歩中に入ったプライベートな書斎と、その隣には寝室だ。食事をとっていた応接室から、バルコニーに繋がる書斎へと移動すると、そこにはレナードが「失礼のないように」と伝えてきたその対象が優雅にソファに腰を下ろしていた。

「全く、人間たちは慌ただしいな。そう思わないかホンスァ」

「ですねぇ～？　やはり我々より寿命が短いせいでしょうか。人口は多いものの身体も弱いし、あっさり死んじゃいますからねぇ。花の命のように、けなげに咲いているのかも？」

この部屋の主であるはずの僕をよそに、早朝から華やかなお茶会が繰り広げられていたことを、きっとレナードは知らないのだろう。僕だってまさか朝の六時から、黒龍陛下がお茶を飲もうと突撃してくるなんて思ってもいなかった。

一旦こちらの部屋に通したものの、すぐに僕の朝食が運ばれてきたため話を聞くこともできなかった。二人の会話から、僕とレナードの会話はきっと筒抜けだったのだろう。

昨日の今日、それも結婚式の朝から一体なんの用事で来たのだろうか。

「ふむホンスァ、お前はなかなか詩人だね」

当の黒龍陛下と言えば、なぜか僕の私室で長い脚を組み、自前のティーセットを使って優雅にお茶を啜っていた。小さな飲み口の茶器に口を付ける仕草は完璧で、器を上げ下げする動作一つひとつが洗練されている。

ホンスァも黒龍陛下の向かいに座って同じようにお茶を飲み、ニコニコと愛想をふりまきよく分からない会話に興じている。その場所だけ見れば、まるで一枚の完成された絵画のように麗しい。

朝食を終えた僕には、式の準備が始まるまで少しばかり自分の時間が与えられている。

結婚式を控えた、独身最後の瞬間。

それなのに今、自室だというのに身の置き場もなく、ただ棒立ちで室内の光景を眺めていた。

「どうしたのイル。朝食が終わったのなら座るといい」

「ええっと……」

僕の部屋とはいえ、この二人で完成された場所に同席するのはなんだか躊躇《ためら》われてしまう。

いたたまれない気持ちのまま側に寄り、おずおずと話しかけてみる。

「あの、黒龍陛下？　僕が言うのもなんですけど、昨日結婚を拒否した相手の部屋で、どうして寛《くつろ》いでいられるんです？」

この件については、昨日散々父に怒鳴られた。一国の王を前にしての婚姻拒否は、あまりに失礼極まりない、二度とするなと厳しく注意を受けた。そういう父の彼らに対する評価はさておき、国王として国益を損なう行為は看過できないのだろう。

確かに売り言葉に買い言葉とはいえ、さすがに僕が全面的に悪かったと反省している。だけど黒龍陛下も悪い部分はあったと思う。男同士の結婚を茶化すようなことを言うからだ。僕には死刑宣告にすら聞こえたというのに、このふざけた婚姻を事前に知っていたのか、彼に動じた様子は一切なかった。

「タイラン。そう呼ぶことを許そう。私の姫君」

「～～陛下！　僕は男ですっ！」

「タイラン」

黒龍陛下は頑《かたく》なにこちらの話を聞かない。名前を呼ばない限りは話を進めない気なのだろうか。

ともあれ、一国の王に対して酷い態度を取る僕を許容しているのだから、こう見えて懐は広いのかもしれない。父であれば決して、血の繋がった僕にでさえ、こんな口答えは許さないだろう。

僕は渋面を隠さず、渋々とそれに応えた。

「ふむ、まあいいか。じゃあとりあえずそれで。なんだい、イル」

「タイラン……様。あの」

黒龍陛下は自身の隣をポンポンと叩き、僕をそこに座るように促してくる。

これは隣に座れということか？　普通は正面だろう。

しかし相手は一国の王である。今日が挙式ではあるもののまだ婚姻前で、黒龍陛下の機嫌を損ね婚姻を破棄される訳にはいかない。

そう、昨日散々父に叱られたのも結局はそれだ。そしてはっきりと言われた。僕は『人身御供《ひとみごくう》』なのだと。黒龍陛下の機嫌を損ねるな、お前一人の命でどうにかなるのなら安いものだ、と。

父も怒りのまま本音を吐き出していた様子で、あまりに直接的なその言い方に僕の頭はスッと冷えた。

この婚姻はただの契約だ。過剰に反応する方がおかしいのだ。

今更ではあるけれど、彼の不興を買うようなことは控えた方がいいと思い、僕は大人しくそこに腰を下ろした。

昨日僕はこの人に結婚したくないと宣言したというのに、全く気にした様子はない。

むしろ僕の方が気まずい。昨晩もよく眠れなかったし、朝食後に押しかけて来られてからずっと、何を言われるのか気が気じゃなかった。

「だから、その。昨日は……言い過ぎました。申し訳ございません」

いつまでもこの気まずさを抱えている訳にもいかず、こうなったらもう先に謝るしかない。僕は思いきって頭を下げ謝罪した。

相手は王、それもヒトよりも強者である龍人だ。あんな失礼な発言をしたのだから、本来はくびり殺されても文句は言えないのかもしれないが、できたら結婚生活は少しでも円満に始めたい。

それがたとえ、国のための契約であろうとも。

しかし頭を下げたまま、待てど暮らせどなんの反応も返ってこない。

「……あの？」

「イルのつむじは、左巻きか」

どうでも良い部分を注視されていたことに、ガクリと力が抜ける。

謝罪で頭を下げている時に、それを言うのか。つむじなんか気にする場面ではないと思うのに。

「今まで知れなかったことを知れるのは、こんなにも嬉しいのだな」

その上つむじらしき部分を、つんつんとつつかれている。さすがにそれはどうなのか。

殊勝に頭を下げたはずの僕も、思わずムッとなり顔を上げてしまう。

「ちょ……！」

至近距離に、まるでよくできた彫像のような顔があった。油断している所でバチリと目が合い、その深い闇色の瞳に意識を吸い込まれそうになる。

美しすぎるこの顔に、見慣れる日はくるのだろうか。どうしてこの人は、こんな奇跡のような整った顔をしているんだろうか。

　美貌から目を離せずにいると、その口元が華やかな弧を描く。

「どうしたの。私の顔はイルに気に入ってもらえたのかな」

　悪戯っぽく微笑む黒龍陛下――もとい、タイランの声が甘く響く。そこに僕の失態を咎《とが》める雰囲気は全くなく、それどころかトロリと甘く煮詰まるような柔らかさがあった。

「べ、別に……っ、お、男の顔なんて」

　そう否定しながらも、顔に熱が集まっていく。見惚《みと》れていたのは事実だが、この熱はそれを指摘された恥ずかしさだけではない気がした。

　真っ赤になっているだろう僕から、タイランは明後日の方向に視線を外した。何も言わないまま、顔を手で覆っているのはなぜだろうか。

　先ほどの僕のつむじを押すという奇行もそうだし、なんだか様子もおかしい。

　何も言わないタイランと、その真横で困惑する僕をよそに、正面からはクツクツと楽しそうな笑い声が聞こえる。ホンスァだ。

　黒龍陛下であるタイランのお世話係だという彼は、僕の思う側近の距離感とは随分違う。主と同じテーブルでお茶を飲み、軽口を叩く。タイランとホンスァの関係には、まるで友人のような親しさが垣間見えた。

「タイラン様もね、ドレスを着せたいだなんて軽口で怒らせてしまったと、昨晩は随分落ち込んでたんですよ。花嫁に会えるのを今か今かと楽しみにしてたのに、結婚したくないように言われて、つい口を滑らせてしまったのだと。どうか許してやってください」

「あ……」

確かにそうだ。僕はわざわざ龍人国から来てくれた方に、面と向かって結婚したくないなどと暴言を吐いてしまった。男と結婚することを茶化した彼に対しての言葉とはいえ、失言には違いない。

僕が彼の言葉に腹を立てたように、彼も僕の言葉で傷ついたのだ。男同士の結婚だとは知らなかったにしても、結婚相手への礼を欠いていた。

彼らは初めから男である僕を迎え入れる気でいて、だからなんら動じなかったのだろう。だとすれば、僕とこの国の対応はあまりにも杜撰《ずさん》だ。

「タイラン様、本当に――」

重ねて謝罪をしようとした僕に、タイランは顔を上げ手のひらを見せることで言葉を制した。謝罪はもういい、そういうことなのだろう。優しいおおらかな方なのかもしれない。いや、きっとそうなのだろう。この部屋に来てから彼は、一度も僕に非難めいた言葉を使わない。

部屋の空気がいつもより暖かく感じられるのは、彼らの持つ優しさのおかげだろうか。不思議なものだ。同じヒトばかりがいる城内で、一番僕を思いやってくれるのが龍人だなんて。

そんなタイランの思いやりに心を打たれていると、彼はなぜか苦虫を噛み潰したような顔をホンスァに向けた。

「ホンスァ、お前ね、そんなことをペラペラ言うものじゃないよ。旦那の面子があるだろう」

「旦那の面子なんてそんなもの、豚にでも食わせたらいいんですよ。面子で妻の機嫌が買えるなら安いものでしょう」

タイランの頬はほんのり朱に染まっていた。少しだけ上気した顔が不思議な色気を醸していて、思わず見入ってしまう。

一瞬だけ、お互いの視線が絡んで時間が止まった気がする。

漆黒の瞳が、タイランに見惚《みと》れる僕を映している。いたたまれないその空気に焦り、先ほど止められたというのに半ば無意識に謝罪を口にした。

「あの、申し訳ございませんでした。タイラン様、僕……」

掠れた声で謝ることしかできないのがもどかしく、思わずタイランの広がった袖口の端を掴んだ。

顔を見上げて謝罪の言葉を繰り返すと、彼は「うっ」と呻いてまた僕から顔を背ける。

「あの……？」

僕はその不可思議な行動が理解できなくて、ホンスァに視線で助けを求めた。

世話係の彼はソファの肘置きにもたれかかり、タイランに向かって実に愉しそうに言葉を投げた。

「やれやれ。婚前からこれでは、尻に敷かれるのが目に浮かびますね、タイラン様」

「煩《うるさ》いよホンスァ」

「……？　あの、本当に申し訳なく――」

「それはもう良い。二度も三度も謝らせるほど、私は狭量な男ではないよ」

ぶっきらぼうな言葉だったが、そこに柔らかな気遣いを感じた。謝罪を受け入れてもらったことに安心して胸を撫で下ろすと、またタイランが「うっ、かわ……」と呻いた。

そうは見えないが、ひょっとして身体のどこか悪いのだろうか。

だがホンスァは楽しそうにこちらを見ているだけだし、特に大きな問題ではないのだろう。

タイランはすぐに姿勢を改めると、僕の手を取った。大きな手のひらが包み込む。

「私たちには会話が足りない。お互いを知るための時間が必要だ」

「あ……」

ひょっとして、この早朝からの来訪は、それを伝えるためのものだったのだろうか。確かに昨日の顔合わせを引きずったままの挙式は、あまり良いものではないだろう。お互いのことを何も知らず、誤解しあったままでは気まずさがある。だけどそれを僕が考えつくよりも先に、こうして王である自分から動いてくれた。

僕のような相手にまで敬意を払ってくれる。この人は本当に、なんて凄い方なのだろう。

「黒龍陛下、イル様。そろそろご準備をお願いいたします」

入り口に控えていた侍女の声に身体が強ばる。

結婚式は午後三時から、城内にある小さな礼拝堂で執り行われる。

隣にいる男性と、龍人と。僕は今日、結婚するのだ。

「イル。緊張しなくても良い」

タイランの腕が、静かに僕の肩を抱いた。初めて感じる他人の体温に緊張して、勝手に身体がビクリと震えたものの、それは決して不快ではない。

「分かって、ます」

「いや、君は分かってないよ」

耳元に寄せられた唇が、ごく小さな声で言葉を紡ぐ。

「辛いだけの結婚にするつもりはないよ。君の幸せも一緒に考えさせてくれないか」

「……っ」

その声に、なんだか泣きそうになってしまった。

父も兄も、誰も理解してくれない僕の不安を、どうしてこの人が汲《く》み取ってくれるのだろう。

肩に触れる大きな手のひらから、じんわりとした熱が伝わってくる。この人だって、この迷惑な結婚の被害者なのに。

少し力が抜けた背中を、タイランがゆっくりと擦る。

「もっと君のことが知りたい。今まで会えなかった間の話も、いつか全部教えてほしい」

「タイラン様は――」

貴方はこの結婚をどう思っているんですか。どうして王である貴方自らが、旨味の少ないだろうこの結婚を受け入れたのですか。僕も貴方も男ですがどうお考えなのですか。

そう問いかけようとしたけれど。

「お急ぎください」

本格的に時間が迫っているのか、硬質な声で時間を告げる侍女の誘導に、タイランたちは大人しく従った。

「それじゃイル、また後でね」

隣から離れていく熱を少しだけ寂しく感じながらも、僕は頷き彼らを見送った。

「イル様もご準備を」

促された先の衣装部屋に、恐れていたドレスはなかった。道化のような姿を避けられたことに少し安堵して、僕は瞼《まぶた》を閉じる。息を吸い、そして細く長く吐いた。

今日のこの結婚式も、そしてその後の結婚生活も覚悟をしなければならない。

龍人との結婚。そこに加え、我が国ではあり得ない男同士の結婚をするのだから。


簡単な昼食をつまみながら、式に向けての準備は進められた。入浴して身を清めた後、いつもよりも入念にケアをする。

と言っても僕は湯上がりに、手入れをする侍女に身を委ねるだけだ。この結婚準備の二週間で、ようやく他人に支度を手伝われることに慣れてきた。

王位継承権の低い僕は平民である母の希望もあって、自分のことは一通りできるように教育されてきた。

そのため、その辺の貴族よりも自分の身の回りの世話をできる方だと自負している。

それがたとえ王子として放置されていたせいであったとしても、僕はそう育ててくれた母に感謝している。だからこうして世話を焼かれることに、本心から慣れたとはまだ言えない。

「イル王子、こちらをどうぞ」

用意されていたのは、式典で着る正装よりも華やかな、銀糸の織り込まれた衣装だった。内側のベストには繊細な鳥や草花の刺繍が施され、同じデザインのくるみ釦《ボタン》がジャケットのカフスを彩っている。この短期間での針子の尽力が窺える出来映えだった。

銀色に輝く生地は滑らかで、そこに僕専用の飾り帯《サッシュ》を斜めにかけられた。絹の重なる音が小さく耳に届く。

侍女たちは何も言わず、だが憮然とした表情でただ淡々と僕の身支度を整えていく。男の癖に男に嫁ぐ、その不名誉な準備を手伝わされている不満を隠しもしない。

「痛……っ」

やや乱暴に髪の毛を梳《す》かれて、頭皮を引っ張られる痛みに思わず声が出てしまう。

「お静かにお願いいたします」

だが侍女は謝罪をするでもなく、その手を緩めるでもなく、冷ややかな目つきのまま僕をまともに見ることはない。

香油を塗られた髪の毛を後ろに流されて、覗いた鏡の中にはぼんやりとした顔立ちをした自分が映し出されていた。市井に混じればきっと誰も、僕を王子だなんて思わないかもしれない。

僕の指先に侍女が黙々とクリームを塗り込める様子を、なんとなく視界に入れていた。

本物の花嫁であれば、恐らく用意はこんなものでは済まないだろう。女性はいつだって、身支度に時間がかかる生き物だ。

僕は花嫁なのか花婿なのか。黒龍陛下の伴侶となって、これから僕は一体どうなるのか。

自分自身のことだというのにまだ全てが曖昧で、何一つ分からないまま結婚式だけが進もうとしている。無意識に零れたため息を、慌てて飲み込んだ。

いかに強制的な結婚とはいえ、仮にも国を代表する人間が不満を露わにしていては示しが付かないからだ。

そっと周囲に目をやって、だけど誰も気に止めていない様子に安堵と落胆が入り混じった。

◇◇◇

午後三時。城の敷地内にある小さな礼拝堂で、予定通り僕とタイランの結婚式が始まった。外には青空が広がり、高く作られた窓からは、ステンドグラス越しに色とりどりの日差しが降り注ぐ。

僕はニヴァーナ式の盛装を、タイランは自前の真っ白な長袍《チャンパオ》を身に纏《まと》い、並んで入り口から小さな祭壇の前に歩いていく。

身長の関係なのかそれとも国の力関係のせいなのか、僕がタイランの腕に寄り添う形だ。男の癖に男にエスコートされている。それもまた、チクチクと僕の自尊心を傷つける。

タイランの服は一見真っ白だが、尾羽の長い鳥のふっくらとした刺繍が同色で施されている。それはタイランが歩を進める度に光の角度を変え、品良く輝く。そして胸元には驚くほど大きな宝石の首飾りがいくつもかけられていて、だけどそれら全てを合わせても、タイラン自身の美しさには敵わないだろう。

本来であれば、人並み外れた美貌を持つタイランと結婚する相手は幸せだっただろう。この国では蔑《さげす》まれているが、世界的に見れば大陸の覇者である龍人国の王である上、ほんのわずかしか接していない僕でもわかるほど穏やかで寛大な人だ。

なぜこんな優れた人物がただの人間、それも王族としても旨味のない男と結婚しなければならなかったのだろうか。どうしてこの結婚を必要としたのだろうか。

今回の和平を、懐に余裕のないニヴァーナ王国は喉から手が出るほど求めていたが、龍人国はそうではない。この結婚の裏には、僕の知らない何か別の思惑が隠されているような気がした。

いや、そうでなければ誰も納得できないだろう。

美しく知性に溢れたこの龍人国の王の隣に立つのが、王子という肩書きはあれど凡人にすぎないこの僕なのだから。

一歩一歩進む度に、誓いを立てる祭壇が近づく。

僕たちが入場する中央の道の左右には、そう広くない空間に参列者席がある。

参列しているのは父とその伴侶である王妃、そして一つ上の兄ラムダと、まだ幼い第三王子の弟だ。そしてその後ろには我が国の大臣も揃っている。

ここまで国の中枢を担う面々が一同に参加するなんて、大きな公式行事でしかあり得ないだろう。こんな小さな礼拝堂での結婚式に居合わせるべき顔ぶれではない。

本来この式には、僕たちと司祭以外誰も立ち会わない予定だった。それが蓋を開けてみれば、結婚相手が龍人国の王だったせいで、慌てて全員が参列しているのだ。

僕のためではない。国の面子のためだ。

その証拠に父は、自分の子供の結婚式なのに他人事のような顔をしている。

そもそもこの入場時に、身内のエスコートがないこと自体が我が国の慣例に反しているのだ。人質として他国にやるパッとしない我が子、それも男に嫁ぐ息子には関わりたくない、といった態度が至る所から透けて見えた。

それでよく式には参加できたものだと、呆れを通り越して感心すら覚える。

まだ十歳である第三王子の弟は、隣に座る両親の顔とこちらを見ながら落ち着かない様子を見せていた。僕を良く思わない王妃から、何か言い含められているのかもしれない。

兄など、一切こちらを見ようともしないのだから露骨なものだ。

家族とは言えない王家の人たちは、誰一人として僕に祝福を示す様子はない。

不本意ながらも、体裁のために渋々参加した様子が見て取れる。僕の価値はこの国では低くて、こんな結婚はただの人身御供《ひとみごくう》の意味しか持っていないのだから当たり前だ。

知っていた。

知っていたはずなのに、こうやってまた傷つくのだから僕も懲《こ》りない人間だ。

参列している大臣たちまで、タイランを不躾にジロジロと眺める。そこに祝福の雰囲気など一切ない。ひそひそと話す彼らの声が、小さな礼拝堂ではやけに響く。

――男同士の結婚など、茶番にも程があるぞ。

――なに、問題ない。あのナイナイ王子でも役に立つなら御の字だ。

――王のあの顔ならば、儂も抱けるやもしれんな。その辺の女より美しいではないか。

――いらぬものがついておるじゃろ。それともナイナイ王子であれば、黒龍王を相手に女のように喘ぐかの？　俺ならば金を積まれても、あの王子と結婚などごめんじゃよ。

下卑た忍び笑いが耳に届く。

僕はいい。踊り子である平民の母から生まれ、容姿も頭脳も人並みのナイナイ王子だ。元からそんな扱いなのだから、今更何を言われても腹は立たない。

だけどそんな僕と結婚することで、タイランの価値を下げてしまっている気がするのだ。

龍人国の王、それもこの世界で一番強いと言われる黒龍陛下の結婚式が、こんなにみすぼらしくて良いわけがないのに。他国の官職にまで侮《あなど》られて、許されるわけがないのに。

僕なんかと、結婚してしまったせいで――

「イル。顔を上げて」

自分の不甲斐なさに奥歯をぐっと噛みしめた時、小さく隣から柔らかい声が聞こえてきた。

知らず俯いていた顔を上げると、そこには周囲の態度とは真逆の、穏やかな表情を浮かべるタイランの顔があった。

まるで柔らかな日差しのような微笑みを見てハッとした。

「君と一緒に幸せになりたいと言ったでしょう？　今日は私たちの結婚式なんだ。笑った顔を見せてほしいな」

ひっそりと囁かれたその言葉が、さざ波を立てていた胸中を宥《なだ》めてくれた。言葉に込められた優しさが、心の柔らかい部分にじわりとしみこんでいく。

周囲から漏れ聞こえる暴言の数々は、確実に彼の耳にも届いているだろう。それもまるで見世物になったような、一国の王に対するものとは思えない明らかな侮辱だ。

腹を立て、婚姻はなしだと一蹴しても許されるくらいには、彼らの態度は失礼だ。

タイランはそれを分かった上で、自分を侮《あなど》られたと怒るよりも先に、僕へのフォローを優先してくれているのだ。深い闇色の瞳は、慈しみの色を湛えて僕を見つめる。

僕の結婚相手は、こんなにも尊敬できる人なのかと胸が高鳴った。

「タイラン様……」

彼はフッと微笑んで、それから正面に向き直ってしまった。照れているのか、その横顔が少し赤みがかったように思えてしまう。

彼に対するこの喜びの感情は、決して恋ではないだろう。

突然決められた結婚相手を、できたら愛したいとは思っていたものの、さすがに同性相手では無理な話だ。僕が男性を恋愛対象として見たことは、今まで一度もない。

だからいかに美しい相手との結婚だろうとも男性である限り、恐らく異性のように特別な愛は持てないと思う。

だけどこの人のことを、多分僕は同じ『ひと』として好きになる。そんな気がした。

そこに男女のような愛はなくとも、友情のような、家族のような、そんな親愛は生まれるだろう。

そうだ。

こんなにも優しい言葉をかけてくれる人と結婚できるのだ。それが龍人だろうが男だろうが、素晴らしい縁を結べることに比べたら、そんなものは些末《さまつ》な問題である気がした。

僕は小さく深呼吸をして前を向き直し、わずかに彼の腕に添えるだけだった手を深く組み直した。僕の気持ちを感じてくれたのか、隣から柔らかく微笑む気配が感じられる。

これは僕の覚悟だ。

この人を家族として守り、そして大切に慈しもうという覚悟なのだ。

二人で歩幅を合わせ、一歩踏み出すごとに神官の待つ祭壇が近づく。

祭壇の向こうからは虹色の光が注がれている。その光の中についた僕たちは歩みを止め、静かにお互いへと向き合った。

神官がおずおずと僕たちの側に寄り、そして結婚の祝詞《のりと》が礼拝堂内に響く。

「――タイラン＝ヘイロウ、並びにイル＝ニヴァーナの婚姻を女神がお認めになりました。両名の婚姻に異議申し立てがあれば、ここへ」

しばらくの沈黙の後、まばらな拍手が起こる。

興味がないと目を背ける者、これで国はひとまず安泰だとばかりに胸を撫で下ろす者、下世話な視線でこちらを見る者。

誰も祝福していないこの室内で、唯一大きく手を叩いてくれるのはホンスァだけだった。入り口にほど近い場所から、溢れんばかりの笑顔を向けてくれている。

救われる、と言ったら大げさだろうか。

僕の勘違いかもしれないが、隣に立つタイランはなんだか嬉しそうに見える。

生まれ育ったこの国の人間よりも、龍人の方に親しみを感じるといったら笑われるだろうか。

「それでは女神と皆様の祝福を得て、両名の婚姻を承認いたします」

神官の宣言をきっかけに礼拝堂の扉がゆっくりと開かれ、短い式の終了を知らせた。

それと同時に参列していた大臣たちが、意外にもこちらに駆け寄ってきた。

口々に心にもない祝いの言葉を流暢に紡いでいくが、先ほどの品のない陰口がこちらに聞こえていないとでも思っているのだろうか。僕の耳にだって届いたのだ、身体能力が優れているという龍人に、聞こえない訳がないだろう。

隣で当たり障りなく対応しているタイランを見て、なんだか僕の方が悔しくて泣きそうになった。

僕がしてあげられることなんて何もないどころか、彼の足を引っ張ってばかりだ。

たとえばそう、僕が少なくとも姫であったなら、タイランの婚姻はまだ祝福されたかもしれないのに。こんな風に男を娶《めと》る、見世物のようにはされなかったはずだ。

そう考えると、自らの胸にどっしりと鉛が落とされるようだった。

第四章

当初の予定では、式の後に小さなパーティーが開かれるはずだった。

だが結局それも龍人国の王が相手では貧相な規模だということで別日へと変更され、いつ行われるのかは知らされていない。まだ城内も混乱しているのだろう。

そのせいで式後はぽっかりと時間が空いた——などということはなかった。

太陽が傾き始める中、式が終わって早々に僕は侍女たちに捕まり、再び入念に身体を洗われていた。

「いた……っ、ちょ」

この準備期間の二週間で、侍女たちに手伝われることにも慣れてきた。とはいえさすがに入浴は一人でしていたというのに、今日に限って浴室内でも複数人の侍女に取り囲まれている。猫足のバスタブに押し込められた僕の手足や背中に、彼女たちは何かを塗ったり擦ったりと忙しそうだ。

いかにも不満だと言わんばかりの彼女たちは、淡々と業務を遂行しながらもその態度を隠そうともしない。これで最後だからだとでも思っているのか、式前よりもそれは随分露骨だった。

「我慢してくださいませ。わたくしたちもやりたくてしている訳ではございませんので」

「まあ見て、このガサガサの髪の毛。王族とは思えないわ。まるで下町の子供のようね」

「どうせなら第一王子の美しいお肌を磨きたいものですわ。こんな荒れ地を今更整えたところでなんになると言うんでしょう」

「男のくせに嫁ぐんですものね……少しは見栄え良くしないと王家の威信に関わる、と陛下はお考えなのかしら？」

クスクスと品良く笑う彼女たちだけど、その内容は失礼極まりない。

一応僕は王子なんだけどな。だけどこんな風に扱おうとも、誰も咎《とが》めてくれないような立場なのだ。使用人にすら、侮《あなど》られている。

式の疲れもあり、もはや何も言い返す気力もない僕は、彼女たちにされるがままだ。

湯船から上がった身体を目一杯擦られて、頭をタオルで乱暴に拭かれた。

その後もやれ香油やら何かのクリームやらを塗り込められ、小言と嫌みを交えながらも仕事をやりとげた彼女たちは嵐のように去っていった。

去り際に渡されたグラスの水を一気に飲むと、それもまたクスクスと嗤われた。

「なんなんだ……本当に」

慣れないことの連続で疲れきってしまい、僕はベッドに行儀悪く身体を投げた。

言われた通り、今更僕が身なりに気を遣ったところで焼け石に水だ。

貧相な身体を整えても、別に良いことは何もないだろうに。

着せられたガウンは妙に薄くて軽い。布が重なる部分はまだいいが、胸や袖は透けそうなくらいだ。このままでは風邪をひいてしまう。

新品なのだろうこの服は、もちろん僕の持ち物ではない。婿入り道具の一式として誂《あつら》えられたものの一つなのかもしれないが、それにしても少し生地が薄すぎる。

クローゼットからいつものパジャマでも出そうかと、ベッドから立ち上がりかけたところでノック音がした。

置き時計を見ると、時間はもう夜の九時だった。

気付けば夕食すら与えられず、僕はずっと侍女たちに捕まっていたらしい。その事実に改めてげんなりしながらも、ドアの向こうの来訪者に声をかける。

「どうぞ」

僕はそう応えつつ、今にもグウと鳴りそうな腹を抱え、部屋に何か食べるものがあっただろうかと考えを巡らせた。

だけど入ってきた人物に驚いて、腹の虫は鳴りを潜める。

「え？　タイラン様？　どうしたんですかこんな夜に」

来訪者は、ゆったりとした服装に身を包んだタイランだった。まだ九時とはいえ、家族以外が会うにはやや遅い時間だ。

僕は呼ばれていなかったが、彼は彼で会食などがあったのかもしれない。柔和な表情の中に少し疲れた様子が見え隠れする。

タイランは龍人国式らしい黒いガウンに、さらに薄衣でできた上掛けを重ねている。パジャマに近い軽装なのだろうが、それでも生地の持つ艶からそれらが一級品であることは窺い知れた。

慌てて扉に駆け寄り出迎えると、タイランはなぜか喉をグウッと鳴らした。額を押さえて天井を見上げるその姿に、僕は首を傾げる。

たまにこの人は僕を見て、よくわからない反応をするのだ。

「……イル、入っても良いかい？」

「え？　ええ、もちろん。どうぞ」

神妙な態度のタイランに違和感を覚えながらも、僕は室内へと促した。

そして。

「……っ⁉」

ドアが閉まったと思った瞬間、突然身体がふわりと浮いた。不安定な体勢に思わず近くのものに縋りついたものの、それがタイランの首筋で、そこに抱きつく体勢になってしまっていた。

タイランに抱えられている。しかもこれは俗に言う、お姫様抱っこというやつだ。

「あ、あの？　タイラン様、どうしたんです？」

思わずしがみついたものの、王の身に許しもなく触れることは不敬ではないだろうか。

そう思って手を離しかけて、だけどやはり落ちそうで、少しだけ身体を離して厚みのある肩に手を回した。僕の言葉は聞こえているだろうに、タイランは僕を抱えたまま何も言わずズンズンと歩を進める。何か話があって来たのではないのだろうか。

僕たちはまだ、圧倒的にお互いのことを知らないのだ。確かに明日から同じ離宮で暮らすとはいえ、今から話し合う時間を取るのもいいかもしれない。

「あの……？　わっ」

前置きなく身体をひょいと下ろされて、思わず間抜けな声が出てしまった。

ベッドに座らされていることに気付いた瞬間、そのまま両肩をゆっくりと押される。

その行為を疑問に思いつつも、押されるまま素直にベッドに身を倒した。僕が疲れているように見えたのだろうか。気遣いの一端なのかもしれないと見上げた天井を、タイランの姿が覆い隠す。

「タイラン様？」

風呂に入った後のようで、少し湿った黒髪の房がぱらりと顔に落ちてくる。

視界に映るタイランはやはり彫像のように美しく、さっきの侍女たちもこの人なら喜んであれこれ世話を焼いただろうなと、どうでも良いことを考えてしまう。

陶器のように滑らかな肌も、服からわずかに覗く筋肉質な腕も、どれもこの国の女性には魅力的に見えるだろう。だけど僕を見つめるタイランの表情はまだ、硬いままだ。

「イル、分かっていて私を見つめているのかい？　それとも何が起こるかも分からないで、そんな服を着ていたのかな？」

「えっ？　この服、何か変でしょうか。今日はなぜか侍女たちにこれを着せられたんですが。あっ、タイラン様の前で見苦しいですよね！　すみません何か羽織るものを――」

慌てて起こそうとした身体を、タイランの手で再びやんわりと制される。

「あの……タイラン様？」

僕に覆い被さるような体勢を取るタイランは、細く長いため息をつく。

何か僕の対応がまずかっただろうか。知らぬ間に失礼をしたのかもしれないと、背中に冷たい汗が流れた。

「イル？　今日は疲れたかい？」

「え？　え、ええ。そうですね、初めてのことでしたので。タイラン様もその……我が国の者たちが大変失礼なことばかりで……本当に申し訳ありませんでした」

「いや、いい。構わないよ。龍人はこの国では珍しいのだろうね。それにイルがここでどんな立場だったのかを知ることができた」

そう言われてしまって、僕は情けなさを恥じ入った。

僕という人間はあんな陰口を許されてしまうような立場だと、これから生涯仕える方に露呈してしまったのだ。取るに足らない無益な人間であると知り、タイランはどう思ったのだろう。

この人は世界で最も強い立場にあるだろうに、何も持たないナイナイ王子と結婚させられてしまったのだ。肩書きこそ第二王子と立派なものが付いていても、王族の血は半分しか入っていない。

申し訳なくて、いたたまれなくて。僕は。

「本当に……申し訳なく……」

「イル？」

夜空を写したようなその深い瞳には、心の内を全て見透かされているようで。僕は思わず自分の顔を両腕で隠した。

見られたくない。知られたくなかった。

「申し訳ありません。僕は本当に、何も持ってないんです。この城の中ですら、誰より立場がなくて。本来なら黒龍陛下である貴方と婚姻を結べるような立場ですらないんです」

「イルは王子だろう？　十分に資格はある。そんな風に自分を卑下するものじゃないよ」

僕を思いやる言葉も、自己嫌悪に陥っている今は素直に受け止められない。

「王子といっても、僕の母は踊り子です。平民で、晩年は王に見向きもされなかった」

名ばかりの王子で肉親である母が亡くなった今、家族ともいえない血縁者《おうぞく》にはとっくに見放されているし、城内の家臣にさえも侮《あなど》られている。

タイランの結婚相手である僕はそんな人間で、そのうえ男なのだ。こんな茶番じみた結婚で晒し者にされるタイランには、謝罪してもし足りない。

「落ち着いて、イル。私はただ君のその辛い立場を、もっと早く知ることができたら良かったと思っただけだよ。そうしたら君を一人にすることはなかったのにと、後悔していたんだ」

「タイラン様……どうして」

出会ったばかりの僕に、どうしてそんな言葉をかけてくれるのだろう。僕はいつだって自分勝手で、そんな優しい言葉をもらえるような人間じゃないのに。

「仮にも王子である君なら、恵まれて育っていると思って疑わなかったのは私の失敗だ。国の思惑なんて放り投げて、一日でも早く君を攫《さら》いに来たら良かったね」

歌うように囁かれてなんだか胸が苦しい。ただ政略結婚を受け入れただけの僕は、こんなに慈しんで貰えるような人間じゃない。この人の優しさを享受できるような立場じゃないのに。

「分かってますかタイラン様。男なんですよ、僕は」

僕が王配となっても彼にはなんの得にもならない。女性のように柔らかい肌を持つ訳でもなく、美しい訳でもない。与えられるものがなさすぎて、自信がないのだ。

タイランに優しくしてもらえる理由がないからこそ不安で、特別だと仄《ほの》めかされる度に苦しくなる。

「なんだ。やはり君は男との結婚が嫌だったのか。最初にそう言ってたものね」

突き放すような言い方にドキッと焦り、思わず身体を起こす。そこには唇をほんの少し尖らせた美貌があった。むっつりとしているけれど、怒ってはいないようだ。

「へ……いえ、そういう訳ではなくて——」

気のせいかもしれない。だけどこれは、拗ねているという表現がしっくりとくる。

「ええっと、我が国では同性婚は前例がなく」

「男の私との結婚は、そんなに嫌だった？」

「い、いえ！　個人的には決して！　そのようなことはないのですが」

この人には意外と子供っぽいところがあるのかもしれない。高貴で近寄りがたい方、というだけではないらしい。

さらに身近に感じられて、こんな話をしているというのに嬉しく感じてしまう。

「ですが？」

「あ、あの……精一杯お仕えするつもりです」

実際この結婚に戸惑いは多いけれど、決して彼は嫌な相手ではない。むしろ不思議と、タイランの側は息がしやすい。

この国に留まるよりもひょっとして、より良い未来が待っているのではと思えるくらいに。

「私は君を、家臣にしたつもりはないよ」

「あ、いえ、すみません。僕の失言ですね。厚かましい発言をしてしまいました」

ひやりとしたタイランの言い方に、一瞬肝が冷える。その冷たさとは裏腹に、タイランの指は僕の顔の輪郭をゆっくりとなぞった。

「ねえイル。この結婚の意味を君は知ってる？」

「え、ええ。存じています。国と国との結びつきのためですよね。でも僕は男で、何もできません。だからせめて誠心誠意、タイラン様のお役に立てるように――」

触れる指先が喉をくすぐる。

「……っ、ん！」

タイランの爪が僕の首筋を引っ掻いた瞬間、そこからビリリと刺激が走った。

僕の突然の呻きに、タイランも驚いた顔をしている。変な声が出てしまったことが恥ずかしくて、思わず顔を覆った腕はすぐに引き剥がされた。

なぜかぶつかるタイランの視線に、先ほどまではなかったはずの熱を感じる。

「どうしたのイル」

掴まれた腕は、そのまま顔の両脇に縫い留められる。少し掠れたようなタイランの声が耳元に流れ込み、その甘い低音がビリビリと背筋を伝い、腰の辺りにおかしな感覚が沸き起こる。

「ひゃ……」

「イル？」

掴まれた手首が熱い。覗き込まれる顔に徐々に熱が集まって、呼吸がうまくできない。浅くなる呼吸に胸が弾み、息が苦しくなって喉が渇く。

なんだか変だ。

まるで風邪をひいた時のように、肌の表面が敏感にひりつく。こんな薄着のガウンを着ていたせいで、熱でも出たのかもしれない。身体を捩《よじ》り、背中にシーツがまとわりつく感触すら、ゾクゾクと背筋を駆け上るのだから。

「な、んだか身体がおかしくて……あう……」

タイランの大きな手が、額に触れた。熱がないか見てくれているんだろう。その漆黒の瞳には心配の色が見て取れる。

それなのに僕の身体には、触れられた部分から不思議な熱がじわじわと広がっていく。身体の内側が燻《くすぶ》るような、むず痒いような感覚は今まで味わったことがない。

「熱は……おでこではちょっと分からないね。首で計ろう。みせてごらん」

「んあっ！」

彼の手が首筋にするりと忍び込むと、それだけで身体が弓なりに跳ねた。理解不能な自分の反応に戸惑うものの、仕掛けたタイランも大きく目を見開いている。

「すみ、ません。僕なんか……おかしいですね。風邪をひいたの、かも」

浅い息が勝手に上がっていく。熱があるのかないのか分からないが、体中がピリピリするのは悪寒なのかもしれない。

万が一黒龍陛下に風邪をうつしてしまっても申し訳ないし、この辺でお引き取り願おう。

そう伝えようとするものの、なぜかタイランは僕の手首の内側をつう、と指でなぞった。

「あ、あ……！」

薄い皮膚に与えられる、触れるか触れないかの些細な刺激。それだけだというのに、僕の身体はビクビクと震え、唇からはみっともない声が漏れた。

「あ、はぁ……っ、おかしい、僕……っ。申し訳あり、ません……っ」

タイランは少し考えたような顔をして、それから改めて僕に向き直った。

「イル、何か塗られた？　それとも飲んだ？」

何か、などと曖昧な言い方をされては首を傾げるしかない。どこかぼんやりとする頭の中で、自分の行動を振り返る。

「塗られたといえば、侍女にあれこれ身体に塗り込められています」

「身体の……その、内側に塗られたりは？」

「内側？」

「いや……分からないならいいんだけど」

なぜかタイランは気まずそうに咳払いをする。

「そうですね……あとは先ほど、侍女に渡された水を飲んでいます」

「水……このグラスに入っていたものかい？」

タイランはサイドテーブルに置きっぱなしだったグラスを手に取り、内側をクンと嗅いだ。そしてわずかに顔を顰《しか》める。

「イル、これは媚薬だね。独特の少し甘い匂いが残っている。恐らく水に混ぜてあったんだろう」

「び、やく……？」

びやく、びやく……媚薬？　その単語が何を指すのか一瞬分からず、そして遅れて理解すると再び顔がカッと熱くなる。

「な、なんで、僕に媚薬なんて……っ！」

「初夜だからかな。全く、イルに説明もせず勝手に与えるなんて」

「しょ、しょや……!?　なんでそんな勘違いを。ぼ、僕もタイラン様も男なのに！」

「……うん？」

「男同士に初夜なんてないですよね？　なんでだろう……うっかり間違ったのかな」

特に今回の結婚は、ただの国家間の契約だ。たとえ形式的に結婚式をしたところで実際に寝所を共にする訳でもないのに、侍女たちはおかしな気を回したらしい。だから文句を言いながら髪や肌の手入れをしていたのかと、合点がいった。

男である僕が、これから男と床に入ると勘違いされていたのだ。ニヴァーナ王国で同性愛は理解を得られるものではないから、あんなにもむき出しの嫌悪感をぶつけられたのだろう。

「イル、だが私は――」

「すみませんでした、タイラン様。これは形だけの、ただの政略結婚なのに」

おかしいですよねと、そう続けようとして僕は口をつぐんだ。いや、声を出せなかった。

眼前にあるタイランの顔が、スッと真顔になったからだ。目を細めた冷ややかな表情は初めて見るもので、今度こそ僕の何かが彼を怒らせてしまったのだと肝が冷えた。

だけど、当たり前かもしれない。地位も権力もない人間の王子と結婚させられた挙げ句、媚薬を盛ったその男を差し出されても、困惑を通り越して怒りしかないだろう。

しかしその冷たい空気は、思いのほか不安でわずかな恐怖すら感じた。

「そうだねイル。これはただの政略結婚だ。男同士の結婚で、そこにはこの国の利益以外、何の意味もない」

「は、い……仰る通りです」

感情の乗らない、淡々とした口ぶりが怖い。タイランの言う通り、ただ事実を並べているだけだというのに、どうしてこうも突き放されたような気持ちになるのか。

「だというのにこの国は、王子に媚薬を盛ってまで私を籠絡したいとみえる。それだけ必死なのかな？　龍が吹けば飛ぶような小国だし」

「そん……っ」

龍人国に比べれば、確かに自国は小さい。決して豊かではないが、それでも面と向かってその国の王族に言うことではない。

だけどタイランはそんな棘のあることを言うような、浅慮な人でもないはずなのに。

いや、ほんのわずかな付き合いしかない僕が、そう判断できるだけの材料は少ないけど。

たとえ結婚したとしても、ここにいるのは一国の王だ。僕は何も言い返せず、苛立ちを滲《にじ》ませる彼の視線をただ受け止めた。

それからその瞳は、悲しげに歪められる。もの言いたげなその表情は、見ているこちらの胸を詰まらせた。ひょっとしたら僕はまた、知らぬ間にこの人を傷つけてしまったのかもしれない。

「タイラ――」

無意識に呼びかけて、だけどその言葉はタイランが抱きしめてきたことで途切れてしまう。

薄衣を通して伝わる鼓動は、人間も龍人も変らない。同じように早鐘を打つ心臓の動きは、僕の胸を勝手に跳ね上げる。

耳朶《じだ》に触れるくらいの近い距離で、タイランの唇が言葉を紡ぐ。

「ねえ、イル。君は何も知らないでここにいるの？　私たちは結婚したんだよ。つまり今夜は正式な初夜だ。私はそのために来たんだって、本当に気付いていなかったの？」

「え？　ですが男同士で」

「男同士であっても、まぐわう方法はあるんだよ。君は本当に何も教えてもらってないんだね」

呆気にとられる僕の身体を、タイランの指がなぞる。刺激に肌を震わせると、へその下辺りで指がクルクルと弧を描くようにして動いた。揺れるタイランの吐息が、熱い。

「ほら見てごらん。君の身体の方は分かってるみたいだ」

タイランがわずかに身体を起こし、僕に自分の下半身を見るよう視線だけで促した。

そこにあったのは、薄布を押し上げて彼の指の近くまで反り返る自分自身だった。

身に纏《まと》っている薄いガウンはその部分だけ色を変えて、先端からにじみ出た淫液を吸っているのが見て取れる。

「うそ……」

想像もしてなかった自分の身体の反応に、僕は思わず口を両手で覆った。

「す、いません、僕……！　お見苦しいところをっ」

「隠すのは顔なの？　そら……ここは隠れてないけど」

クックツと喉を鳴らして笑うタイランは、先ほどと打って変わって機嫌がよさそうだった。そんな彼の手によってあっさりとガウンをはだけられて、下肢を露わにされてしまう。

まるでそれを待っていたかのように勢いよく飛び出すのは、自制が効かない僕の陰茎だ。

そしてタイランは一切の躊躇《ちゅうちょ》なく、あっさりと目の前のそれに舌を伸ばした。真っ赤な舌が敏感な部分に触れた瞬間、僕の身体がビクリと跳ねた。

「な……っ、んあ……！　あ、駄目、汚い……っ」

ヒトより長い舌が僕の幹に巻き付き、唾液を纏《まと》わせぬるぬると動いた。

尊い立場であるタイランの整った顔と、そしてピクピクと動く僕の欲望が同時に視界に入る。あまりにも卑猥で背徳的な絵面に、僕の背筋はゾクゾクと震えた。

タイランを止めなければいけない。

そう思う反面、彼に掴まれた腰が勝手に快楽を求め揺れる。どうにかすれば、自ら刺激を強請《ねだ》ってしまいそうだった。出てくる声を噛み殺したいのに、淫猥な音を立てて小さくそれに口づけられる度、だらしない声が唇から溢れ出す。

「だ、め、……っ、あうっ」

つなぎ止めた理性で制止の声を上げようとした瞬間、僕の陰茎はタイランの口の中にちゅるんと全てを飲み込まれた。僕の下生えがタイランの口元に触れて、その美しい顔が上下する度に、彼の唇から無骨な性器が見え隠れする。

「んっ、く……っあ、ああっ」

なぜこんなことをするのか、とか。初夜とはこういうものなのか、とか。男同士なのに、とか政略結婚なのに、とか。タイランは僕のことをどう思っているのか、とか。

頭の中に次々と浮かぶ疑問は全て、目の前に迫る絶頂に取って代わられる。

求める快楽の前には、僕の考えなど全て些細なことのように思えてしまい、太い腕で抱き込まれた腰はカクカクと揺れて解放を求めた。

「あ、あ……っ、タイラ……ン……さま！　タイラ、あ、あ……っ」

気が付くと僕はタイランの頭を抱え、彼の喉に押し付けるように腰を振っていた。狭い口腔内はヌルヌルと熱く、ねっとりと絡みつき快感を与える舌はもはやこの世のものには思えない。誘い込まれるようにして吸引される度に、目の前が真っ白に弾けるようだった。

「あ、あ……！」

そして一際強く吸われた途端、僕の欲望はタイランの口で呆気なく弾ける。

この年齢で自慰を知らない訳ではない。だけどこんな快楽は味わったことがなかった。

あまりの強い刺激と余韻に口をハクハクとさせていると、まだ含まれたままの陰茎がタイランの喉奥まで飲み込まれた。

「あっ⁉」

今更ながら強く吸われる感触で、先に放った精をタイランが嚥下《えんげ》していることに気が付いた。

一国の王であるタイランに、僕はなんて不敬を働いてしまったのか。

慌てて身体を離そうとしても、ガッチリと掴まれたままの腰からタイランの腕は離れない。

それどころか強く引き寄せられて、陰茎を含んだまま僕を見つめる瞳は悪戯っぽく細められる。

「んっ！　ん、んんんっ」

残った残滓まで吸い出されて、その度に僕の身体は弓なりに跳ね、絶頂後の敏感な亀頭に与えられる強い刺激に肩を震わせた。

「タイ、ランッ……あ！　あ」

立て続けに与えられる快楽は僕には強烈過ぎて、目の前が真っ白になる。

絶頂したのか、それとも今なお絶頂を迎えているのか。それすらも分からなくなる程に、僕は与えられる快感の波に、ただただ嵐のように巻き込まれ喘ぐしかない。

「イル――」

名前を呼ぶタイランの声が妙に甘くて、だけど僕が覚えているのはそこまでだった。

疲れと驚きの連続だった一日が終わり、そして初めての閨事と与えられた媚薬のせいなのか、僕はそのまま意識を手放してしまった。

◇◇◇

そして翌朝。まだカーテンから漏れる光もか細く、薄暗い室内で目を覚ました。

「え、わ、ええ⁉」

起きた瞬間、突然目に飛び込んできた見慣れない美丈夫に、僕は思わず大声を上げてしまった。

「元気そうで何よりだよ」

耳を押さえたタイランは、迷惑だっただろうに笑顔を作ってくれている。

それはそうだろう。この至近距離で大声を出されれば、驚くのは当たり前だ。

「も、申し訳ありませんっ」

しかし寝起きのごく至近距離に、まるで作り物のような美しい顔があったら誰だって同じ反応をするに違いない。

タイランはゆるく笑い、当たり前のように僕の額に触れた。

「ふむ。もう熱はないね。媚薬の効果は切れているようだ」

「ぴ、っ」

その言葉に、僕は昨晩の失態を思い出してしまった。

そうだ、僕はあろうことかこの尊い方の口に――

あまりのいたたまれなさに死にそうな気分になりながら、僕はそのまま枕に顔を埋《うず》める。

「イル？　どうしたの」

「申し訳ございませんでした……」

心配そうな声にも顔を上げられず、そう枕の中でモゴモゴと謝罪するしかない。媚薬を飲んで昂ぶってしまった僕を、タイランは親切にも導いてくれたのだ。

薬の影響なのか、それとも疲労のせいなのか、昨日の出来事の記憶はまだフワフワと曖昧で、所々抜け落ちてしまっている気がした。

「ふ、ふふ。いいよ。もう夫婦なんだから、これくらいで謝らなくて良い」

大変な失礼をしたというのに、タイランは意外にも上機嫌だった。枕に隠しきれない僕の髪の毛を、タイランは何度も指先で梳《す》いて流す。甘い仕草はまるで恋人同士の距離感のようで、なんだかその甘い空気に勘違いしてしまいそうだった。

よく考えれば僕とタイランは今同じベッドの中、同じ布団の中にいるのだ。

そう自覚した途端、わずかに触れあうお互いの素足に意識が集中してしまう。じわりとそこに汗が滲《にじ》む気がした。

髪に触れる指先の感触が気になり始め、やんわりと振り払うようにして顔を上げた。

「あ、あの、タイラン様。申し訳ありませんが僕はあまり……その、昨日のことを覚えていなくて」

「私の口に吐精したことは？」

「～～そ、それは覚えております……っ」

できることならあの失態は忘れていたい。もしも頭を強く殴ることで忘れられるなら、今なら喜んで殴られるかもしれない。再び枕に顔を埋《うず》めてしまおうか。

そう思ったところで両頬をタイランの手で挟まれた。至近距離で浴びる華やかなオーラに、さらに顔に熱が集まる。どうしてこの人は、寝起きでもこんなに美しいのだろうか。

「イル」

「ひゃいっ」

動揺しすぎて声が裏返る。昨晩着せられた薄いガウンは既にはだけてしまっていて、布団の中はほとんど裸の状態だし、滑らかな絹から覗くタイランの厚い胸板はすぐ側に迫っている。

同じ男同士でただ一緒のベッドにいるだけだというのに、この緊張は何だろうか。昨晩あらぬ場所を晒して、とんでもないことをしたせいかもしれない。

僕の心情を知ってか知らずか、タイランの瞳は揺らぐことなく見つめてくる。

「イル――」

甘く囁くタイランの声は昨晩の痴態を思い出させる。身体が震えて、思わず彼の胸を強く押した。

「き、昨日のことは忘れてください！」

「は？」

「ど、どうにかしてました！　忘れてください！」

「イル、ちょっと――」

「あー！　そろそろ朝食の用意があります！　タイラン様も一度お部屋にお戻りいただいた方がよろしいかと！」

滅茶苦茶な言い方で、明らかに取り繕えないまま一国の王を寝室から追い出そうとする。

タイランの言葉を借りるなら、初夜が明けた朝に伝える言葉ではないのは分かっている。だけど僕はもう昨晩のあれこれだけで既にいっぱいいっぱいで、漂う空気が甘く変わったタイランの態度を落ち着いて受け入れるには、もう少し自分一人の時間が必要だった。

追い返すにしても言葉が悪すぎるし、これで不興を買ってしまったらどうしようと不安を胸に抱いたものも束の間、タイランは僕の手を取り、その甲にキスを落とした。

「分かったよイル。蜜月は始まったばかりだ。お互いのことをもっと良く知るためにも、時間をかけていこう」

混乱していることに理解を示してくれたタイランは、苦笑しながらも寝台からするりと降りた。それ以上深く踏み込むことのないその態度は、申し訳なくもありがたかった。

本来であればきちんと扉の前まで見送るべきなのかもしれないが、いかんせん布団の中の僕は外に出られるような格好じゃない。見ればベッドの下には、昨晩着ていた薄衣が丸まっている始末だ。

どうしようかと考えあぐねていたところに、控えめなノック音が聞こえてきた。

「どうしたの、ホンスァ」

扉の向こうからはまだ何も言っていないのに、タイランは間髪入れずに問いかける。

「イル。ホンスァを部屋に入れてもいいだろうか」

「え？　ええ、もちろんです」

律儀に僕に確認を取るタイランが「いいよ」と発するなり扉は開いた。

外からはノック音しか聞こえなかったので半信半疑だったものの、本当にタイランの世話係であるホンスァがひょっこりと顔を出したことに驚いた。

龍人同士にしか聞こえない、何か秘密の交信手段でもあるのだろうか。

「おはようございますイル様。身体のお加減はいかがですか」

ニコニコと可愛らしく微笑むホンスァに癒されて、知らず緊張していた身体から力が抜ける。

「おはよう。特に問題ないよ、ありがとう」

聞かれたから素直に答えただけなのに、なぜかホンスァは一瞬押し黙り、それから隣に立つタイランを見た。

タイランは何も言わず、なぜかただ首を横に振る。するとホンスァは大きく吹き出した。

「ま、マジで……？　タイラン様なにも？　ククク……へたれ」

「致し方あるまい。そういう時もある」

「あ、あの……？」

二人の間だけで話が完結してしまって、何か自分に関係することを言われているようなのに内容を察せない。とはいえ二人の視線がチラチラとこちらを向いているのも気まずくて、早くこの状況から抜け出したい気もする。

僕の思いが通じたのか、ホンスァは何かを思い出したようにポンと手を叩くと、タイランの背中を扉に向かってグイグイと押した。

「イル様はまだ気持ちの整理がついてないようにお見受けしますし、一旦タイラン様は連れて行きますねっ！　イル様は朝食までゆっくり身支度されてください」

「う、ん？　うん」

気を遣ってもらっているのだろうが、どうも腑に落ちない態度だった。とはいえ早めに出て行ってくれるのはありがたい。これで一緒に暮らすまでのあと数日は、一人でゆっくり考えられそうだ。

ホンスァはタイランを押し出すようにして扉を閉め、そして僕が一息つきかけたところで再びひょこっと顔だけを覗かせた。

「そうだ、イル様」

「え、えっ何？」

「昨晩のうちに離宮の準備が整ったようですよ。朝食をとられたら、お引っ越しですって。新生活が楽しみですね！」

ニコッと笑うホンスァにつられる形で僕も思わずへらりと笑みを返してしまって、それから言葉の意味を理解して時間が止まる。離宮とは、男二人の新婚生活に向けて整え直すと言っていた、あの離宮のことだろうか。今日明日で仕上がるものでもないはずだ。

「え。き、今日……？　数日かかるって話だった、よね？」

「ハイ！　もう少し早くできませんかってお願いしたら、皆さん頑張ってくれて！　王都の職人を全員集めて、徹夜で仕上げてくれたそうです」

無邪気そのものに見える笑顔のホンスァだったが、言っていることはなかなか凄い。つまり職人達を集めさせて、徹夜でさせるだけの圧を掛けたということだ。ホンスァも世話係とはいえ、たった一人で黒龍陛下と共に他国に来るだけの力を持つ人物だということだろう。

昨晩のことが尾を引いていて、できたらもう少しの間くらいはタイランと距離を置きたいのが本音だったりする。本来ならばゆっくりと、彼と理解を深めていきたかった。

何も知らないホンスァは、笑顔のまま扉の向こうに消えた。

「それではイル様。また後ほどっ」

なんとも言えずに曖昧に微笑んで誤魔化してしまう。このまま共同生活に入ることに不安があるのに、それを伝えることができずに隠してしまう。これは僕の悪い癖だ。

「どうしよう……」

閉じられた扉を見送って、僕は呆然とそのままベッドに倒れたのだった。


そうして午後から突然、僕とタイランの共同生活が始まった。

バタバタと荷物を運び入れる侍従たちをよそに、僕とタイランは離宮の小さな応接間で腰を落ち着けていた。

のんびりとした様子で横長のソファに座るタイランは、昨晩のことは何も気にした様子がなかった。蒸し返されないことに安堵しつつ、タイランの提案で夕食までの時間はお互いについて話そうということになったのだ。ひとまず僕が一番知りたかった、龍人国の暮らしについて聞いてみた。

僕は一人がけのソファに座りながら、ローテーブルを挟んでタイランの話に耳を傾けた。

「龍人たちは結婚してひと月目を蜜月と呼ぶんだよ。その間は何もせず、夫婦の愛を育む」

「あ、愛……ですか」

龍人国の慣習では一ヶ月、夫婦二人だけで暮らすという。それは妻側の家でも夫側でも、もしくは二人の新居でも構わないそうだ。

「イルは私の――龍人のことを知らないだろう？　本当ならすぐにでも国に連れて帰りたかったけど、慣れた環境で過ごした方が安心できるかと思ってね」

張り替えられたソファの座面は、以前と違う明るい色合いの布地だった。タイランの気遣いを感じながら、僕はもぞもぞと落ち着かない気持ちでその生地を指でなぞる。

聞こうか、それとも聞くまいか。

逡巡《しゅんじゅん》しながらも、それでも聞くなら今しかないと、意を決して拳を握る。

「タイラン様は、その……結婚相手が男と知って、動揺しませんでしたか」

そう伝えた後に、これでは自分が動揺したのだと告白しているようなものだと焦る。

だけどタイランは気を悪くした様子はなく、ゆったりと構えて微笑んだ。

「この国は異性婚しか認められてないんだよね。イルは私が現れて、困惑しているの？」

「……はい。申し訳ございません」

「謝ることじゃない。価値観はそう簡単に変わらないからね。正直に話してくれてありがとう」

タイランはそう言うと身体を起こし、その空いたソファの隣をポンと叩いた。こちらに座れということだろう。

僕は素直にそれに従い、やや距離を取って彼の隣に腰を下ろした。

「私はイルと結婚できて良かったと思っているよ」

膝の上に置いた僕の手の甲に、伸ばされた彼の手が重なった。見上げた闇色の瞳には穏やかさと誠実さが浮かんでいて、どうして出会ったばかりの僕にこんなに良くしてくれるのか分からない程だ。

タイランは一国の王なのに、気さくで思いやりがある。今まで生きてきた僕の周囲には、こんな人はいなかった。

王である父と踊り子の母の間に生まれ、恋に焦がれて泣く母を見て育った。生育環境の割には歪まずに育ったと自認しているものの、嫌みや皮肉には良くも悪くも耐性がある。

取り繕われた悪意には慣れていても、タイランのように真っすぐに好意を向けて来る人なんて、僕の周囲にはいなかったのだ。

だからこの人の気持ちにどう向き合えば良いのか、正解なんて分からない。

「僕も……結婚相手がタイラン様で良かったと思っています」

この方の優しさはきっと、真正面から受け止めてもいいのだろう。そしてそれを嬉しいと感じる気持ちを、僕もタイランに真っすぐ伝えてもいいのかもしれない。

そう思ってそれを言葉にすると、タイランはふわりと華やかな微笑みを浮かべてくれた。

「イル、嬉しいよ」

それに何より、ほんの少しだけこの結婚で良かったと思うことがある。

「男同士なら、愛なんて芽生えませんもんね。良かった」

「……良かった？」

「ええ。既にご存じかと思いますが僕の母は妾《めかけ》です。僕は王子として認知されていますが、父上には随分放置され、この離宮で育ちました。母はいつも父を恋しがって泣いていて……あれが愛なら、僕は一生誰も愛したくないと思っていました」

貴族や王族に、愛のある結婚なんてないのかもしれない。耳に入る話だけでも、やれ誰が浮気したとか、どこの家はお互い愛人を囲っているとか、そんな話ばかりだ。

「愛や恋なんて曖昧なものではなく、パートナーとしてタイラン様を支えられることが嬉しいです」

本心をぶつけるのは怖い。だけどタイランにならば話してもいいと思えた。この人はこの短い時間の中でも、いつだって僕を本心から気遣ってくれている。

「結婚は怖いと思っていました。母のように愛に狂うのも恐ろしかった」

タイランの顔を見るのが怖い。知らず俯く視界には、重ねられたタイランの手が映った。温かいその手のひらは、静かに続きを促してくれるような気がした。

「だから、タイラン様という尊敬できる方がお相手で、本当に良かったと思っています。本当の妻のようにはなれませんが、誠心誠意お仕えします」

そう誓ってパッと顔を上げると、タイランはなんとも言えない渋い表情をしていた。

「あ、あの……？」

明け透けに伝えすぎたのかもしれないと不安に駆られたところで、重なっていた手がより強く握られた。ずいと、一層タイランの顔が近づく。

「イル」

「は、はい」

見つめてくるタイランの目が、据わっている気がした。その迫力に気圧されてしまうものの、強い視線を外すことはできない。

「………」

「……あの？」

いつまで経っても何も言わないタイランに思わず声をかけたが、タイランは口ごもったままただ時間だけが流れる。

「っはあ～！　タイラン様、黒龍の癖にへたれてますねぇ～」

いつの間に来ていたのか、ホンスァが荷物の箱をいくつも抱えたままそう言い放った。そしてドサドサとそれを長テーブルの上に置いて、呆れたようにため息をついた。

「煩《うるさ》いよ、ホンスァ。仕方ないだろう」

その言葉をきっかけに重ねられていた手が離れて、少しだけホッとしてしまった。

「絶対もっと押した方がいいって！　ね、イル様っ」

「ホンスァ、これは我々夫婦の問題だ。口出し無用だぞ」

「ん〜？　あ、そう〜？　じゃあ相談事も、今後はなしでいいってこと？」

「それは……また別の話だろう。今それを持ってくるのは反則じゃないか、ホンスァ」

またしても僕を挟んで、二人の軽口の応酬が始まったようだ。

「ええっと……二人とも仲が良いんですね？」

放っておいたらずっと揉めそうな二人の間に、無理矢理話をねじ込んで止めてみる。

決して、自分には分からない話が寂しいとか、知りたいとか。そういう理由ではない。決して。

僕の質問に顔をガバッとこちらに向けたのは、タイランだった。

ずいとその顔を寄せてくるから、後光が差すような眩しさにドギマギとしてしまう。

「私の妻はイルだけだからね」

「はい……？」

今そんな話をしていただろうか。

脈絡なくよくわからないことを言われて、愛想笑いで誤魔化す僕の耳元でホンスァがクツクツと楽しそうに笑う。

「俺はお目付役ですからねえ。昔から、タイラン様の尻拭いばっかりしてるんですよ。それこそ手のひらサイズの幼龍の頃からね」

「えっ」

十三歳程度にしか見えないホンスァだが、本当はいくつなのだろう。タイランの幼龍時代、つまり子供時代を知っているということは、少なくともタイランとは同年代なのだろうか。

「イル様、何でも顔に出るのは王子として良くないですよ？　龍人はね、見た目と年齢が一致しないんです。俺はタイラン様よりもうんと年上なんですよ」

「こう見えていい歳だからな、ホンスァは。見た目に騙されてはいけないよ」

「やだな〜タイラン様ってば。俺は可愛い可愛いみんなのホンスァくんだよ？」

呆気にとられる僕を置いてけぼりにして、やはり二人は目の前で親しげに話を繰り広げる。

なるほど、この親密さは子供の頃から一緒だからなせる業《わざ》なのか。

美しくも仲の良い二人はすごく絵になる。

息ぴったりな二人を見ていると、胸の辺りがなぜかざわついて、その理由が分からず首を傾げた。

「あ、イル様。俺はタイラン様は全く、好みじゃないので安心してくださいね。あくまで息子みたいな相手です」

「お前のような父親はいやだな」

「わーい、タイラン様とは気が合うな〜。後で表に出ろクソガキが」

明るく喋っていたはずのホンスァの口から、聞いたことのない低音が飛び出した。

「え、えっ？　ちょ、え？」

楽しそうに話をしていたのに、急ににらみ合う。仲が良いのか悪いのか分からない二人の関係に戸惑いつつも、先ほどホンスァが言っていた言葉が頭の中で反復される。

——タイラン様は全く、好みじゃないので安心してくださいね。

ホンスァは一体、どういう意味でそれを言ってるのだろう。

少し気になったものの、それよりも目の前でさらに舌戦を繰り広げる二人を止める方が先かもしれない。

「ちょ、ちょっと二人とも！　その辺で！」

「イルがそう言うなら」

「おっと、夫婦関係はまだの癖に旦那ぶるねぇ」

「ホンスァ？　喧嘩ならいつだって買うよ？　イルの匂いは私に対して軟化してるんだからね」

「も、もうっ！　二人とも、だから～～っ」

気を抜くとまた二人のペースになってしまう。

呆れながらも、この輪の中に入れることをなぜか嬉しく思った。

そうこうしている間に、侍従たちによって荷物の運び入れも全て終わったとの知らせが届く。

今夜から、離宮での二人きりの生活が始まるのだ。

といっても日々の掃除のために多少の侍女たちの出入りはあるし、別室にはホンスァも常に待機している。全くの二人きりとは違うものの、王族であればそれは当然でもある。それにタイランは王であるというのに、基本的に身の回りのことは一人で行うらしいので、本当に出入りするのは最低限の人員だけとなるそうだ。

龍人国では王まで自立しているのかと感心して聞いていたが、ホンスァは「暗殺防止のためですねっ」なんて軽く言うのだった。

夕食後、それぞれ入浴も済ませて案内された寝室。

結婚した二人のために整えられた主寝室にあるのは、巨大なベッドが一つだけだった。

そこには男二人で同じベッドで眠る虚しさと、そしてなぜか緊張感がある。その得体のしれない緊張を、僕は美しき王と眠る緊張だと結論づけた。

ここでこれから一ヶ月間、ずっと一緒に眠るのかと思うと気が重い。一人寝しか知らない自分の寝相も気になるし、寝起きの顔もきっと見せられるようなものではないだろう。寝ている間に失礼なことをしでかさない保証もないのだから、これは辞退するのが妥当だろう。

ベッドの前でタイランと共に立ち尽くしたのは一瞬で、僕は一瞬でその結論へと辿り着いた。

「……僕はゲストルームで寝ますね」

そうだ、いかに対外的には夫婦といえど、龍人の王ともあろう人物が男と共寝など空《むな》しいばかりに違いない。

妙案だと、そそくさとメインルームを出ようとした僕の腕を、タイランが掴んだ。

にっこりと笑う彼の表情は、綺麗な笑顔のはずなのにどこか怖い。

「イル。こんなことは言いたくないけれど、俺たちは夫婦だよね？　新婚早々夫婦仲が悪いなんて噂されては困るんじゃないかな」

それは確かに一理ある。結婚することだけが目的ではない。それを継続しなければ、この政略結婚の意味がないのだ。

しかし実際の夫婦仲はどうであれ、貴族であれば皆対外的な仮面を被って生活している。こんな寝室の中でまで、仮面を被らなくてもいいのではないだろうか。

「私はイルと仲良くありたいと思っていたんだけど……イルは違ったのかな」

「い、いえ！　そんなまさかっ」

目に見えてしょんぼりとした様子を見せるタイランの姿に、俺は慌てて両手を振って否定した。

こちらに譲歩してくれる彼に対して、そんな顔をさせるつもりはない。

「それじゃあ、周囲にそれを知らせるためにも一緒に寝よう。いいよね？」

「そうです……ね？」

なぜか纏《まと》まってしまった話に疑問符を浮かべながらも、促されるままにベッドへ入った。

隣には光り輝く黒龍陛下がいる。流れる黒髪が絹の枕に複雑な流線を描いていて、それすら彼を飾り立てる装飾具のようだ。

「おやすみ、イル」

そういって瞳を閉じるタイランだったが、僕はなかなか寝付けそうになかった。

男同士で眠ることのどこに緊張する理由があるのか。その理由が分からないまま、夜はどんどん更けていくのだった。

第五章

離宮での共同生活を始めて数日が経った。

ホンスァが用意してくれた朝食をとり、今日はそのまま勉強会を行う予定になっている。

龍人国へ向かうのは一ヶ月先だ。この時間を利用して、かの国の歴史や常識を教えてもらっているのだからありがたい。

政略結婚、それも僕は婿入りなんていう弱い立場の癖に、龍人国の知識を学んでいない。

しかしこの国には、龍人国に詳しい人間などいないのだ。僕の手元にあった龍人国の資料は結局、あの絵本と旅行記だけ。それもさすがに離宮に持ってくるには憚《はばか》られる内容だったため、引っ越しの際に城の図書室に戻してきている。

それだけ龍人国とニヴァーナ王国は交流がなく、その上まさか龍人たちの王である黒龍陛下と縁を結ぶことになるとは、誰も思っていなかったはずだ。

僕に不足している知識を教えてくれる先生はホンスァだ。どこから持ってきたのか、今日も大きな黒板にカツカツと図を描いてくれている。

正面の席に僕が座り、タイランはその隣で頬杖をつきながら、なぜか僕を凝視している。サラサラとした黒髪を今日は結わずに流していた。

「では、昨日までの復習をしていきましょうか。イル様、龍人国の成り立ちからどうぞ」

「ええっと、龍とヒトが交わったとも、龍がヒトの姿を取ったとも言われているが、その真偽は不明。少なくとも二千五百年前には国として成立していたんですよね？　すごいな、我が国は建国から四百年足らずですし、長い歴史がおありなんですね」

世界でも類を見ない歴史を持ち、山々に囲まれた地理の関係で長らくヒトとは関わらずに独自の発展を遂げてきたと聞く。特に東に位置する我がニヴァーナ王国とは、連峰に阻まれているせいで隔たりが顕著だ。

逆に、西側はまだヒトが頑張れる程度の渓谷が多いそうで、そちらの国々とは国交も活発なのだとか。そういう意味で我が国は、一歩遅れているのだろう。

「違うよ、イル。どうしてそうなる？」

しみじみと噛みしめていると、隣からむっつりとした声が飛んできた。

「え、間違ってましたか？　すみません、教えてもらえますか」

慌てて手元のノートをめくり直す。メモをとったものと纏《まと》めたもの、二冊のノートを広げ直すと、その手に大きなタイランの手が重なった。

「イルには、龍人国を我が国と呼んでほしいな」

タイランは優しく微笑んでそう言った。ヒトよりも少し長い尖った耳が、普段よりほんのり赤く見えるのは気のせいだろうか。

「タイラン様～、遠回しすぎる独占欲じゃん～。イル様には伝わってないみたいだけど」

「……ホンスァ。君はすぐ余計なことを言う」

「老婆心ってやつですよ。イル様はもう自分の王妃だって言いたいんでしょ。あ～黒龍の執着って、ほんと重いですねぇ」

「お、おうひ……」

そうなのだ。考えないようにしていたけれど、龍人国の王と結婚した僕はその伴侶、つまり王配になってしまった。とはいえ龍人国では龍としての血統を重視しているため、ただのヒトである僕は統治に関わる権限はないらしいけど。

それでも王子の立場とは全く違うだろう。種族すら違う、知らない国での暮らしに身が竦《すく》む。

「そもそも、男の僕が王妃という表現はおかしいのではないでしょうか？　呼び方もそうだし、そもそも男同士で結婚しても」

「そうですか？　うちは慣例上、王の伴侶が男でも女でもそう呼びますね。ああ、ニヴァーナ王国は異性婚しか認めてないんでしたっけ？　こっちに来てすぐ、なんか上の人間たちもゴチャゴチャ言ってましたもんね」

そもそも男は女を娶《めと》るものであり、結婚とは子を産み育てるためのものであると教育されてきた。自覚がなかったとはいえずっと城で育ってきた僕は、その価値観を当然だと思い疑ったことがなかった。同性婚なんて、僕には遠い世界の話だと他人事だったのだ。

「だ、だけど同性ばかりが結婚していたら、国は衰退する一方では？」

人口減少は労働力の減少だ。それはすなわち国力衰退に繋がる。龍人国はそれをどう考えているのだろうか。それとも何人も妻を娶《めと》るのだろうか。それが男だったり、女だったり。

「ひょっとして、一夫多妻制ですか？　タイラン様も、僕以外に女性の妻が何人か？　それとも側妃を迎える予定がおありですか？」

それなら納得できる。だがそう考えると、なんだか胸がモヤモヤする。

僕は首を傾げながら胸の辺りを撫でさすった。朝食に食べた何かが、もたれたのだろうか。

重なっていただけのタイランの手が、僕の指の間に滑り込み強く握り込んだ。

「イル。君にとって私は、何人もの妻を娶《めと》るような男に見えていたの？　私が同時に何人も愛するような、不誠実な男だと？」

タイランが、夜空を溶かしたような瞳でジッと僕を見つめた。その視線は僕を咎《とが》めるようでもあったし、悲しんでいるようでもあった。

瞳に映る複雑な感情を受けとめきれず、僕は自らの失言を悟る。

「龍人は、一夫多妻制ではないんですね。すみません僕、早とちりしてしまって」

わかってくれたらいいと真剣な顔で頷くタイランに、僕はなぜかホッとしてしまった。

この安堵を覚える理由は一体なんなのだろうか。

タイランが他に妻を娶《めと》ることはない。それのどこに安心する要素があったのか、自分でもわからない。

タイランと出会ってまだ数日だが、彼と接していると、自分の中で言語化できない感情が多々湧き上がるのだから不思議な話だ。

ホンスァは何かを思い出したように、悪戯っぽい笑みを浮かべた。

「それどころか、龍人なんてド執着男ばっかりですよイル様。この人、と決めたらテコでも動かないんですからねぇ。特に龍人の中でも、黒龍はすごいって有名ですもん。ヨチヨチ歩きの幼龍の、一目惚れならぬ一嗅惚《ひとかぎ》れを長年諦めない、ヤバい黒龍もいますしね」

「一嗅惚《ひとかぎ》れって？」

「ホンスァ」

制止のようなそのタイランの声を聞き流して、ホンスァは黒板にカツカツと龍の絵を描いた。

「龍人は嗅覚が優れてるんです。それは単純にヒトと同じように匂いだけだったり、感覚的なオーラや雰囲気を嗅ぎ分けたりもする。そして龍としての力が強い者ともなれば、自分にとって相性の良い者を見つけることもできるんですよ。一度その匂いを嗅いだだけで相手を好きになる――それが一嗅惚《ひとかぎ》れです。一目惚れみたいなもんですね」

そして龍の絵の下に二人の人間を描き、片方に丸、片方にバツを付ける。可愛い絵だ。

「へえ……すごい。運命の相手ってこと？」

「さあ？　その龍人にとっては運命でも、相手にとっては運命じゃない……ってこともあるでしょうしね。一嗅惚《ひとかぎ》れにまつわる龍人の悲劇は、古典歌劇があるくらい知られていますよ。海を越え山を越えた、その向こうから漂う甘美な匂いに誘われ旅をした龍人だけど、その相手は既に所帯も子も持っていた……なんて話です」

きっとそれは悲恋物語なのだろうが、僕は釈然としない心持ちだった。そもそも本能的な直感だけで判断したというのは、その相手の中身を見ていないようにも聞こえる。

「匂いだけで好きになるなんておかしいよ。結局それって、その人自身を見てなかったってことでしょう。好ましい匂いだったのかもしれないけど、それを愛だと思い込んだだけでは？」

僕の言葉に、ホンスァは笑顔のまま固まった。

そして隣からは「うぐっ」という呻きが聞こえて、見ればタイランが机に突っ伏していた。

「あれ？　僕また変なことを言った……？」

「いえいえ……この話題の当事者の胸をえぐっただけで……イル様は気にしなくて良いですよ。まあ、散々悪し様に言っといてなんですけど、一嗅《ひとかぎ》惚れも良いものなんですよ。自分にとって好ましい相手を見つけられるから、そこから寵愛されてハッピーエンドもありますし。外見を好きになるのも、優しい部分を好きになるのも、一緒です。きっかけがそれであるけど、それが全てではないでしょ？　一緒に過ごして、さらに好きな所が増えていくんですよ」

匂いで判断するなんて、乱暴な気がした。

だけど確かに、何をきっかけにして相手を好きになるのかなんて、誰にも分からない。匂いが好きだから相手を好きになることが、おかしいと決めつけてしまう発想も乱暴だったかもしれない。

そもそも匂いというものに敏感な種族を相手に、それをおかしいと言い切ってしまったのは失言だった。理解できないことを否定するのは簡単だが、これからまさにその一嗅《ひとかぎ》惚れのある別世界で生きようとする僕が、それを拒絶してしまうのはよくなかったと反省する。

「ごめんね。僕、恋ってしたことがないから変なことを言ったかも」

隣からガタッと音がする。先ほどまで突っ伏していたタイランが、今度はガバッと起き上がったらしい。先ほどまでの落ち込んでいた空気から一変し、明るさを放っていた。

「つまりイルは初恋がまだということか？　これは良かったと言うべきなのかな……それとも私には興味がなかったことに……いや、これは僥倖《ぎょうこう》では。つまり新妻の初めてを全て手に入れられる」

「タイラン様タイラン様。おい、クソガキ。気持ち悪い本音が漏れてますよぉ」

ブツブツと呟くタイランと、その呟きがきちんと聞こえているらしいホンスァが、なにやら不穏なやりとりをしている。僕はそれを耳にしながら、龍人は嗅覚だけじゃなく聴覚も優れているのかな、なんて別のことを考えていた。

二人に挟まれる賑やかで穏やかな日々は、ここは既に自国ではないような気にさせる。生まれ育った離宮で、こんな風に楽しく過ごせる日が来るなんて思ってもいなかった。

「ホンスァも恋をしてみろ。私の気持ちが少しは分かるだろう」

「はあ～？　言ってるじゃないですかぁ。俺が可愛すぎるせいで、万人がすぐ擦り寄ってくるから迷惑なんですよ。この離宮に来てからも老若男女が色目を使ってきて。特に人間の女は臭いし媚びるし、絶対嫌だね」

「臭い？　香水が？」

確かに貴族は普段から香水を使っている。僕は香水のあの独特の匂いが苦手で使わないが、女性陣は特に使うことがマナーだと思っている者もいる。学園でも多数の香水の匂いが入り混じり、日によってはそれで頭痛がするくらいだ。

嗅覚が優れているという龍人には、辛いのかもしれない。

「んー香水じゃなくって、なんていうんですかね……体臭？　なんだろ、欲望が匂う、みたいな。オーラや雰囲気が匂いになっちゃうんで、力のある龍人には分かっちゃうんですよね」

下心のようなものが、匂いになってしまうのだろうか。

僕はほんのわずかに不安になって、そっと自分の身体を嗅いだ。

もちろんただの人間である僕に、それは分からないのだけど。

「龍人はヒトよりその辺の感覚が強くて――そうそう、だから青龍のやつらはあの聖女とやらに騙されてたみたいなんだけど」

聖女、という言葉にドキリとした。

学園での追放劇をまだ忘れた訳ではないからだ。言われるまで意識せずにいられたのは、その後の結婚があまりに怒濤《どとう》の展開だったおかげだ。だけどあの日受けた悲しみの記憶は、未だ癒えない生傷のように僕の心の中に重く沈んでいる。

聖女に懸想《けそう》した挙げ句、振られた腹いせに嫌がらせをしたという冤罪で、実の兄に学園追放を言い渡された。ひそひそと嗤う生徒達の声も未だ耳に残っている。

だけど今、そこまで落ち込んでいないのは、いつも側にいるこの二人のおかげかもしれない。二人とのこの生活は、不思議と僕の心を軽くしてくれる。

「タイラン様、その。金山の件では大変申し訳ございませんでした」

ホンスァが騙されていたというのは、あの金山のことだ。我が国が略奪を目論み、戦争していた龍人国のその土地は、突如現れた聖女が仲裁した上で龍人国から『差し出された』と聞いていた。

実際は聖女がその場にいた龍人たちを洗脳し、金山を奪い取ったのだ。結局すぐにその洗脳は解けてしまい、新たな戦争を回避するために僕が龍人国と婚姻を結ぶことになった訳なのだが。

だけど考えれば考えるほど、龍人側にとってこの結婚にメリットは感じられない。

「ん、いやそれは全然良いんですけどね。あんな端っこの山なんて、管理できずに放ってただけだしね。実際大した金が採れないからって、この国も慌ててたんでしょ。まー叩き潰さずに、暇つぶしだってのらりくらりと防衛してたうちの青龍も悪いし。それにあの辺にある山脈の中央は、どうせ人間の足じゃ乗り越えられないから、防衛上も問題なし」

「はあ……」

我が国は必死だったと聞くあの戦争は、龍人国にとっては『のらりくらりとした防衛』だったのか。改めて種族と国力の違いを突きつけられた気持ちだ。

いやむしろ身体能力の優れた龍人相手に喧嘩を売って、一応は勝利で終わらせられたのはすごいことなのかもしれない。

たとえそれがあの聖女の洗脳のせいだとしても、国の威信というものは大事なのだ。

「丁度あそこは青龍の管理下だったんですよね。まんまと女の匂いに騙されて……ククク、洗脳が解けた後の青龍の顔といったら。血相変えてタイラン様に報告に来た時には……フフフ」

クツクツと思い出し笑いをするホンスァは、見た目は美少女なのに随分悪い顔をしている。

僕はどうしたらいいのか分からず、ティーカップを揺らしながら愛想笑いをするしかなかった。

「青龍は青龍で、あの土地を治めるのに苦労しているんだよ。私はこの結果を悪いものだと思っていない。そう悪し様に言わないでやってくれ」

「はいはい。あ、イル様。青龍っていうのは土地の名称なんですけど、それと同時にそこを治める王の名称でもあるんですよ」

何かを思い出したように、ホンスァは黒板に地図のようなものを描いた。

「覚えてます？　昨日教えましたよね。はい、じゃあ龍人国内の主立った地名をどうぞ」

急に復習が始まって、僕は慌てて記憶を辿る。

「えっと……、国の中央に黒龍、そして東西南北に、青龍、赤龍、黄龍。白龍があるんだよね」

龍人国とは同一種族による連合国のようなものらしい。各龍人王が治め、その彼らを統括しているのが、今僕の隣にいる黒龍陛下だ。

たとえば青龍の領土は全てを青龍と呼ばれる王が統治しているし、よっぽどのことがなければ黒龍であるタイランまで話はこないと教えてもらった。

そうなると金山を奪われたという青龍の失態は、中央にいるタイランが結婚というカードを切ってフォローしなければいけない程、大きな事件だったのではないだろうか。

少なくとも僕はそう思っているのだけど、二人の話を聞くと真実はそうではないのかもしれない。もし大それた問題だったのなら、その国にのんびりと滞在しないだろう。

「イルは物覚えが早いな」

タイランはこんなわずかなことでもすかさず褒めてくれる。嬉しいが落ち着かない。

世の夫婦というものは、こんなにも相手に優しくできるものなのだろうか。実の両親の事例しか知らない僕は、仮初めの関係とはいえこの夫婦関係にはまだまだ慣れないでいる。

ホンスァは黒板に名称を書き入れ、そして正解だと分かるように大きな丸を描いてくれた。

「とはいえ聖女のこの悪行がきっかけで青龍は伴侶を得たし、言うようにそんなに悪いことでもなかったんですよ。何よりタイラン様にとっては渡りに船だったんじゃないですか？　ねえ～？」

「そうだな」

「否定しないんだ～。イル様愛されてるぅ」

ホンスァが言うような、聖女と僕の間には何か因果関係があっただろうか。

良く分からないが、たまにホンスァはこうして僕とタイランの関係をからかってくる。それは嫌な言い方ではなく、あくまで柔らかな茶々入れだが、どんな顔をしたら良いのかいつも困る。

ただの軽口であるそれを否定するほど野暮ではないのだけど、僕たち二人の間には男女間のような愛は存在しない、それはホンスァだって分かっているはずなのに。

夫婦愛をつつかれると、今後の不安と申し訳なさがこみ上げて気が重くなる。僕は二人に見つからないように、こっそりとため息をついたのだった。

◇◇◇

ニヴァーナ王国で新婚生活を送る日々の中、どうしたって慣れないことがある。

「お、おはようございます、タイラン様」

「おはよう、イル」

彼は朝日と共に目覚める習慣でもあるのかもしれない。毎朝目を覚ます度に、タイランは僕の寝顔を凝視しているようだ。寝起きに美形は心臓に悪い。

どこかの言葉であった気がするけど、美人は三日で飽きるなんて絶対嘘だ。少なくとも突き抜けた容貌のこの人に、僕は同じ男だというのに毎朝ドキドキさせられている。

そう、毎朝だ。

「あ、あの……そろそろ寝室を分けても良いのでは？」

二人分の体温で暖まった布団の中は心地良い。だけどなぜかそれは良くないような気がした。大きなベッドの中とはいえ、少し伸ばせば素足が触れる。その感触はあの、結婚初夜の失態を彷彿とさせてしまうのだ。

あの夜は僕が媚薬を飲まされてしまい、人命救助の意味合いでやもなくタイランが手を貸してくれた。タイランはその話題に触れてこないし気にしていないのかもしれないが、僕はどうしたって意識してしまう。意識しないように意識して、もはやよく分からないことになっている。

「どうして？」

「同居してもう一週間経ちますし、周囲の目を誤魔化す必要もなくなってきたかなあ、と」

龍人国の伝統に則り、一ヶ月は二人きりで暮らす。その要望を国は受け入れ、僕の育った離宮で二人きりの生活を始めて既に一週間が過ぎた。

一時はどうなるのかと思っていたこの生活だけど、どうにか順調に暮らしている。いやむしろ、今までの人生の中で今が一番過ごしやすいかもしれない。

出入りする侍女たちも、黒龍陛下であるタイランを気にしてか誰も僕に嫌みを言わないし、タイランとホンスァはいつも優しく僕を尊重してくれる。

「この一週間、毎晩一緒に寝ていますし。そろそろ不仲説も湧かないと思いますが……」

タイランが共寝を提案していた背景は、確か仲の良さをアピールするためだったように思う。この結婚は政略結婚であり、万が一早々に離婚となっては大問題だ。不仲よりは仲が良い方が好ましいだろうという理由で、一緒に寝ているはずだった。

その上、できる限り一緒に過ごした方が良いとのホンスァからのアドバイスに従って、おはようからおやすみまで、適切な距離を保ちつつもほとんどの時間を共にしている。

ただ隣で読書をしているだけの時もあれば、龍人国について教えてもらう時もある。タイランも国を離れていても王としての仕事はある様子で、何か書類を書いたり読んでいる時もあった。

対外的に僕たちは甘い夫婦の蜜月期間で、二人きりの生活を楽しんでいる。そして僕自身もタイランとの仲を深めるために学園は休んでいる——という設定だ。

「タイラン様も、お一人の方が落ち着いて眠れるでしょうし」

「私は構わないよ、イル。君が嫌じゃなければね」

間《かん》髪《はつ》容《い》れずににっこりと笑顔で言い放たれてしまっては、僕がごり押しできる立場ではない。

「……ボクモカマイマセン……」

僕の弱い意志により、この心臓に悪い共寝は続行することとなった。

いつまでこれが続くのだろうか。残り三週間ずっとだろうか。まさか龍人国に行ってまで、こんな茶番が行われる訳もないだろうとは思う。……多分。

外から扉をノックする音が聞こえた。そろそろ僕もこのノック音で誰かが分かるようになってきた。といってもこの離宮の扉を、こんなに早朝からノックする人物は一人しかいないのだけど。

「お二人とも、入ってよろしいですかぁ？　イチャイチャされてるなら、朝食はもう一、二時間後にいたしますがぁ」

ドア越しに聞こえる間延びした声の持ち主は、案の定ホンスァだった。

龍人は視力も良いが耳も良いと聞く。恐らく僕たちが起きる様子を窺っていたのだろう。それなら尚更イチャイチャしていないと分かっているはずなのに、彼もよく飽きずにからかってくるものだ。

「そんなの絶対ないよ。天地がひっくり返ってもあり得ないから大丈夫！」

ですよね！　と横にいるタイランを見ると、なぜかむっつりとした顔で押し黙る。

「あれ……？」

あり得ないことをホンスァにからかわれて、怒っているのだろうか。確かに、タイランが僕とイチャイチャする未来はないだろう。僕がどこかの美姫ならいざ知らず、つまらない男の身だ。

「あ～イル様。俺が悪かったので。どうかその辺で勘弁してやってください。とりあえずお支度を済ませて、朝食を食べちゃってくださいよ。今日は良い具合に生地を蒸《ふ》かせたので」

「ん？　うん、ありがとう」

そう言ってドアの向こうから、ホンスァが去っていく気配がする。

では着替えるかとベッドから足を下ろそうとしたところで、身体が動かせなくなる。

「……タイラン様？」

見れば、僕の胴体にタイランの長い腕がしっかりと巻き付いていた。こんな風に接触するのは失態を犯したあの晩以来で、思わず身体が強ばってしまう。

「た、タイラン様？　どうしました。どこか具合が？」

「ホンスァが、節度を守れと言うから従っているというのに」

「え？　どういうことです？　僕、何か失礼でも？」

気に触ることをしてしまっただろうか。慌てる僕に、タイランはため息を一つ吐いて起き上がった。その拍子にするりと腕が離れて、遠ざかる体温を少しだけ名残惜しく感じてしまう。

「こうも気持ちが一方通行では、少しばかり寂しいな」

ギシリとベッドをきしませ、タイランは立ち上がった。少し乱れた黒い長着の合わせから覗く胸元は、服の上から見るよりも逞《たくま》しい。

「ねえイル。君のことが好きだよ」

「ありがとうございます。僕も……タイラン様のことが好きですよ」

嬉しい言葉に、僕は笑顔でそう返した。彼は折に触れて、真っすぐ気持ちを伝えてくれる。友情とはひょっとしたら、こういうものなのかもしれない。

だけど不思議とタイランの声に、不思議と心が浮き足立つことがある。弾むような、苦しいような、そんな言葉にできない感覚が入り混じる。緊張してこの場を離れたくなる反面、もっと近くに寄りたい気持ちにもなるのだ。

もやもやするだけとも違う、今までにはない自分の感情。

これにどんな名前を付けるのが適切なのか分からないものの、決して不快なものではない。

だけど僕の言葉を受け止めたタイランはほんの少し、わずかに困ったように眉を下げて笑う。それからポンと僕の頭を撫でた。

「行こうか。朝餉なんでしょ」

「は、はい」

寝乱れた長い黒髪を掻き上げる仕草に心臓が跳ねる。

同性を見てこんな風に戸惑うなんて、僕はどこかおかしいのかもしれない。いや、だがこれだけ人ならざる美しさの持ち主であれば、同性でも異性でも関係ないのだろうか。

寝室から繋がるそれぞれの衣装部屋に移動しながら、僕は鼓動が煩《うるさ》い自分の胸を強く押さえた。

朝食の席に座ると、ホンスァが料理を皿に載せながら思い出したように言った。

「そういえばイル様。今日、第一王子から面会の申し込みがありましたがどうしますか？　侍従まで偉そうに、十時には来るようになんて、決定事項みたいに言い渡してきましたけど。なんか失礼だったから俺が代わりに殴りに行っときましょうか？」

ホンスァは拳を作った手を、もう片方の手のひらにパシンと打ち付ける。

「イルに見向きもしなかったあの兄だろう。嫌なら行かなくてもいいんじゃないか」

タイランまでもが、そんなことを言う。

兄の申し出は断ってもいいのかもしれないが、それはそれで面倒なことになりそうだ。

追放騒動からずっと、兄が僕に向けてくる態度は冷ややかで、この呼び出しも決して好意的な理由ではないことくらいは分かっている。

それでも、弟である立場から無視できるものではない。たとえあと数週間で離ればなれになろうとも、やはり兄は兄だと思っているから。

それに何か嫌なことを言われようとも、きっとタイランは僕に共感し、気持ちに理解を示してくれると信じている。この一週間でそう思ってしまえるくらいには、この人の人となりを理解してきたつもりだ。

苦笑いを押し殺して、僕はホンスァに言付けを頼んだ。

「大丈夫。行くって返事をしてもらえるかな」

「イル。嫌なら無理をしなくてもいい」

「いえ、大丈夫です。一度ちゃんと、向き合わないといけませんから」

何か言いたげなタイランだったが、僕の気持ちを優先してくれたようだ。そうか、とだけ言って、いつも通りの朝食をとる。

今朝のメインはふかふか生地の包子《パオズ》という食べ物だ。朝から生地を捏ねて作ってくれたそれは柔らかく、中に挟まれた香辛料の効いた甘辛い肉が合う。

三人で食卓を囲み、それを頂く。爽やかな日差しの差し込む、優しい時間だ。

普段はいくらでも食べられそうなホンスァ特製の朝食だったが、今朝は食が進まなかった。これから行かなければいけない憂鬱な予定を、ついつい考えてしまうのだった。

◇◇◇

ほとんど言いがかりのようなあの断罪劇から、早くも一ヶ月が経っている。

翌日から降って湧いた花婿修行に始まり、その二週間後には結婚式と続き、そこから今日に至る。

その間、僕は一度も学園に行っていない。対外的には新婚生活を楽しんでいるためとされているが、退学も休学も申し出てはいない。

学園のことを忘れた訳ではないが、今はタイランとの関係と龍人国について学ぶことの方が最優先だし、言ってしまえば僕はあと二週間もすればこの国から離れる。今更、嫌な思い出のある学園にわざわざ行きたくないという気持ちもあった。

生徒たちの侮蔑《ぶべつ》的な視線と嘲笑を含むひそひそ声は、未だ忘れられない。

あそこまで侮《あなど》られた場所に、どうして自発的に行くことができようか。

だから僕は今、呼び出された兄の私室で、その一方的であんまりな言い草に目が点になった。

「謹慎を解いたにもかかわらず、引き続き反省の態度を示していたのは悪くなかったぞイル。ユリアもそろそろ許してもいいと言ってくれている。明日から学園に来なさい」

「……ええっと……」

僕が今まで休んでいたのはタイランと結婚したからであって、決してあの聖女のためではない。ましてやユリアが許すとか許さないとか、仮にも一国の王子に対して言えることではないだろうに。第一王子である兄ならば、その辺りは言わなくても察してくれていると思っていたのだが、なぜかユリアが絡むと常識が通じなくなる。

紅茶のカップを優雅な仕草で傾ける兄に、僕はどう切り出すべきかしばし悩んだ。

目の前にいる兄は、今までの兄ではない。聖女ユリアに骨抜きにされて、すっかり周囲が見えなくなってしまっている。

「兄上。ご存じかと思いますが、僕は黒龍陛下と結婚した身です」

「もちろん分かっているさ。この国のために、今回お前を人柱とさせてもらっているからな」

「……」

あっさりと生け贄と断じられてしまっては返す言葉がない。

第一王子で王位継承権一位の人間とナイナイ王子、どちらを取るかと言われたら天秤に掛けるまでもない。

十分理解しているが、だからといってこんな風に言われて、僕だって傷つかない訳じゃない。

兄には、結婚が決まった時も嘲笑された。

結婚式でも、チラともこちらを見る様子もなかった。

たとえタイランに良くしてもらっている実情があれども、送り出す国の後継者である兄は僕をただの駒としか思っていない。以前の兄はもっと聡明だった。学園も兄も、全てがおかしくなったのは全てはあの聖女ユリアが現れてからだ。

どうしてこうなってしまったのか。どこかがおかしいのに、何をすればいいのかわからない。

どうしたら兄は正気に戻ってくれるのだろう。

膝の上でぐっと拳を握りしめた。

一度は諦めた。この人は元からこうなのだと思うことにした。だけど、やっぱり兄には目を覚ましてもらいたい。父に何かあった時に、次にこの国を背負って立つのはこの人なのだから。

「兄上。龍人側は聖女ユリアに不思議な力で操られ、洗脳されたのだと。だから金山を渡してしまったと言っています。龍人すら操る聖女です、誰より側にいる兄上だって――」

「素晴らしい力じゃないか、イル。今回はその精神操作が途中で解けてしまったとユリアは悲しんでいたが、一時でも思うがままに操れるなら他国に対してどれだけ有利か分からない。ニヴァーナ王国の繁栄は間違いないだろう。やはり彼女は俺の側に置くべき人材だ。そう思わないか」

兄は誇らしげにうっとりと語る。僕は話の通じなさに叫びたくなるのを懸命に堪えた。

そんな聖女を横に置いて、どうして自分が操られている可能性を考えられないのだろうか。いや、もうそれすらも考えられなくなっているのではないだろうか。

不安な予想に、じわりと背中に嫌な汗が滲《にじ》む。第一王子が聖女によって洗脳を受けているなんて、考えたくもない。

「……姫は、どうするんです。隣国コエッタの、アソラ姫との婚約は」

「ああ、あれか。なんだ、お前もつまらぬことを聞くな。政務上、形だけ妃として迎えるつもりだ。一応国同士の付き合いもあるしな。真実の愛はもちろん、ユリアと育むさ」

「……っ、そんな不誠実な……！」

アソラ姫はそれに納得するのだろうか。女性にとって、結婚とはそんな軽いものではない。不幸になるために嫁ぎにくるなんて、いくら国益のためとはいえ、あまりに可哀想だ。

いつか見た幼い姫の姿に、愛を求めて泣いていた母親の影が重なる。国母として迎え入れる他国の姫を、最初からそんな立場に置くつもりなのか。

思わず立ち上がる僕を、兄は白い目で見た。そしてやれやれと肩を竦《すく》めて静かに語る。

「半分平民のお前は、こんなことに反発を覚えてしまうのか？　これは政略結婚だ。そこに愛など必要ない。ただ国と国が繋がったという事実が重要なのだよ」

どこかで聞いたようなその言葉に、胸がドキリとした。

それは今まさに僕が置かれている立場だ。僕は同じことをタイランに言ったかもしれない。

王族として当然の考えなのに、改めて他人の口から語られると無性に堪える。

「それに側妃や妾《めかけ》はこの国で公式に認められているのだから、不誠実ではないだろう。お前もその結果、生まれているんだしな」

「……っ」

確かに僕は正妃の子ではない。亡くなった母は側妃ですらなく、ただの妾《めかけ》として囲われていた。

兄が言うように、それは確かにこの国ではなんの罪にもならない。なおかつ僕はそのおかげでこうして生まれているのだから、それに異を唱えること自体が自分の存在を否定するようなものだ。それでもズキズキと胸が痛む。タイランに伝えた言葉が、全て自分に返ってきているようだ。

――側妃を娶《めと》る予定がおありですか？

タイランはあの時、どんな顔をしていただろうか。彼は本当は、この政略結婚をどう受けとめているんだろうか。

この数週間で近づいたはずの彼の真意を、僕はまだ確認しされていない気がした。

「とにかくイル、私とユリアについてお前が心配するようなことは何もない。明日から学園に来い。これは命令だ」

命令とまで言い放つ兄には、何か事情があるのかもしれない。僕が今どんな立場でどこで暮らしているのかを知りながら、厳命してくる程の何かが。

それを不安に思わなくもないが、結局ここで逆らっても無駄なのだ。一旦素直に聞いておいた方が、後々揉めずに済むかもしれない。

それにひょっとしたら、ユリアも己のしでかしたことを振り返り、少しでも後悔しているかもしれないという淡い期待も抱いた。

「分かりました。ただ、黒龍陛下に許可をいただいてから正式な返事をさせてください」

僕の言葉に兄は鷹揚《おうよう》に笑った。

「ああそうだ、お前が結婚したことは学園では伏せておけ。耳ざとい高位貴族の娘たちは、既に何人かあのヘビ男を目当てに城に出入りをしているようだが、そちらも口止めしてある。普段と変わらない立場で来ると良い」

つまり僕が国のために政略結婚をしたことは、伏せられているということだ。

「男が男に嫁いだなどと、王家の恥だからな」

兄は、国のために愛のない政略結婚をした弟をあっさり恥だと言い捨てた。

わかっている。兄に何か期待していた訳じゃない。

……だけど。

それでも少しは感謝してくれると思っていたのかもしれない。そんなわずかな期待を抱いてしまった、自分の浅ましさが情けなくなった。

◇◇◇

龍人国からの要求に、夫婦は四六時中共にあれといった文言はなかった。

それでも離宮で暮らし始めてからというもの、ずっと学園を休んでいたのは今後のタイランとの生活を見据えてのことだ。龍人国の勉強ももちろんだったが、彼を少しでも理解したかったたし、お飾りの存在とはいえ僕のことを知ってもらえたら嬉しい……という下心もあった。

だから兄の命令とはいえ側を離れるのはどうなのだろうかと、念のためタイランに聞いてみたら当たり前のように拒否されてしまった。

「いやだ」

言葉の鋭さとは裏腹に、タイランは夜着姿でゆったりと椅子に腰掛けている。

こうして寝る前に二人で過ごすティータイムも、すっかり習慣になってきた気がする。この国では見たことがない、取っ手のない小ぶりの磁器碗が龍人国では一般的らしい。飲み慣れない渋みの強い味わいに最初は抵抗があったものの、今ではその香りにホッと一息つけるまでになった。

淹れてくれるホンスァの腕もいいのだと、以前タイランが誇らしげに語ってくれた。

「君の兄上は、好きじゃない。絶対に何か裏があるでしょ」

そう吐き捨てるタイランには、有無を言わさない圧があった。

茶碗の中に広がる、琥珀色のお茶が揺れた。

「俺もそう思いますよ。イル様の兄上になんですけど、あいつすっごい臭いますからね」

口をイーッと歪めて、ホンスァは鼻をつまむ仕草をした。

「臭い？　兄上が？」

今日話をした時には、特に気になるような匂いはなかったが……

そう考えて、ハッと気が付いた。龍人は鼻が良い。人間の感じる匂い以外にも、人の感情なども匂いとして感じとれる。

「あ……まさか」

「そうなんですよ、イル様。城なんていろんな思惑が錯綜している場所ですからね。そりゃ結構匂いますよ。だけどあいつは違う。なんていうか……こう、特別に凄く嫌な臭いだ」

どくん、どくんと心臓が鳴る。不安と確信が入り混じる、なんとも嫌な音だった。

「ひょっとして、兄上は操られているのかもしれない」

思わず零れてしまった疑惑に、ハッと自分の口を押さえた。

この国の次の王となる人物に、僕は何を言っているのだろう。

だがそうでなくては、あの突然変わってしまった理由にどうしても納得できないのだ。

今までも僕を嫌っていたのかもしれないけれど、それでも表面上は穏やかに接してくれていたはずなのに。恋が人を変えてしまうといえど、あそこまで悪くなるものだろうか。

「イルはそう思うのかい？　兄王子が誰かに操られていると」

タイランはこの突飛な発想を一笑に付すでもなく、真剣な瞳で僕をジッと見た。

タイランはただ黙って僕の言葉を待ってくれている。僕はわずかに悩んで口を開きかけ、だけど再び閉じて逡巡《しゅんじゅん》してしまう。

こんなことを言っても良いのだろうか。いややはり言うべきではない。そんな葛藤が渦を巻く。

「ゆっくりでいい。話せるなら話してほしい。私はイルの味方だからね」

そう言ってタイランは、僕の背中を擦る。服越しでも分かる、大きな手に肩の力が抜ける。

この大きな手は決して僕を傷つけない。穏やかな眼差しはいつも僕を見守ってくれているのだ。

手のひらから伝わる温もりは、まさにタイランそのもののように思えた。

ゆっくりと撫でられて、その心地良さに無意識に張りつめていた息が漏れる。

「言えそうかい？」

近くに立つホンスァも、心配そうに僕を見てくる。優しい主従に促されて、僕は恐る恐る不安を口にした。

「この結婚話が出てくる、直前のことです」

そうして僕は思いきって、自分の身に起きた情けない出来事を話した。

龍人国との戦争を終わらせたユリアは、異世界から来た女性だということ。

彼女は聖女と呼ばれ、学園に入学してきたこと。

なぜか周囲はユリアをもてはやし、特に男子生徒が夢中になったこと。

兄とその親しい学友がまるでユリアの取り巻きのようになったこと。

それから――兄に冤罪で学園追放を言い渡されたこと。

本来ならこんなことは話したくなかった。城内だけでなく、学園内ですら立場のない人間だと思われたくなかった。

それは、力のある『龍人国の王』が結婚相手だからではない。

――タイランだからだ。

今もこうして自分を信じてくれるタイランだから、少しでも良く思われたい。嫌われたくないという欲は日ごとに増していた。

だけどそれと同時に、こんな情けない自分でも許して受け入れてくれるのではという希望も抱いていた。まだ出会って日が浅いにもかかわらず、そんな風に思ってしまうこと自体が甘えのようで、恥ずかしさもあった。

タイランはつっかえながら伝える僕の話を、黙って聞いてくれた。時々背中をさすりながら、優しく言葉を促してくれる。

一通り話をすると、知らず震えていた肩をタイランの腕が抱いた。

「言いにくかっただろうに、話してくれてありがとう」

穏やかな声で紡がれる優しい言葉に、肩の力が抜ける。

「恥ずかしい話なんですが、僕は周囲に嫌われています。嫌われているというか……疎《うと》まれていて。学園でも城内でも、それは同じなんです。結婚式の時、タイラン様も気付かれたでしょう？　臣下にすら侮《あなど》られて、何も持たない名ばかりの王子なんです、僕は」

自分の情けない立場を改めて言葉にすると、あまりに惨《みじ》めで身の置き場がない。

だけど身体に回された腕の力強さに、吐き出しても良いのだと許されている気がして、僕は言わなくても良いことまで続けてしまう。

「だから……っ、僕なんかが結婚相手で申し訳ないというか……っ。同じ男でも弟だったら、きっとタイラン様の評判も良くなると思うのに――」

「イル」

冷えたタイランの声に身体が強ばった。

「あ……申し訳あ――」

「イル、そんな風に自分を卑下するのは良くない。いま私が怒ってるのは分かるかい？」

こくりと頷くと、背後の空気が柔らかくなるのを感じた。怒っているというタイランだったけど、緩んだ態度に少し安堵する。

「イルが不当な扱いを受けていることと、受け入れるしかなかった立場は理解しているよ。だけどそれと、私の結婚相手が他の人間が良かったと言ってしまうのはまた別の話だ」

見つめてくるタイランの視線に熱が籠もる。吸い込まれそうな程深い漆黒の瞳から目が離せない。先ほどまでの不安感とは違う、胸の高鳴りを感じた。

タイランの指先が、僕の髪の毛をくすぐる。

「私はイルがいいんだ。イルじゃなかったらこの話はなかったんだよ」

「どういう――」

「あー、コホンっ！　お二人さん、そういうのは俺がいなくなってからしてもらっていいですかぁ？　黒龍のラブシーンなんて見たくないんでぇ」

「煩《うるさ》いなホンスァ。いま良い空気だっただろう」

からかわれて、パッと身体を離した。ラブシーンだなんてそんな、男同士なのにおかしなことを言う。

だけど心臓はトクトクと早鐘を打って、顔に集まる熱はなかなか冷めそうにない。なんだか僕はずっとおかしい。こんな風に、タイランに触れられると気分が高揚してしまうのだ。

「今はそこじゃないでしょ。あのイル様の兄上ってやつが、なんであんなに臭いのかって話だったじゃん。聖女だっていうそのユリアって女に、操られてるかもってことでしょ」

そうだ。ユリアが現れてから、兄だけじゃなく、学園全体の空気もおかしくなった。ひょっとして聖女と呼ばれる彼女は、龍人たちにそうしたように、学園の生徒をも操っているのではないか。

そんな疑惑が僕の中にずっとあるのだ。

タイランは「ふむ」と言って、それから僕の頭を撫でた。

「確かに聖女は調べてみる価値があるな。——ホンスァ」

「はいはい分かってる。うちの諜報部員を動かしたらいい？」

二人は以心伝心で、さっさと話は進んでいく。

自分のとんでもない疑惑を笑うことなく、調査してくれるというのだ。こんな自国の恥を他国の人間に晒すなんて、本来許されることではないのかもしれない。

だけどいい。だって僕はもう、この国の人間ではないのだ。

龍人であるタイランの伴侶なのだから。

おかしな話かもしれないが、自分の全ての弱さを彼に晒した今、そう強く思えた。

「明日はホンスァを、イルの護衛に付けようか。女装させれば敵も油断するかもしれないし」

「金取りますよ、百二十兆くらい」

「国家予算を持ち出すのは止めなさい」

「だ、大丈夫ですから。それに、学園の中は護衛も入れられない決まりになっています。もちろん武器の持ち込みも許されていませんから、いくらなんでも、身の危険はないでしょうし」

「しかしイル一人では心配だ」

危険はないという前提で運営されている学園は、護衛や従者の立ち入りを規則で禁止している。

この国の第一王子である兄も、学園に入れば一生徒と同様の生活をしているのだ。僕にだけ護衛など、付けられる訳もない。

だけど申し出てくれるタイランのその気持ちは、何より嬉しかった。

諦めきれない様子のタイランが、あれこれ案を出してホンスァに却下されている様子は微笑ましく、そして心地良く感じてしまう。

誰かに特別に大事にされることは、こんなにも心が躍るものだっただろうか。

「明日一日だけです。無事に帰ってきますから、待っていてくれますか？」

とはいえ本音を言ってしまえば、学園に行くことに不安はある。

兄と、そしてあの聖女ユリアがわざわざ僕を呼び出したのだ。何かを仕掛けてくるに違いない。

だけど今の僕は既に龍人国の王と婚姻を結んでいて、通常であればあの学園で何か仕掛けるなど愚の骨頂だと子供にだって理解できる。嫌みや皮肉くらいは言われるかもしれないが今更だし、さすがに命まで取られることはないはずだ。

呼び出した兄の真意も知りたいし、もし聖女ユリアに接触できるなら彼女の狙いも探りたい。一体何が目的で、この国に来たのか。何がしたいのか。

龍人国を騙し、兄を誑《たぶら》かし、僕を目《め》の敵《かたき》にする彼女の真意を知りたいのだ。

「タイラン様」

渋る様子のタイランの手を、ぎゅっと握った。

大丈夫、心配しないでほしいという気持ちを込めて。

「……はあ、イルはずるいな。すぐに私を言いくるめてしまうのだから」

「い、いえそんなつもりは」

「分かっている。だけど気をつけて行ってほしいな」

力強く頷く僕の頭を、タイラン様は静かに撫でた。ホンスァが呆れ声を出す。

「だからいちゃつくのは俺が退出してからにしろと言ってますけどぉ？」

「まだいたのかホンスァ」

「おっ、やるかクソガキ」

「ちょ、ちょっとだから……！　タイラン様！　ホンスァも！」

相変わらずすぐにじゃれ合う二人だけど、この賑やかさが明日の不安を打ち消してくれる。

ざわざわと広がる胸騒ぎを抑えながら、夜はいつもと変わらず更けていった。

「ええっと……じゃあ学園に行ってきます」

心配してくれているのか、朝から何かと触れてくるタイランは、今は背中にべったりと張り付いている。いつになく近い距離に、跳ねる心音が露見しないかヒヤヒヤしてしまう。

そう考えて、自分自身に疑問を抱く。本来ならば、別に自分が緊張していることはタイランに知られても構わないはずだ。そんなことをからかうような人ではないし、男とはいえ、こんな綺麗な人を前にしたら誰だってときめくだろう。

「……？」

ときめく？　自分が思い至った疑問に、さらに謎が深まってしまう。

この気持ちはときめきなのかと。

どうしてタイランにときめくのか——いや、今はそうじゃない。

今は別のことを考えている場合ではないと頭《かぶり》を振った。それにこれ以上気持ちを掘り下げるのは、なんだか怖い。

昨日受けた兄の命令で、今日は久しぶりに学園に向かうのだ。ユリアの目的を暴き、可能ならそれをもって兄の目を覚まさせたいのだ。

「ああ。気をつけて行っておいで。それが学校の制服とやらかい？　イルは何を着ても素敵だね」

興味深げに覗き込むタイランが可愛く見えて、僕はふざけてその場でくるりと回った。緑がかった青色のジャケットと揃いのズボンは金色のパイピングで飾られていて、制服といえど華やかだ。

ソファに座り直したタイランは脚を組み、眩しそうに僕を見上げた。

「学園は身分差なく過ごせるようにと、全員が揃いの服を着ています。龍人国では違うんですか？」

「各々《おのおの》が好きな服を着ているみたいだよ。もっとも私は学校に通ったことがないから、知識だけだけどね」

どこか遠くを眺めるようなタイランは、自国に想いを馳せているのだろう。僕の知らない、龍人国に。それがどこか寂しいと思ってしまう。だけど、知らなかった彼のことを知れるきっかけは単純に嬉しい。

「どうして通えなかったんですか？」

「子供の頃は幼すぎてね、ヒトの姿を保てなかったんだ。先祖返りに近いのかもしれないけど、龍の姿しかとれなかった。だからずっと個人授業だったんだよね。ある程度大きくなってからは政《まつりごと》に関わるように言われて、そっちの勉強が忙しくて、結局通うことはなかったなあ」

わずかに微笑むタイランは、気のせいかもしれないがなんだか寂しそうに見えた。

龍人国は大きな国だ。きっとこの国で王位を継ぐ可能性の低い僕よりも、筆舌に尽くしがたい苦労の日々を過ごしてきたことは想像に易い。

キシリとソファが軋む音で顔を上げると、座っていたはずのタイランがいつの間にか隣に立っていた。華やかな整った顔立ちが、真剣な顔で僕を見ている。

「イル、抱きしめてもいいかい？」

「え……？」

思ってもいなかった申し出に戸惑うものの、その瞳は真剣そのものだ。

「イルの嫌がることはしたくないからね。君を抱きしめる許可が欲しい」

そう真摯に申し出られてしまえば、嫌じゃないのだから頷くしかなかった。早くなる鼓動は、見て見ぬ振りをする。

「どう、ぞ？　っ、わ」

後ろから腕を回され、首筋に顔を埋《うず》められた。触れあった部分に驚いて思わず声が出る。

「あ、の？　っ」

首筋にタイランの吐息が当たって、びくりと震えた。こんなに近い距離で他人と触れ合うなんて、実の母が亡くなってから初めてだ。

ああいや、違う。この間あったじゃないか。

あの日、あの晩の。結婚初夜。

それを思い出し、身体の熱が一気に上がった気がした。

「私はね、イル。君だから結婚したいと思ったんだよ。他の誰でもない、君だから」

「え……」

思わず見上げると、柔らかい瞳と視線がぶつかった。温かくも穏やかなその闇色は、静かな夜のように僕を包み込む。

「この国で、君の辛い立場を知った時には悲しかった。私の大切な人が、そんな苦しみを抱えて生きていたとは知らなかったからね。知っていたら、すぐにでも君を攫《さら》ったのに」

「た、タイラン様……？」

耳元で響く低音に、脳が直接揺らされているようだ。

タイランは言葉も声も態度も何もかも甘くて、僕はいつも勘違いしてしまいそうになる。

「今までのイルの立場は変えられないかもしれない。だけど龍人国では君を蔑《さげす》む者はいないと誓うよ。もしそんな者がいたら私がすぐに焼き滅ぼそうじゃないか。私は最強の黒龍だからね」

そんな軽口とウインクを寄越してくれるタイラン。

人のいる所に陰口が絶えることはないと知っているし、焼き滅ぼすなんていくらタイランでも不可能だろう。だけどそう言ってくれるその言葉が嬉しくて、僕は思わず吹き出してしまった。

「ふ、ふふっ。なんですかそれ」

「……っ」

後ろに捻るような体勢でいた身体を、再びひょいと抱えられて正面から抱きしめ直された。

「え、わっ。え？」

そのまま頭まで抱きかかえられては、タイランの顔すら見えないのだが。

上げようとした顔を、タイランの胸に押し付けられる。バクバクと聞こえる激しい鼓動は自分のものではなく、目の前の王から聞こえる音だった。こんな風になるのは自分だけじゃなかった。

「いつもそんな風に笑えばいいのに」

「……？　僕、笑っていませんか？」

「私は愛想笑いしか見たことがないよ。だからてっきり、無理に結婚させられたことを不満に思っているのかと……」

そうだっただろうか。

内心首を傾げつつ、そんなことを言うタイランの顔が無性に見たくなった。頭《かぶり》を振ってタイランの手から自由になると、その美しい顔を見上げた。

「なんだい、イル。あまり見ないでくれないか」

ほんのり赤く染まった頬と、少し尖らせた唇。ひょっとして、照れているのだろうか。

「タイラン様は結婚相手が僕で、嫌じゃないんですか？　男の僕で」

「ずっと、イルで良かったと伝えてきたつもりだったんだけどな。聞いてくれていなかったのかい」

むっつりとしたようなその言い方に、妙に胸が弾む。

軽口や励ましで、そう言ってくれているのだと思っていた。好きだというその言葉に嘘はないと知りつつも、僕がタイランなら僕を選ばない。

男同士の結婚だということも不安の一つだが、結局は僕は自分に自信がなかったのだ。

「ふ、ふふ。そうですか。嬉しいです」

僕は僕のままでいいと、タイランはいつだって肯定してくれる。それにどれだけ励まされただろう。この人がそうしてくれるように、僕も彼を全力で支えたいと強く思った。

「タイラン様」

湧いた喜びのまま、調子に乗ってタイランに体重を預けた。

彼の身体から伝わってくる、ドクドクと早い鼓動が面白い。全てを持っているこの世界の覇者ともいえるタイランは、存外素直な人なのかもしれない。

自分だって同じくらい心臓が鳴り響いているけれど、それには気付かなかったことにしよう。

正直に言えば今日は憂鬱だった。敵陣に単身で攻め入るような気持ちで、心がずっと落ち着かない。

それでも夕方には帰ってこれる。タイランがここで待っていてくれるのだ。

そう思えば今日一日くらいは頑張れそうに思えた。

◇◇◇

いつまでも到着しなければいいと思いながら、流れる景色を眺め馬車に揺られていた。僕の気持ちとは裏腹に馬車はいつもと同じ道を通り、わずかな時間で学園へ着いてしまう。

馬車から降り立ち見上げる学び舎は、当然いつもと変わりない。外観は白いレンガで整えられ、屋根や窓枠には凝った装飾がされている。ほんの数週間ぶりだというのに、随分懐かしく感じた。

そして僕を見つけた生徒たちの視線も、以前と何も変らない。

「見て、イル王子よ。ユリア嬢を陥れたくせに、よく平然と顔を出せたものね」

「第一王子の恩赦《おんしゃ》と聞いたぞ。全く、男の嫉妬は見苦しいな」

いや、周囲の評価は以前よりも悪化しているようだ。あの追放劇以降、学園を欠席していた理由は別にあるのだが、それを知るのはほんの一握りの要職に就いている貴族だけだ。城内では僕の結婚はもとより龍人であるタイランの滞在すら極秘扱いで、生徒たちにとって僕はまだ、恥知らずのナイナイ王子のままなのだろう。

男が男に嫁ぐなど前代未聞の珍事であり、恥ずべきこと。

昨日の兄の言葉が脳裏をよぎった。嫌な視線を感じながらも校内に足を踏み入れると、人の多い中央階段の前で誰かと肩がぶつかった。

「すまない――」

大丈夫だったか。そう言葉にしようとしたところですぐ近くからつんざくような悲鳴が聞こえ、よく知ったその声に身体が硬直した。

「きゃあああっ！　痛ぁい！」

廊下に倒れ込むようにして座り、僕の目の前で大粒の涙を零す女性を見下ろす。

そこにいたのは案の定、桃色の髪を揺らす聖女ユリアだった。

「酷いですイル様。ユリアが異世界から来た、ただの平民だからですか？　平民ごときがお兄様であるラムダ様と仲良くするのは、そんなに悪いことなんですか？」

久しぶりに学園に来たというのに、早々におかしなことに巻き込まれているようだ。

少しぶつかったあの程度では、赤子だって転ばないだろう。だというのにユリアはさも酷いことをされたようにメソメソと泣き出し、それに喚び寄せられて生徒たちが周囲に集まってくる。

僕だってもう、この展開にはうんざりとしている。もうユリアとは関わりたくない。

あの断罪劇でそう強く感じたのに、どうしてユリアの方から僕に接近してくるのだろう。

「ぶつかったのは僕が悪いけど、そこまで飛躍して考えなくてもいいんじゃないのか」

「大げさだと！　そう仰るんですかぁ!?　ユリアが悪いんですかぁ……酷い……」

曲解して叫ぶユリアは、どこからどう見ても悲劇のヒロインだ。そうなると僕はヒロインを追い詰める悪役に見えるのだろうか。

「ちょ、違うよ。そういうことじゃ……」

クスンクスンと鼻を鳴らすユリアを前に、僕は焦った。この状況から抜け出そうと足掻く度に深みにはまり、まるで蟻地獄に引きずり込まれるようだ。

なぜいつもこうなるのかと内心頭を抱えていると、人だかりの一部が割れ誰かがそこから姿を現す。

「謹慎明け早々、何の騒ぎだイル」

「兄上――」

誰かにこの騒ぎを治めてほしいと呼ばれたのかもしれない。王者の風格を持って、兄は人の輪の中心に足を踏み入れた。

床に倒れ込んだままのユリアに手を差し伸べる光景は、絵本に出てくる王子と姫そのものだ。

その絵画のような一幕に、周囲からは感嘆のため息がいくつも聞こえた。

「大丈夫かい、ユリア。また愚弟が何か君に失礼を？」

「うう……ラムダ様ぁ。イル様が、イル様がぁ……っ」

彼女は感極まったようにそれだけ言うと、兄の胸でワッと泣いた。僕は何度も味わったこの展開に頭を抱える。非難を含む忍び声が、周囲の至る所から耳に入る。

「ほら……またよナイナイ王子は懲《こ》りないわね」

「嫉妬だろ。王位継承権もないようなもんだし、聖女を娶《めと》れなかった腹いせもあるんじゃないか」

「ラムダ様の温情で謹慎も解けたのでしょう？　それなのに、ねえ？」

酷い言われ様だがこの状況には慣れている。何をしても悪く取られ、兄を妬んでいると勘違いされる。そんな事実はないと訴えても何の打ち消しにもならないことは既に実証済みだ。

だというのに、今日はそれらの言葉で妙に気持ちが塞ぎ込んでしまう。

そしてはたと気が付いた。これはずっとタイランと一緒にいたせいだ。あの小さな離宮で、タイランとホンスァの三人で過ごしていたせいなのだ。

彼らは理由も聞かずに僕を否定することはない。いつだって気遣って意見を尊重してくれる。そんな穏やかな環境に身を置いてしまったせいだ。

時折ぶっきらぼうになるタイランだったが、決して僕の嫌がることはしてこないし、大切に接してくれるのは分かっている。

「皮肉な話だ」

自分の考えに、思わずぽつりと本音が漏れた。

今までは何を言われても耐えられた。なぜならそれが僕にとって当たり前の生活だったから。誰にも必要とされず、馬鹿にされることも日常だった。

だけどタイランたちによって心地良い環境を与えられ、優しい日々を知ってしまった。それが聖女ユリアが関わっている、この政略結婚のおかげなのだから皮肉なものだ。

ため息が漏れる。学園内での僕の評判なんてとうに地に落ちた。どうして今更来なければならないのか。兄の命令など放っておいて、あの心穏やかに過ごせる場所から出てこなければ良かった。

「聞いているのか、イル！　いくら謹慎を命じても、腐った性根は変わらないのか！　お前は結局、生まれた時から王族の恥さらしのままだ！」

「兄上……」

心無い言葉の矢が、自分の心の柔らかい所を突き刺してくる。いつからそんな風に思われていたのだろうか。血の繋がった兄弟のはずが、今は誰よりも遠くに感じた。

兄の腕の中からチラリとこちらを見るユリアは、顔を歪ませひっそりと嗤っている。

一体、僕が彼女に何をしたというのだろうか。

「大体お前は昔からそうだ。王子たる努力もしない出来損ないが、女には現《うつつ》を抜かすのだな」

何をどう穿《うが》って見たら、そう捉えられるのだろうか。既に兄の中では、僕という弟の存在は恥でしかないのかもしれない。僕なりにしてきた努力は、ないも同然の扱いなのか。

自分の全てが否定される感覚は、まるでゆるやかに沼底に沈んでいくようだ。

衆人環視の中、一方的に糾弾されていようと誰も僕を助けない、助ける価値のない人間だという事実を突きつけてくるのだ。

視界がグラグラと揺れる中、ユリアと視線が合った。彼女の艶やかな口元が、声を発することなくゆっくりと見せつけるように動く。

『あ・て・う・ま・お・う・じ』

当て馬王子。僕を指して嘲《あざけ》っている言葉なのだろうが、どうしてそんな言葉が僕に向けられているのかは分からない。彼女の言う当て馬とは、一体僕の何を指しているのだろう。

ニタリと口角を上げ侮蔑《ぶべつ》の表情を浮かべるユリアは、聖女とは遠い存在だ。

「ユリアもお前みたいな人間に懸想《けそう》されては、良い迷惑だっただろう」

兄の声を聞いた途端、ユリアは表情を一変させ、苦しげに目を潤ませる。ここまでくるともう舞台役者も舌を巻く仕上がりだ。その豹変ぶりは、もはや笑い飛ばす気すら湧かない。

「ふぇ、ラムダ様。ユリア、ユリア怖くってぇ」

「ああ、もう何も言うな、可愛いユリア。お前の全てを私が守ろう」

衆人環視の下だというのに熱い抱擁を交わし、茶番を繰り広げる二人の存在を遠く感じた。

どうして誰も気付かないんだろう。

どうして誰も気付いてくれないんだろう。

どうして、どうして僕ばかりこんな役回りで。

足元が崩れ落ちるような、そんな感覚に身体が勝手に傾いた。

「おっと」

倒れそうになる身体が、何かに支えられた。それは力強く肩を抱いて、今にも座り込んでしまいそうな自分を抱き留めている。

この優しく、逞《たくま》しい腕は……

「タイラン様？」

「大丈夫かな、イル」

艶やかな長髪は、普段の三つ編みではなくニヴァーナ風に後ろで緩く結ばれている。そして長袍《チャンパオ》姿ではなく、僕と――いや、僕らと同じ学園の制服を身に纏《まと》っていることに驚いた。

見慣れない格好に目を見開くと、タイランは茶目っ気を含ませて目元だけで笑う。

「どうして、ここにタイラン様が」

僕の疑問は、悲鳴のような女生徒たちの声にかき消された。耳がキィンと痛くなる。これはいわゆる黄色い悲鳴というやつだ。

そう、タイランは美しい。背が高く手足が長く、その指先までもが神に愛されたかのような繊細さだ。突然現れたこの眉目秀麗な男に、場が騒然となるのも頷ける。

普段は淑女然としているご令嬢ですら、はしたなく声を上げてしまうのも当然かもしれない。

タイランの周囲できゃあきゃあと叫ぶ彼女たちを治めたのは、意外にも兄だった。

「……っ、皆、静かに！　静かにしないか！」

この学園で一番の権力者の声に、少しずつ騒ぎも小さくなる。

とはいえ僕の隣に立つタイランには、僕まで焦げ付きそうなほどの熱い視線が浴びせられている。タイラン自身は慣れているのか全くそれを気にした様子はなく、僕の身体にあちこち触れては何かを確認している。

「大丈夫？　イル。怪我はしていないかい？」

周りの人間を気にする様子もなく、タイランはただ僕の心配だけをしてくれる。その事実に目頭がジンと熱を持つ。こんな所に来てはいけないと思うのに、来てくれて嬉しいと感じるのだ。

「ぼ、僕は大丈夫ですがどうして——」

二人きりで話をする僕らに、兄は苛立ったように声を荒げた。

「タイラン……様も！　なぜこちらにいらしたんですか！　俺には何の連絡もありませんでしたが！」

兄とタイラン。若きこの国の王子と龍人国の王。こうして対比するようにして並べると、二人の器の差がありありと見える。兄はこんなにも、頼りなさげだっただろうか。

タイランは鷹揚《おうよう》に微笑み、またそれに対して至るところから小さい悲鳴が上がった。

「おや、私が来てはいけなかったかな？　イルが困ってないか心配で来ただけなんだよ。ねえ」

「……っ、イル！　お前が呼んだのか！」

「えっ」

「私が勝手に来ただけだよ。イルを叱らないでくれないかい。ところでラムダ王子——これは何の集まりだったのかな？」

緩やかに微笑むタイランだったが、きっと全てを分かっているんだろう。僕が惨《みじ》めに詰《なじ》られていたことも分かった上で、どういうことだと兄を責めているのだ。

肩を抱きしめるタイランの手に、力が籠もる。

タイランは、一国の王だ。今でこそ離宮に留まっているが、彼の国は世界一の大国であり、その強大な国の玉座に座る存在だ。国を治めている者だけが持つその静かな覇気に、今はまだ王子である兄は気圧されている。

「……いいえ、大したことでは」

口ごもる兄に対して、場の空気を読まずその腕の中から明るい声が上がった。

「ねぇ、ラムダ様ぁ」

ユリアはさっきまでの意地の悪い表情はどこへやら、甘えた声で兄にしなだれかかる。

「この方はどなたですかあ？　なんだか、この国の人じゃないみたい」

暗に自分に紹介しろ、と言っているのだ。

周囲の女性陣からよくやったと声が聞こえてきそうな質問に、兄はグッと言葉を詰まらせる。

ニヴァーナ王国と龍人国は国交がほとんどない。国同士も民間レベルでも、それは同じだった。

それが突然王族同士が婚姻を結んだ。それも我が国では考えられない、男同士でだ。

まだ公式発表がされていないこの事情を、こんな場所でどう説明するのかさすがの兄も考えているのだろう。下手をすれば僕たちの父は、今回の結婚を公表しない可能性もある。

王宮に出入りをしている上位貴族の子息たちは、兄の口止めが効いているようだ。チラチラとタイランを見ながらも何も言葉を発さない。賢い人たちだ。

「……城に長期滞在されている尊い身分の方だ。今はそれしか言えん」

苦虫を噛み潰したような顔で、兄はそう真実のみを説明した。確かにそれは嘘ではない。

するとユリアはそれをどう思ったのか、両手を合わせて実に嬉しそうな笑顔を見せた。

「まあ素敵！　ラムダ様と同列の身分の方ですかぁ？　じゃあ近々歓迎パーティーとかあるんですよね！　ユリア聖女なので、きっとそこでお会いできますよねっ」

タイランを他国の王子とでも勘違いしているのか、ユリアは無邪気に笑った。

兄の貼り付けた笑顔が強ばる。歓迎パーティーは行われるが、それがどれくらいの規模なのか、ユリアを連れていける場なのかはまだ分からないからだ。

「い、いやそれは……」

「おや、貴女も私を歓迎してくれるのかな？　それは楽しみだ」

タイランが極上の笑顔でそう言えば、周囲からも抑えきれない小さな悲鳴が上がる。

助けに入ってくれたことは嬉しかったのに、なぜか僕の胸の中には今、おかしなモヤモヤが広がっている。

タイランが僕の苦手とするユリアに笑顔を振りまくせいだろうか。それとも彼が周囲の女性陣同様に、歓迎パーティーを楽しみにしているからだろうか。

離宮を出て、人々の輪の中心にいる。それはタイランにとって当然の立ち位置だろうに、どうして僕は嫌な気持ちになってしまうのか。僕は単なる政略結婚の相手だというのに。

「きゃあん、もちろんですよぉ！　ねっ、ラムダ様っ！　そしたらちゃんと皆さんに紹介してください ますよねっ」

「あ……、ああ。父上に確認、しよう」

「やったぁ！」

抱きついてくるユリアに、兄は強ばった顔をしながらもまんざらでもない様子だった。

周囲も初めて見る美しい貴人に浮かれているのか、熱気の籠もった静かなざわつきが広まる。

さっきまでここで行われていたおかしな冤罪騒動はすっかり忘れられているようだ。

ユリアの方も、あんなにベソベソと泣いていたのに今ではすっかりはしゃいでいる。

「青龍じゃなかったけど、この人もイケメンね。ラッキー」

ほくそ笑む彼女が呟いた言葉が、ふいに耳に飛び込んだ。

「青龍……？」

どうしてここで龍人国の地名である、青龍という言葉が彼女の口から出てくるのだろうか。いや、この場合は青龍を治めているという、青龍その人を指していると考えた方がいいのかもしれない。

ニヴァーナ王国には龍人国の知識が乏しく、僕でさえつい最近まで青龍という単語を知らなかった。にもかかわらず、どうしてユリアはそれを知っているのか？

そんな疑念が湧いたところで、始業十分前を伝える鐘の音が大きく鳴り響いた。

生徒たちはざわめきを残しながらも、自然と教室へ移動を始める。

「イル、お前はタイラン様の相手をしてから授業に戻るように」

「は、はい」

兄は忌々しげにそう吐き捨てると、名残惜しそうにタイランを見つめるユリアと共に去っていった。生徒たちが散り散りになった廊下で、残されたのは僕とタイフンだけになる。

そっと隣を見上げると、すぐにその双眸と視線が絡む。呆けていた僕の顔を、ずっと見ていたのだろうか。なんだかそれが妙に恥ずかしくて、腕で自分の顔を覆った。耳が熱い。

「あ、あのっ！　先ほどはありがとうございました……助けていただいて」

「お礼を言われるようなことじゃない。むしろ私は自分に腹が立っているよ。どうして君をこんな場所に行かせてしまったのか、ってね」

やんわりと、だけど抵抗を許さない程度の強さで、タイランは顔を覆っていた僕の腕を外した。

目の前の整った男の顔には、何ともいえない苦悩が滲《にじ》んでいる。

代わりに僕の顔に、じわじわと熱が集まるのが分かった。

「ええっと……」

どうしてだろうか、視線を合わせるのが恥ずかしい。

カッカと熱くなる顔を背けると、タイランは僕の手をすいと引き寄せ、その甲にキスをした。

チュッと軽いリップ音が、二人きりの廊下に響く。

「ひ、え……っ」

まるで絵本の中の王子様のようだ。いや、実際王子は僕で、この人は王様だけど。

伏せられていた漆黒の瞳が、ゆっくりと僕を射貫く。

「あ……」

「君が、大切なんだよイル」

射貫かれたのは心臓なのかもしれない。身体全部が心臓になってしまったかのように、耳の中まで鼓動が煩《うるさ》い。静かに見つめてくるタイランから目が離せなくて、でも今すぐ逃げ出したいような、そんな相反する気持ちに戸惑う。

こんな風に誰かに守られたことはあっただろうか。母が亡くなってからというもの、僕はいつだって一人だった。ナイナイ王子と呼ばれてようと、それを否定できる材料も気概もなくて、ただ曖昧に笑みを浮かべてやり過ごしてきた。

だけどタイランと結婚し、ひょっとして僕は一人ではないのではと思えてきたのだ。

男同士の、ただの政略結婚だけど――だけどタイランは真剣に、僕をパートナーとして大切にしてくれている。最初からタイランは、真摯に僕に向き合ってくれているのだ。だからこそこうして僕を襲う理不尽に、自分のことのように腹を立てている。守ろうとしてくれるのだ。

そこには男女の間にあるような愛はないだろうけど、彼が僕と新しい関係を築こうとしているのは分かる。それがこんなにも心を揺さぶり、泣きそうなくらい嬉しいのだ。

「……っ、ありがとう、ございます……」

そうお礼を伝えると、タイランは自分の口元を押さえた。

「君はそうして笑ってる方がいいよ。かわ――魅力的だ」

「そう、でしょうか」

以前もそんなことを言われた気がする。僕は自分のほっぺをむにむにと触った。笑った方が良いと言ってくれるなら、タイランの前では笑顔でいたい。

「さて、イル。どうする？　どこから？」

改まってそんなことを言われるものの、どこから、とはどういう意味だろうか。

「どこから燃やす？　この校舎から？　それともあの女生徒からかい？」

「はっ？　いやいやいや……!?」

「なあに、多少は君の父上がなんとかしてくれるでしょ。ああ、いざとなれば君だけ連れ帰って、国ごと滅ぼしてやればいい。大丈夫大丈夫、これくらいの規模なら私一人でも一昼夜も掛からず燃やし尽くせるよ」

すこぶる爽やかな笑顔を振りまくタイランは、日差しを浴び輝きながらとんでもないことを言う。

はたと思い出す。

そういえばタイランは、僕を守ると言ってくれた。蔑《さげす》む者がいたら、炎で焼こうとも言っていた。

あれはただの軽口だと思っていたけど、ひょっとして最初から本気だったのだろうか？

「あ、あの、タイラン様……っ、さすがにそれはどうかと」

その気持ちが嬉しくないと言えば嘘になるけど、さすがにこの国の王子として止めなければならない。個人的な恨みで民《たみ》にまで被害が及ぶのは駄目だろう。

「さあ、イル。右に行けばいい？　それとも左？　ぱあっと一気に燃やしちゃうかい？」

ニコニコと微笑んでいるこの人は、よく見れば目が全く笑っていない。冷静そうに見えるタイランは、ひょっとして僕が思うよりも怒ってくれているのだろうか。

どうしよう。こんなことを思ったらいけないのかもしれないけど……嬉しい。胸の辺りが締め付けられるように苦しくなるけれど、それは湧き上がる喜びからくるものだ。

思わず胸元を握り締めると、そこに大きな声が響いた。

「良いわけあるか！　この色ボケ龍が！」

タイランの身体に何か大きな塊がぶつかった。それがホンスァだと気が付いた途端、タイランはうんざりとした顔を隠さない。だけどいつものタイランの雰囲気に戻っている。

「もう……なんで見つけてしまうんだいホンスァ。小一時間あればこの学校を灰にできたのに」

「うるせぇ、お前マジそういう所だからな！　他国で問題起こすんじゃねぇよ！　そういうところがガキだって言ってんだ！」

「ホンスァだって協力してくれたじゃない？」

「昨日の今日で制服を用意した俺には感謝してくれ!?　けどまさか俺を撒いて嫁さんの所にホイホイ行くとは思わないだろうが！　せめて俺も連れて行け！」

ぎゃんぎゃんと叫ぶホンスァと、そのお叱りが全く響いてない様子のタイラン。

呆気にとられながらもその二人の勢いに飲まれる。

「あ、あのホンスァ。あんまり叱らないであげて？　タイラン様はその……僕を助けてくれたんだ」

まさかホンスァに無断で来ているとは思わなかったけど、僕のためにタイラン様が駆けつけてくれたことは本当に、嬉しかったんだ。

ホンスァは僕をジッと見て、それから大きくため息をついた。

「はあ……。なんかお二人の関係が進展したっぽいし、騒ぎは起こしてないみたいですし？　とりあえずイル様に免じて許しますよ」

「あ、ありがとう？」

騒ぎを起こしていないとも言い切れないが、とりあえずタイランのことは許してくれるらしい。

しかしホンスァも見た目は美少女のようなのに、怒ると大変迫力がある。怒らせないようにしようと心のメモ帳に記入した。

「よし。じゃあイルと一緒に校内を見て回ろうかな」

「アホかお前は！　さっさと帰るぞ！　イル様はせっかく来たなら授業！」

「えー」

四の五の言わせないホンスァによって、タイランは読んで字のごとく引きずられるように帰っていった。

◇◇◇

タイランが去ったその日、僕は平穏な一日を過ごした。

いや、作られた平穏を享受した。

第一王子である兄すら敬意を払うタイランが学園に現れ、親しげな様子で僕を庇った。貴族であれば、彼を他国の王族であろうと察するのは難しくない。

実情を知っている高位貴族の生徒たちは何も語らなかったようだが、それでも周りは僕が後ろ盾を得たと思ったらしい。

タイランに守られる形になった僕を、周囲は普段よりも慎重に扱った。腫れ物に触れるような扱いだったものの、それでも表立って陰口を言われない環境はこんなにも晴れやかなのかと驚いた。

だけど、ただこのままで終わるわけにはいかない。

放課後の人気が少ない廊下を、僕は一人歩いた。目的地はたった一つだ。学園に来いとわざわざ呼びつけた理由を、僕には聞く権利があるだろう。

二階の特別棟にある大きな扉の前。兄とその学友たちが所属している生徒会室の前に立つ。勢いよく問いただしたいと思うのに、ノックする手は何度も宙を彷徨《さまよ》う。

怖いのだ。

何を言われるのか、どんな言葉を浴びせられるのか。今日タイランが現れる直前も、僕は再びユリアの策にはまってしまっていた。冷ややかな周囲の嘲笑は、何度体験しても嫌なものだ。

ズンと重くなる胸が、ノックする手を鈍らせる。

それでも、と拳を握りしめた瞬間、中から興奮した甲高い声が聞こえてきた。

「だからぁ、ユリアのせいじゃないんですもんっ！　イル様が悪いんですよぉ」

耳に届いた自分の名前に、思わず扉から身を離す。

生徒会役員ではないユリアだが、すっかり役員のような扱いをされていることは知っていた。だがまさか、今日もここにいるなんて。

会話の途中に入るに入れないまま、さらに声が漏れ聞こえる。

「そういうラムダ様だってぇ、今日イル様をコテンパンにしちゃうって話だったのにっ。聖女を害する人間はこうなるって、見せしめにする話だったでしょぉ？」

「しっ。声が大きいぞユリア。仕方ないだろう……まさかあの方が出てくるとは。予定が狂わなければ、反聖女派である生徒たちにも牽制できたのに。計画が狂った」

兄の言葉で、みぞおちの辺りがぎゅうっと引き絞られるようだ。

今日呼び出された裏には、僕を陥れる計画があったのか。何か企みはあるだろうとは思っていたが、龍人国との結婚を国のために受け入れた僕を、まさかそこまで下に見ていたなんて。

「あの方っていえ、どんな方なんですかぁ？　ルート的にそろそろ青龍様の登場かなって思ったのにぃ、青龍様は全然出てこないんだもん」

「ユリアの未来視は当たるからな。だが他の男に目移りするのはいただけないな」

ルート？　青龍の登場？　彼女の意味不明な発言の多くは、未来視の能力から来ているものなのか？　それにしてはタイランが何者なのかすら分からない様子だった。

「ユリアはまだ、ラムダ様のものじゃないですもん。もっとも一っと、ユリアを好きにさせてみてくださぁい」

「まったく、俺をここまで夢中にさせるなんて、困った子だな」

じゃれ合う二人の声は、もはや聞くに耐えなかった。

僕がこの中に入っても何の意味もない。今日呼び出された理由は、都合のいい舞台装置として使うためだったのだから。あまりの空《むな》しさに、空笑いしかできない。

この国のどこにも僕の居場所はないのだ。もう帰ろう。タイランの待つあの離宮へ。

僕は学園の姿を最後に目に焼き付けると、待っていた馬車へ乗り込んだ。

第七章

学園での不毛な一日を終えた僕を離宮で待ち受けてくれたのは、いつもの長袍《チャンパオ》に身を包んだタイランとホンスァだった。

日中学園に乗り込んできた勢いは既に落ち着いたようで、普段の二人に戻っていた。穏やかな笑顔で出迎えてもらえて、ようやくここに帰って来られたと肩の力が抜ける。

「おかえり、イル」

「お疲れだったでしょう。少し早いですが、夕食をご用意するので待っていてくださいね」

そんな二人を見て、僕は安堵した。そして安堵した自分に驚いた。

いつの間にかここが自分の居場所になっていたのだと気付かされたのだ。それなりに長く過ごした学園もこの国の城も、そんな場所ではなかったというのに。

ホンスァの手によって、いくつもの大皿がテーブルの上に載せられる。一気に沢山の皿を並べていくのは、龍人国の平民式だという。しかしその小さな身体のどこにそんな力があるのだろう。

ニヴァーナ王国では一人一皿ずつ給仕される。王族となればそれは当然毎食のことだ。

今まで僕のテーブルには、自分以外の皿が並ぶことはなかった。大きなテーブルの上に、いつだって僕の食器だけがぽつんと置かれていた。母が亡くなってから長い間、それが僕にとっての食卓だったのだ。

かつては当たり前だった食卓を思い出し、今になってようやくあれが寂しいものだったと知る。

「ほら、食べましょうイル様」

大きなお皿から料理を取り分けてくれるのはホンスァだ。最近はニヴァーナの味も覚えたらしく、食卓はいろんな国の料理で彩られている。王であり主人のタイランはぞんざいに扱うのに、こうやって僕の世話をあれこれ焼いてくれる姿には、大人だからこその余裕が窺えた。

「こっちも食べてごらん。蓮蓉餡《シェンダンホアン》が甘くて美味しいよ。もっと食べて太りなさい」

タイランはまだ食事の始まりだというのに、早々にデザートを渡してくる。ふんわりとした生地に包まれた饅頭《まんじゅう》は、桃色に染まって可愛らしい。

タイランは見た目より子供っぽいところがあり、穏やかそうに見えて気が短い。だけどいつだって僕を気にかけてくれて、気が付けば側にいてくれる。

「今日の桃饅頭《まんじゅう》は餡子に胡桃《くるみ》を入れてるんだね。好きな味だ」

「あー、でしょ。ちょっとこっちでも良い胡桃《くるみ》を教えてもらってさぁ、昨日から餡子練ってたんですよねって、デザートから食うなよお前は！　先に野菜と肉をいけ！」

「まったく、年寄りは口煩《うるさ》いね。どちらが先でも、腹に入れれば一緒だろう？」

「あん？　お前なんつった。飯作ってる俺に向かって戦争か？　戦争するか？　あぁン？」

初めは見ているこちらがハラハラするやりとりだったが、彼らとの付き合いに慣れた今となっては、これが本気で喧嘩している訳ではないと分かっている。

まるで兄弟のようにじゃれついて、彼らはその掛け合いをなんだかんだ楽しんでいるのだ。そんな時間を共に過ごせるのも楽しいのだと、そう思えるようになったと言ったらおかしいだろうか。

食事の席がこんなに賑やかなのは、一体いつぶりだろうか。温かいこの空間にいられる幸せを、今日みたいな日は特に感じてしまうのだろう。

「まーったく、困りますよねぇイル様」

「いや、困らないよね、イル」

「へ、え？　ぼ、僕？」

言い合いをする二人を眺めていると、僕にまで話を振られてしまった。ぼんやりしていたので前後の話をすっかり聞いていなかった。

二対の瞳が、僕をジッと見つめる。

「え、ええっと。とにかくご飯を食べましょう？」

僕の提案に二人は思いのほか素直に食事を再開してくれて、ホッと胸を撫で下ろす。

ホンスァの料理はどれも美味しくて、僕はタイランと暮らすようになってからよく食べるようになった。

一人きりの食事は味気なくて、無意識に食が細くなっていたのだろう。詰め込むように食べるのは料理人にも悪い気がして、元々の量自体も減らしてもらっていた。

「ほら。イル、これも食べてみて。美味しかったよ」

「この肉はトロトロに仕上がったんですよ。是非」

二人はそう言いながら、再び僕のお皿にひょいひょいとよそってくる。

今日学園であったことを聞きたいだろうに、彼らは何も聞いてこない。

与えられた優しさに胸が苦しくなるなんて、生まれて初めてかもしれない。じわりと涙が滲《にじ》みそうになる目元を手の甲で擦って、僕は差し出されたお皿を笑顔で受け取ったのだった。


今夜も結局、許容量以上に入れてしまったお腹を抱えたまま入浴し、まだ膨らんだままのお腹を擦ってベッドへ向かった。

ベッドサイドに置かれた小さなランプの灯りがゆらゆらと揺れて、既に布団に横になっているタイランを照らす。湯上がりの髪の毛は濡れているのか普段よりも艶やかで、緩く開けた胸元が男性的な魅力を放っていた。

「……？　イル、どうしたの。顔が赤い」

覗き込んでくるタイランの顔が、星を纏《まと》うように光っている。キラキラと、細かい光の粒子をはたいたように輝いてみえた。

普段以上に彼の仕草一つひとつが眩しく見えて、なんだか胸が締め付けられる。

「な、なんでしょう、ね？　ちょっと今夜は暑いのか、も？」

どうぞと布団をめくられて、いつもなら遠慮しながらもそれに従っていた。

なのに僕の足は床に縫い留められていて、ぴくりともそこから動けない。そんな僕の異変に気が付いたタイランも、動きを止めた。

二人の間に、沈黙が落ちる。

窓の外から聞こえるのは、風に揺れる葉ずれの音。かすかに入る狼の遠吠え。

「イル？　どうしたの。湯冷めしてしまうよ？」

身体を起こしたタイランが、僕の腰に腕を回した。普段なら慌ててそれを制止できるのに、今夜はなんだかそれを制止しがたかった。

普段ならあるはずの抵抗もなく、大人しく受け入れる僕をタイランはやんわりと引き寄せる。

「イル、どうしようか。私の勘違いじゃなければ嬉しいけど……すごく良い匂いがする」

「に、おい……ですか？　普段と同じ石鹸ですが……」

自分の腕をクンと匂っても、いつもと変わらない気がする。再び匂おうと反対側の腕を持ち上げたところで、首筋にタイランの顔が埋まって身体が震えた。緩くかかる吐息がくすぐったくて、思わず小さく身を捩《よじ》った。

「龍人はね、鼻が良いんだ。相手の感情も嗅ぎ分けてしまう。特に私は力が強いせいか、生まれた時からそれに敏感でね」

「そう、なんですか」

首元でひそひそと喋られると、首から耳へゾクゾクとくすぐったさが広がっていく。甘い、甘いタイランの声が、耳を伝って脳を浸食していくようだ。

「今のイルは、私のことが大好きだって匂いをしているよ。友達や家族としてではなく、恋人のようにね」

その言葉に、誰より驚いたのは僕自身だろう。

恋人のように、好き？

僕が、タイランのことを？

思ってもいなかったことに驚いてタイランを見ると、彼は僕の首元から顔を上げた。そしてトロリと溶ける蜂蜜のような表情を向けるものだから、僕の心臓は一瞬で鷲づかみにされるのだ。

この人は、こんな顔をする人だっただろうか。

「最初の戸惑っていた匂いから、少しずつ変わって慣れてきてくれたのは知っていたけど……今夜は酷く、誘うように甘い。なんだか匂いに酔ってしまいそうだ」

歌うようなその低音に、僕の方こそ酔ってしまいそうだ。

彼のことは好ましいと思っていた。たとえ男同士とはいえ、結婚の誓いを交わした相手だ。できたら良好な関係を築きたいと努力してきたつもりでもある。

「……っ、すみま、せ」

だけどそれがタイランの言うように、恋愛のように変わってきたなら話は別だ。

「も、申し訳ありま……せん」

「イル？」

身の程も弁《わきま》えずに、僕はこの人に恋をしてしまったというのだろうか。

愛なんて信じていなかった。恋なんてするつもりもなかった。

ましてや子を孕める訳でもないこの男の身で。この人を、異性を見るかのような目で見てしまったのかと思うとショックだった。

好きなのだと言葉にされた瞬間、感じたのは納得と恐怖だ。

タイランの行動に心をかき乱されていた、得体の知れない感情全てが腑に落ちた。

だけど同時に母のことを思い出した。愛に焦がれて泣いていたあの寂しい後ろ姿は、今なお鮮明に思い起こされる。

そして恋に狂う、兄の姿も思い浮かぶ。完璧な王子と言われていた兄は、ユリアと恋をしておかしくなってしまった。

正しいはずの男女の恋愛ですら、あんな風におかしくなってしまうのに。男が男を好きになるなんて非生産的な恋は、どれだけ自分が狂ってしまうのか恐ろしい。

それにこの感情は、政略結婚を求めたタイランにとって迷惑極まりないものだろう。

「申し訳、ありません……っ、僕なんかが……！」

ただの形だけの結婚で良かったはずだった。それなのにまるで家族のように、本当の夫婦のように温かく接してもらえた。大切なもののように守ってもらえた。冷え切った人間関係に慣れすぎた僕が、優しく側にいてくれるタイランを好きにならない訳がなかったんだ。

小国の、後ろ盾も何もない王子が出過ぎた感情を持ってしまった。

僕が自覚する前にタイランには気付かれてしまって、本人にそれを告げられてしまっては隠しようがない。だけどこの感情が彼の政務の邪魔になるのなら、僕はなんとしてでもこの想いを振り切ってみせる。

ひとまず近すぎるタイランと物理的な距離をとりたくて、彼の厚みのある胸を両手で押した。

「イル」

だけどタイランの身体はぴくりともせずに、むしろ僕の身体を抱き寄せてきた。その強い力に身体がよろめいて、思わずベッドに座るタイランの膝の上に跨がる形になってしまう。

「っ、タイラン様……っ、あの……っ」

逃げ出そうともがくものの、逞《たくま》しいその腕は僕にガッチリと巻き付いて動かない。

体格差も体力差もありすぎることに情けないような、だけど……嬉しいような。

「イル。どうしていつも君は勝手にそう決めつけるんだい。私は一度でも、君との結婚を迷惑だと言ったかな」

顔にかかった髪の毛を、タイランの指がはらった。そのまま目元をなぞられ、やはり胸はどきどきと震えて煩《うるさ》い。細められた瞳から伝わる慈愛に満ちた感情は、そのまま受け取っても許される？決して綺麗なだけではない、タイランへ向けた様々な感情を持ち合わせる僕でも、いいのだろうか。不安を上回る期待感で、心臓が痛いほど早鐘を打つ。

「迷惑とは聞いていませんが……僕にドレスを着せようかなんてからかわれました」

「確かに。言ったね。それは謝る。ふふ、戸惑う君が可愛くて、いっそ憎らしくてね。その話はもう、一生君に言われてしまいそうだ」

当たり前のように一生だなんて言われて、胸がキュウとなる。一生側にいてくれるのだろうか。いていいのだろうか。思わず彼の袖を小さくつまんだ。

「愛してるよ、イル」

熱に浮かされたような声が耳から入って、続いて言葉がじんわりと身体全体へ広がった。一拍遅れた内容が脳へと伝わった時、ようやくその言葉の意味を理解した。

「あ、い……？」

誰が、誰を？

タイランが、僕を？

「君が今私を想ってくれているように、私も君を愛しているよ。いや、もう少し重いかもしれないけどね。これは家族愛じゃなくて、肉欲を孕む感情だ。こんな気持ち、君に迷惑だろうか」

「そん……っ、迷惑だなんて！」

儚《はかな》げな笑みで気持ちを伝えてくれるタイランだったが、彼を迷惑になんて思う訳がない。僕は即座にそれを否定できる。

自覚したばかりの自分の気持ちにはまだ戸惑いがあるものの、マイナスな想いは全く湧かない。むしろこの気持ちは誇らしく、今まで漠然と不安に感じていた愛情というものを肯定的に捉えられる気がした。おかしなことに、この気持ち一つで見える世界が変わったのだ。

「ありがとう。ね？　私も同じ気持ちなんだよ」

「あ……」

タイランは、僕に好かれても嬉しいと思ってくれている。

家族愛を逸脱した感情でも、良いのだと受け入れてくれるのだ。

徐々に熱くなる身体は、爪先から耳まで、きっとじわじわと赤くなっているんだろう。

「それにね、イル。前も言ったけど龍人は同性でも異性でも婚姻が認められているし、どちらでも子を成せる。君が心配していたのは、この部分だろう？」

「えっ、子を……？」

タイランの手が、背中から腹へと回った。

「そう、龍人の持つ核をね、この腹の中に入れるんだ。次代の子はそうして生まれてくる。もちろん──」

指がへその下の辺り、触れるには際どい部分を、くるくると円を描くようにゆっくりなぞる。

「ここに、精を蓄えなければいけないけどね」

その小さな動きに、身体がゾクゾクと震える。

これは身に覚えのある感覚だった。そう、初夜と勘違いされたあの行為があった時だ。

「ねえイル。だから君が不安に思っているようなことは何もないんだよ。君が望んでくれるなら、いつだって私の子を成せる。我が国では男同士だからと後ろ指を指されることはない。私は君がいいんだ。どうか胸を張って、私の隣に立ってはくれないか」

合わさった胸から激しい鼓動が伝わる。僕ひとりのものではなく、それはふたり分だ。

こうして触れ合って、気持ちを重ねることに胸を高鳴らせているのは僕だけじゃなくて、お互い同じなのだと教えてくれる。

タイランは僕を伴侶だと、最初からそう認めてくれていたのだ。形だけのものではなく、真に家族になれると伝えてくれていた。

僕だけがそこから目を背けて、自分の気持ちにすら向き合ってこなかっただけなのだ。

嬉しさが胸一杯に広まって、それは喉からせり上がり、涙となって零れ落ちた。

勝手に頬を濡らす涙を、タイランの指が優しく拭った。

「イル。それは嬉し涙だと思っていいの？　もし違ったら、僕は恋に狂って狂龍になってしまうかもしれないよ」

「う、れし……です。僕、僕も……っ、す、好きで……っ」

「うん。知ってた。ごめんね、言葉でも欲しかっただけ」

匂いでもう、すっかり知られてしまっている。

僕の気持ちを蔑《ないがし》ろにしようとも、タイランは許される立場だ。それでも律儀に段階を踏んで、自分のことすらおぼつかなかった僕を待ってくれていた。

好きだ、と改めて僕は強く思った。

僕はこの人が欲しいのだ。仮初めの伴侶ではなく、正しく伴侶としてこの人の隣に立ちたい。

「タイラン様……っ、好きです……すき。すき……」

タイランの身体にしがみついて、ただ胸から溢れる感情のままに言葉を連ねた。何度言葉を発しても心は軽くなるどころか、気持ちが次々と押し寄せてたまらなくなる。

好きでいて良いのだ。男の僕が、この人の隣に立っても許されるのだ。

愛しても、いいのだ。

これから先の未来で、この感情を失うかもしれないという恐怖はちらついている。母や兄の姿はいつだって僕の不安を駆り立てる。ただそれを押しのけてでも、許されるならこの人を愛したい。

「イル、ごめんね」

「っ、タイラン、様？」

突然の謝罪に、ヒュッとおかしな呼吸になった。やはり出過ぎた真似だったのか——そう不安に思った矢先に、下半身にゴリッと硬いものが当たる。下半身、丁度尻の間に当たるそれは。

「本当にごめん。イルがそんな風にくっつくから。たまらない気持ちになっちゃった」

タイランの両手が僕の身体を掴み、ユサユサと軽く揺さぶる。

同じ男だから、それが何なのか分かってしまった。硬いそれが、タイランの——

「タイラン、様……」

「やっぱり怖い？　肩が震えてる」

そう問われて、僕は自分の身体を見下ろした。パジャマの上からでも分かる、肉付きの悪い貧相な男の身体が小刻みに震えていた。緊張はしている、だけど怖い訳じゃない。むしろタイランがこんな僕に肉欲を抱いてくれていることに、胸が高鳴るのだ。

「違います、これは緊張しているだけです。怖くなんて——ん」

首筋で控えめなリップ音が響く。そこに柔らかく、薄い皮膚が触れる感触があった。

それからべろりとその大きな舌で舐め上げられて、僕はいよいよ身体をブルリと大きく震わせた。

「ひあ……っ」

「可愛いね、イル。安心して良いよ。すぐには多分無理だから。イルは身体も小さいし」

「どういう……っわ」

ズボンの上から両手でお尻を鷲づかまれ、声が裏返る。

「お尻も小さいよね、イルは。ゆっくり時間をかけて慣らしていこうね」

「慣らす？　何をですか」

どういう意味なのか分からずに聞き返すと、タイランは一瞬動きを止めた。

「……んー、イルは子供の作り方は知っている……よね？」

「も、もちろんです……！　ちゃんと……その、精通した時に学んでいます」

「男同士もやり方は変わらないんだけど、知ってる？」

タイランの言葉に、思わず呆けた。

男女の営みは勉強している。だけど男同士はそういった生殖器はない。だからあの日、事故のごとく過ぎ去った初夜のように、お互いを擦り合うなどするだけだと思ったのだけど。

「そ……え？」

考えが追いつかないでいると、ドサリとベッドに押し倒された。

仰向けになる僕の薄い腹の上を、タイランの指がなぞる。

「言ったでしょ……腹に精を溜めて子供を作るって。君の――」

反対の手が、お尻の狭間をクッと押した。

「あっ⁉」

「ココに、私のペニスを差し込んで交わるってことだよ」

「～～っ!?」

そこは出口であって入り口ではない。そんな不浄な所をタイランに差し出すなんてどう考えたって無理だろう。絶対に無理、そう理性では思うのに。

「嫌？　イル」

絶句する僕をどう思ったのか。そんな風にしょげるタイランを見たら嫌なんて言えない。

いや本当は、本当に嫌だと思っている。それは恥ずかしいし申し訳ないからだ。好きな人に明け渡すにしても、あまりに想定外な場所だからだ。

だけどそれでもタイランが欲しがるなら。僕を欲しいと求めてくれるなら、僕はそれを拒絶したくない。

「……幻滅、しないでくださいね……」

重なる唇の甘い感触に、僕はなんだって喜んで差し出せる気がした。

◇◇◇

二人分の吐息が、薄暗い天蓋の中を満たしていく。

「ほらイル、ちゃんと私の舌を舐めて」

「んっ、ん、ん～っ！　あぅ……っん、っくぅ」

差し出された長い舌を、言われた通りにちゅくちゅくと吸う。口の中で強く吸ったり甘噛みすると、タイランの肉厚でぬるぬるとした舌がよくできたと言わんばかりに口内を撫でる。

喉奥に溜まった唾液を、何度嚥下《えんげ》したのか分からない。それでも飲みきれない唾液が口の端から伝い落ちていく。

「あう……っ、う、タイラン、様……っそれ……、も、やら……」

口づけを交しながらも、下半身からはしたない水音が溢れる。横になった体勢で、後ろから片脚を大きく開かれたその間には、タイランの太い指が深々と埋め込まれていた。ゆっくりと捏ねるように動くそれは、いつの間にか二本に増えてゆっくりとかき回すような動きで穴を広げる。

体内を圧迫する存在が苦しいのに、苦しいだけじゃないのが辛い。

「好きでしょ、イルは嘘つきだね。ほら、また達してしまいそう。イルのペニスがピクピク震えて、とても可愛いよ」

指摘された通り、苦しさと同時に快楽まで拾ってしまっているのが恥ずかしくて辛いのだ。

「あ、やら……っ、見ないれ……あぅ」

タイランの長い脚によって、太ももを閉じることすら許されない。そして背後にいるタイランの陰茎は、僕の身体にグリグリと押し付けられていた。

もうずっとこうして何度も、僕だけが丹念に愛撫されてグズグズになっている。

初夜だってこんなことはしなかったし、全てが初めてだというのに、今夜はもうタイランによって既に二度、絶頂を迎えていた。一度は手淫で。二度目は後孔と陰茎を刺激されて。

今やもう、男性器自身は触れずとも勝手にトロトロと蜜を零し、埋められた男の指で再び絶頂へと押し上げられようとしていた。

「かわいい……イル、かわいい。良い匂い。嘘みたいに幸せだ」

「あ、ひ……っ、ん、んん〜〜」

夢の中にいるような、そんな蕩けた声を流し込まれてはまるで脳まで犯されているようだ。思わずきゅっと穴が窄まり、中の指を締め付けた。ゴツゴツとした指の感触を肉襞で拾ってしまい、勝手に性感が高まっていく。

「はっ、だめ……っ、タイラン、様……っ、ま、た……っ」

「達しそう？　いいよ、キスしながら……ン、出してごらん」

後ろに顔を固定されて、再び長い舌で口の中をねぶられる。唇を遊ぶように食まれ、ちゅるっと吸われて腰が震えた。

ガクガクと震える身体をタイランは支えてくれているが、中心でいやらしく動く指の動きは一層激しさを増した。腹の内側を押し上げるように抜き挿しが繰り返され、耐えきれず腰が浮き上がる。

「んっ、んぅ、う、ん――っ！」

目の前がチカチカして、お尻の穴で半ば強制的に絶頂を迎えた。正直男の僕が、こんな所で快感を得られるなんて事実は知りたくなかった。

だけど尻への刺激だけで吐精を果たしてしまっては、もう言い訳はできない。凄かった。

「気持ちよさそうだね、良かった」

「んあ……」

タイランはひくひくと蠕動する内側をぐるりとなぞって、ゆっくりと指を引き抜いた。ぽっかりと空いた穴の中に、ひやりとした空気が流れ込む。

あらぬところを襲う冷たさに身を竦《すく》めると、足下でベッドが軋んだ。

「ごめんね、一回だけ」

小刻みに震える両脚の間に、タイランの身体が滑り込んだ。

僕は余韻に浸ったままのぼんやりとした頭で、彼の行動をただ眺める。

両膝を立てさせられて、僕の全てがタイランの眼前に晒されているのだろうけど、ガクガクと震える下半身はもう恥じらうことすら億劫《おっくう》だ。

「は……っ」

そしてタイランは夜着の裾から硬く反り返った自身を取り出すと、指で輪を作って上下に擦った。

その慣れた動きから彼も同じ男なのだと感じられたが、そこに嫌悪感は一切なかった。むしろ赤く染まった目元が色っぽくて、漏れ出す吐息を吸い込みたいとすら思ってしまった。

くちゅくちゅと肉を捏ねるような音と、上擦った吐息が耳に届く。見てはいけない気がするのに、その淫らな行為から目が離せない。なぜか腹の奥がきゅうと疼いた。

「あは……、ふ、イルのお尻の穴……、っ、ぱっくり開いて、やらしいね……はあっ」

穴に指を当てられ、窄まりが左右に開かれる。食い入るようにそこを見つめられて、恥ずかしさで思わず目を背ける。

「もう少し広げたら、ここに……私のものを入れさせて、おくれ……っ、はぁ」

その懇願に、思わず肘を立てて身体を起こした。

頬を染めて、だけどギラギラと雄の顔をした男は、僕の身体を性の対象にしているのだ。僕を抱くことを想像して、自慰をしているのだ。

「——っ」

窄まりがひくりと勝手に震えた。

「イル？」

そして僕は無意識のうちに、タイランのそれに手を伸ばしていた。

手のひらが、やけどしそうなくらい熱い。

握り込むと、それは僕のものよりも太くてその上長い。これは確かにちょっとやそっとでは、交わる時に怪我をしてしまいそうな大きさだ。

だけど同時に、タイランのこれを身体の中に埋めたら、僕は一体どうなってしまうんだろうという期待も湧き起こる。

「イ、ル……っ。手伝って、くれるの？」

「僕で、良ければ……」

答えるよりも早く、片手で身体を引き起こされた。タイランの陰茎に添えていた手の上から彼の手が重なり、二人で一緒に上下に扱く。

首筋にかかる吐息が不規則で熱っぽく、自慰の手伝いをしているだけだというのに僕までおかしな気持ちになってしまいそうだ。

「イル……いい。きもちいいよ……、は……っ」

少し掠れたあまい、あまい吐息。

「ああ凄い……ほんとうに君は、良い匂いだ」

「あっ」

首筋に吸い付かれて、チリリとわずかな痛みを感じる。

そのまま流れるように唇を重ねられて、貪るような激しいキスをした。

「んっ、ふうっ、んんっ、あぅ……っ」

「は、出すよ、イル……出す……っ」

手の中で弾力のある塊がビクビクと震える。次いで熱い飛沫が指を濡らす様は淫猥で、僕はそれから視線を外せずにいた。

両手から溢れる白濁は、自分のものよりだいぶ多い気がした。

◇◇◇

カチャカチャと小さな音が耳に入った。次いで、ぬくもりを感じた。妙に温かく感じる布団の中で、僕はその音を聞くでもなく聞いていた。

甘く漂う、何かを炊く匂い。どこかで嗅いだ記憶のある、少し刺激のある匂い。沢山の匂いが漂って、僕のお腹は知らぬ間にグウと鳴った。

随分お腹が空いているようだ。夢うつつのまどろみから、ゆっくりと現実へ引き戻される。

何か良い夢を見ていたのかもしれない。幸せな気分だけが胸に残っていた。

「わ」

目を開けて一番最初に目に入ったのは、肌に散らばる黒絹だ。

それが僕を抱きしめるように眠るタイランの髪だと気が付く。驚いて飛び跳ねようにも、身体はガッチリと密着するように固定されてしまっていて、その腕の力強さにもドキドキした。その上シーツの中の二人は何も身に纏《まと》っていない。直接触れる素肌の感触に、身体が硬直する。

「あ、そっか、昨日……っわ、わあ……昨日、僕」

思い出すと、顔から火が出そうだ。僕とタイランの想いが通じて、そして身体を重ねた。とはいえ男同士は準備が必要だとかで、まだその……最後まではしていないんだけど。

性欲なんてないような綺麗な顔をしているのに、タイランは随分積極的に僕を追い詰めていた。

触れた彼のアレも、僕より随分大きくて——

「う、ううっ。や、やめよう、考えるのは」

羞恥に悶《もだ》えてゴソゴソと身体を動かしていると、どうやらタイランを起こしてしまったらしい。

片腕が僕の頭をぐいと引き寄せた。

「わ、申し訳ありません、……起こしました？」

「おはよう。イルは早起きだね。まだ夜が明けたばかりだろう。だけど想像よりイルに体力があるなら僥倖《ぎょうこう》。今夜も楽しみだ」

「こ、こ、今夜⁉　えっ」

まだ眠そうなタイランは、少し掠れた声でそんなことを言う。

昨晩みたいなことを、また今夜もやるのか？

僕の態度にタイランはどう思ったのか、ふふと笑った。

「嘘だよ。ゆっくりでいい。無理のないペースで進もう。私たちの先はまだ長いんだから」

優しくそう頭を撫でられて、僕はうっかり泣きそうになった。

先の未来を、タイランと共に歩いても良いと、そう言ってくれているのだ。

昇り始めた朝日が室内を照らしていく。

「どうしたのイル。泣きそうな顔をしてる……昨日、無理をさせてしまったかい？」

「ち、違……っ、嬉しくて」

僕は慌てて、頭をブンブンと横に振った。

「本当に、嬉しくて……」

僕は形だけの第二王子で、家族と呼べる家族はもういない。血の繋がりのある父も兄も、家族とは呼べない関係だ。僕はいつだって一人で、空回りして嫌われていた。城にも学園にも居場所はなくて、だけどそれを当たり前だと受け止めていたんだ。

愛や恋なんて信じてなかったし、それによる破滅を僕は目の前で見て知っていたから尚更だ。

だから僕がタイランを、男性を好きになるなんて思ってもいなかった。

女性のように抱かれることに、抵抗が全くないと言えば嘘になる。だけどそれをタイランが望むなら、受け入れたいと思えてしまうくらいにはこの人のことが――好きだ。

「イル。ねえイル。いけないよ、そんな可愛い顔をしては」

「ん」

優しい口づけが落ちてきた。額から頬、鼻頭へ。そして唇を啄《ついば》むように重ねられ、一瞬の間を置いてそれは再び角度を変えて重なった。

優しく触れるその口づけが、まるで愛を囁いているように感じてしまう。

「タイラン、さま」

「あ～駄目駄目。自制しなきゃいけないね。イルが可愛すぎていけない」

「なんですか、それ」

その言い方がおかしくて、僕が吹き出すとタイランが少し拗ねたような顔をする。

以前はその表情を見ると不安になっていたけど、今は違う。

「タイラン様も、可愛らしいですよ」

彼の首に腕を回して、僕は唇を押し付けた。

そうすることを許されていると、もう知っているから。


じゃれ合いながらも早めに身支度を整えた。素肌に散らばる情交の跡に顔を赤くしている僕に、タイランはキスをしながら何度も愛の言葉を重ねてくれる。

こんなに幸せでいいのだろうか。いつもより早い時間ではあったが、二人でのんびりお茶でも飲もうとタイランと食堂へと向かった。

「……これは……？　ホンスァ、どういうこと？」

僕は目の前に広がる光景に、呆気にとられる。

時刻はまだ朝の六時だ。朝食には早すぎる時間だというのに、そこには既にホンスァがいた。

「あ、イル様おはようございます。お早いですね？　もう数時間遅いかと思ったんですが」

ホンスァは僕にそう返しながらも、テーブルの上でせっせと何かを作っている。

具体的には、作っている何かとは全長一メートル近い野菜の彫刻だ。四角い包丁で作られていくそれは、薄く切られたキュウリを鱗に見立て、所々に人参で赤色のアクセントが入っていた。雄々しくも華やかで、まさに職人技といえよう。

「すごい、すごいけど。何、どうしたのこれは？」

食卓には他にも、所狭しと大皿料理が並んでいた。とろみのある餡がかかった卵料理に、薄切りの肉に巻かれた野菜、衣を付けた魚が重なっているものまである。どう見ても三人分ではない量だ。

そしてその中央に鎮座しているのが、今ホンスァが作っている野菜の飾りだ。赤い蕪でできた花や、キュウリで作られた鳥、今沢山の人参を抱えながら作っているのはもしかして、龍だろうか。

昨晩は特に聞いてなかったけれど、今日はパーティーでもあるのだろうか。

そういえば寝起きにも、何か良い匂いが漂っていたことを思い出す。

「ホンスァは昔から手先が器用だよね。まるで本当に生きている龍のようだ」

「まあ長く生きてればこれくらいはな。っておい、食うなよ！　ちゃんと全品揃ってからだ！　あと数品作ったら終わるから待っとけ」

卓上のフルーツをつまみ食いするタイランを、ホンスァは包丁を握る手を止めることなく窘《たしな》めていた。

「ほら、イルも食べてごらん。龍頭実《ロントウシィ》っていう果物なんだけどね、食感が面白いんだよ」

「おい、待っとけって言っただろうが」

口元に押し当てられた果物を思わず食べてしまうと、僕までホンスァに注意されてしまった。確かにふかふかとした食感が面白く、そして乾いていた口の中に広がる爽やかな甘さと瑞々しさは、もう一つ欲しくなるような美味しさだった。

「可愛いね。もう一つ食べる？」

思わず頷きそうになったところで、こちらをジッと見つめるホンスァに気付き慌てて首を横に振った。本気で怒ったホンスァが怖いことを、僕はもう知っている。

しかし、どうしてタイランはこの状況を受け入れているんだろうか。昨晩何か、パーティーの話でもあっただろうか。思い返しても夕飯の時に、そんな話が出た記憶はない。

「あの……？　タイラン様、朝からこれは一体？」

「私たちのお祝いでしょ？　ホンスァもホンスァなりに、色々心配してくれてたみたいだから。ありがたいね」

タイランはそう言って僕の肩を抱き寄せる。

今まで以上にお互いの距離が近くなった。まだ照れは残るものの、こんな関係になれるとは思っていなかったから嬉しい——じゃ、ない。

「お祝いって、なんの……」

自分の言葉でハッと気が付いた。だがこの予想は外れてほしい。

まさか。まさか。

僕の不安とは裏腹に、タイランはつむじにキスを落としながらあっさり答えた。

「私たちの気持ちが通じ合ったお祝いじゃないのかい。龍人の中でもホンスァは嗅覚が優れてる方だから」

「〜〜〜っ！　そ、それって」

昨晩何があったのか、ホンスァには露見してしまっている？

あれやこれやと行われた、口に出すにも恥ずかしい行為は筒抜けだった？

恥ずかしさで僕の顔は、きっと赤くなったり青くなったりしているだろう。百面相をしてしまう僕を、タイランはふわりと抱き上げた。

「わ、わあ!?　タイラン様、お、下ろしてください！」

まるで子供のように縦に抱っこされて、いたたまれなさで足をばたつかせた。

そんな慌てる僕を気にした様子もなく、タイランは嬉しそうに笑って囁く。

「昨日帰宅した時から、イルは凄く良い匂いをさせてたからだよ。そんな君と同衾して、なにもしない方が難しいって、私を知ってるホンスァなら分かったんだろう。勘の良い龍人なら気が付くよ。

いいじゃないか、夫婦円満になったんだから」

そして耳元に小さくキスをされる。

「それに龍人は耳も良いけど、ホンスァはちゃんと配慮してくれてるから安心して。イルの可愛い声は、私以外聞いてないよ」

「う、ううう……、龍人なんて、嫌いです……」

「あはは！　そんな軽口を言ってもらえるようになったんだから嬉しいよイル」

拗ねた唇を軽く吸われる。

変わったのはタイランの方だと思う。こんな風に堂々と愛情表現をする人だったなんて知らなかった。いや、僕が気付かなかっただけかもしれない。

そう告げると、タイランは今度は僕の首にキスをした。

「イルは男が結婚相手で戸惑っていただろう？　仮初めの結婚だなんて言われて、私も少し傷ついたんだからね。それにイルには言葉も態度も惜しまずに伝えた方がいいって、昨晩学んだから」

「だから、そういう……」

こんな扱いをされてしまうと、まるで自分が特別な人間になったかのように錯覚してしまうから止めてほしい。熟《う》れた顔を彼の首筋に埋《うず》めて隠した。

「あ～はいはいお二人さん、その辺で。まったく、これだから新婚は」

どうやら龍を完成させたらしいホンスァが、手を拭いながら呆れたようにこちらを見ていた。

だけどその視線は優しくて、こんなお祝いをしてくれるほどに僕たちを心配してくれていたのかと思うと感無量だ。

「気配で察知した俺は、割と出来の良いお目付役ですよ。イル様が心配してるようなあれこれは、なーんにも見ても聞いてもおりませんっ」

そうして胸を張るホンスァには、僕とタイランの関係で今まできっと心配をかけてきたのだろう。鈍感な僕に苦笑いをしていた時もあっただろうと思うと、大変申し訳ない。

だけど謝罪よりも、感謝の気持ちがきっとこの場に相応しい。

「ホンスァ……ありがとう」

万感の思いでそう言葉にしても、ホンスァはウインクを一つして流してしまう。こういうところもまた、ホンスァらしい。

「どういたしましてイル様。さあて、向こうもできたかな？　ちょっと厨房の方見てきますね」

「向こう？　誰か他にいるの？」

基本的に、この離宮内の食事は全てホンスァが作っている。

それは単純に龍人国式の食事を作れる者が国内にいないという理由のみならず、万が一の事を考えた上で、黒龍陛下の口に入る物はホンスァが全て管理をしたいという申し出があったからだ。

さほど広くない離宮の清掃にはニヴァーナ王国の使用人が入るものの、まだ今はその時間ではない。この城の下働きにホンスァが厨房を任せることは考えにくく、内心首を傾げた。

「祝い膳を作り始めようにも、ちょっと一人じゃ時間がなかったので。すぐこっちに来れそうな知り合いを呼んだんですよ。地理的にも一番近かったし」

「え、ええ？」

ということは龍人の方？　ホンスァは夜中からずっと、このための作業をしていたのだろうか。

早朝からあんなにも美味しそうな匂いが漂っていたのは、そのせいだったのか。

まさか自分たちのお祝いのためだけに国から龍人を呼んだのかと驚いていると、開けっぱなしだった扉から大きな人影がぬっと現れた。

「ホンスァ、水餃子《すいぎょうざ》ができたぞ〜。見てみろ、この俺の細工の華やかさっ」

湯気の立ったスープのようなものが入った大きな器を、その人は軽々と持ってきた。

タイランと同じくらい背が高く、だけどタイランよりも厚みのある、鍛えている身体だ。黒色のように見える髪の毛は、良く見ると光の加減で青とも緑とも言えるような色合いに変わり、所々に鮮やかな青色のメッシュが入っている。

ガッチリとした身体に似合った少し骨太な顔付きは男性的で、少し垂れた目元に親しみが湧く。端的に言って、男前だ。龍人とは、顔立ちの整った者しか存在しないのだろうか。キラキラと華やかな一団の中で、凡人顔の僕は少し気が引けてしまいそうだ。

「お〜助かる！　ありがとうな！」

「いいっていいって」

駆け寄るホンスァとも親しげで、夜中に突然連れてこられたと聞くのに明るく朗らかだ。

申し訳ないようなありがたいような、どんな顔をしたらいいのか悩んでいる僕の前で、その人はニカッと陽気に笑った。

「おう、お前さんが黒龍の伴侶だって？　おーおー、可愛い子だなぁ。結婚おめでとう！」

改めてそう言われると、照れてしまう。だけど気持ちが通じた今、真っすぐな祝いの言葉は胸を温かくしてくれる。

そういえばこの国の人には、まだ祝いの言葉すらかけられていない。唯一形式上祝福してくれたのは、結婚に立ち会ってくれた神官のみだ。

惨《みじ》めだなと思うより先に、タイランたち龍人への感謝の気持ちが湧き上がる。

今はもう、僕は何も持たない王子じゃない。

タイランの隣に胸を張って立つためにも、いつまでも自分を卑下しては生きられない。

「お祝いの言葉をありがとうございます」

「おっ、素直ないい子じゃないか。黒龍、大事にしろよぉ？」

彼はそう言って、タイランに抱っこされたままの僕の頭をクシャクシャと撫でた。

「勝手にイルに触るな、青龍。イルが減る」

「減らねぇから。さすが黒龍だな。独占欲もほどほどにしねぇと嫌われっぞ」

「伴侶に嫌われかけてる君には言われたくないなあ」

「はっはっは！　違いねぇ～。いやでもそうは言ってもうちのコウも可愛くってさぁ」

ポンポンと軽快な応酬が交わされる。

タイランを黒龍と呼び、そして黒龍であるタイランが青龍と呼ぶ彼は、まさか。

「ちょっと、二人とも。イル様がビックリしてるからその辺にしろよ」

龍人国は五つの国に区分けされている。黒龍であるタイランは君主としてその全てを管理・監視しているが、基本的にはその四国を治めるそれぞれの龍人が、その種族に分かれて統治していると教えてもらった。

赤龍、黄龍、白龍、そして――

「イル様こちら、龍人領の一つを統べる青龍、ピィイン様です」

水餃子《すいぎょうざ》を抱えながら気さくに手を振る目の前の男は、どうやら随分立場のある方だったらしい。ニカッと笑うピィインは、戸惑う僕の手を握った。

「よろしくなイル」

「えっと……初めまして。イル＝ニヴァーナと申します」

僕を抱き上げたまま下ろそうとしないタイランのせいで、なんとも間抜けな挨拶となってしまった。

「おいおい、勘弁してくれよ」

僕の挨拶に、ピィインは明らかに気分を害した顔をした。前髪を乱暴にかきあげ、ため息をつく。何か粗相をしただろうか。いや、この体勢自体が失礼なのだ。

僕は慌てて身を下ろそうとするのに、やはりタイランは離そうとしない。それどころかしっかりと抱き直されて、身動きがとれない。

「ちょ……っ、タイラン様！　今はそうじゃなくて――」

「イル＝ニヴァーナだって？　おいおいお前さんはイル＝ヘイロウだろう？　新婚なんだからそう

名乗ってやってくれよ、黒龍が拗ねるぜ？」

「へっ」

思ってもみなかった部分に指摘を受け、一瞬思考が停止した。タイランを見下ろすと、彼は期待に満ちた笑みを浮かべている。今までの人生でずっと使っていた姓ではなく、新しい方を使えと。

つまり、そういうことなのか？

「あ、あの、その……っ、イル＝ヘイロウ、で、す……」

初めて口にする自分の新しい氏名は、舌に馴染まないしなんだか気恥ずかしい。口の中をもごもごとさせていると、身体をへし折らんばかりにタイランの腕に力が籠もる。

「ぐえ」

「ははは、龍人の男なんてこんなもんだよイル。あと俺はピィインでいいぜ。お前さんは龍人国内で最も尊い男の伴侶なんだからな。俺より身分は上ってことだ」

カラカラと笑うピィインだったが、その言葉は酷く重く感じられた。

このニヴァーナよりも大きな国を統治するタイランの伴侶。気持ちを通じ合わせた今、その重責には身が震える思いだ。

国が違えば常識も違う。僕は学校の成績も振るわないし、見た目だってパッとしないのだ。その上、元々は金山を巡ってこちらが侵略を仕掛け、聖女の力で強奪したようなもの。それをなしにしてくれと、人身御供《ひとみごくう》として差し出されただけの関係だった。

だけど今は心からタイランを支えたい。彼の側にいられるだけの知識が欲しい。

思えば何の益もなさそうな我が国と、よくあの利の少ない条件で婚姻を結んでくれたものだ。

そこではたと気が付いた。

「青龍……、あっ、金山の件につきましては大変申し訳ございませんでした！」

ホンスァが言っていた。青龍が聖女に洗脳された結果、金山を差し出す羽目になったと。目の前にいるこの人は、まさにその当事者なのだ。

今度こそ、この腕の中にいる場合ではなかった。慌てて下りようとする僕を、今度はタイランも素直に離してくれた。

僕はピィインを見上げ、そして頭を下げた。

「僕が謝って済むことではないと思いますが……！　本当に、申し訳ございませんでした！」

そもそもの経緯からして、青龍であるピィインには迷惑しかかけていない。

とんでもないことをしてしまった相手に、気さくに話しかけられて浮かれている場合ではなかったのだ。背中に冷たい汗がだらだらと流れる。

そのしばしの沈黙を破ったのは、ピィインの方だった。

「おいおい、国同士の終わった話だ。イルが謝ることじゃねぇよ。顔を上げろって」

「ですが」

「いや、むしろ上げてくれ。お前さんの旦那が殺しそうな顔で俺を見てる」

「へっ、ちょタイラン様……！」

振り返るとタイランは顔をバッと背けた。

もう……この人は。

ピィインはそんな僕たちを見て笑う。

「いや、マジでその件はもう良いんだよ。長いことちょっかいかけてくるな～とは思ってたけど、うちの若い奴らの模擬戦闘訓練にもなってたし。金山自体も大した埋蔵量がないって知ってたから、ほったらかしてた場所だしなぁ」

「はは……」

自国から仕掛けたとはいえ、戦争を模擬戦闘訓練と称されては乾いた笑いしか出ない。さすが龍人、とでも言うべきだろうか。

「それにさぁ」

ピィインはそこで言葉を区切り、乙女のように頬を染めた。

「あれがきっかけで俺も嫁さんと出会ったから、まあ結果オーライって感じなんだよな」

へへへ、と笑うピィインは実に幸せそうだ。

「まあピィインは、その肝心の嫁に嫌われてますけどね」

「ちょ、ホンスァ……ここはいい話で終わらせろってぇ。うちはいいの！　あいつは猫っぽいところあるし――ああそうだ、うちのはイルと同じ人間の男なんだ。あいつはまだ龍人国に来て日が浅いが、今度紹介させてくれ」

「えっ、そう、なんですね」

僕は驚いた。本当に龍人は同性同士でも結婚するのだ。タイランが言っていたように、珍しくないのは本当のようだった。それを疑っている訳ではなかったが、身近な話に安堵した。

それにピィインの伴侶も僕と同じ男性なのか。同じ立場であればなお話しやすいかもしれない。

「困ったことがあれば、うちのやつにもいつでも相談してくれ。もちろん、俺でも良いんだぜ。まあ龍人国の常識についちゃ、あいつもイルとどっこいどっこいだがな」

ウィンクを一つよこして、ピィインは茶目っ気たっぷりにそう告げた。だけどそれを遮るようにタイランが後ろからきつく抱きしめてくる。

「イルが君に相談するようなことは何もないよ。ねえイル、なんでも私に話しておくれ。君のためなら地図だって変えてみせるから」

「おま……それができるからマジで黒龍は怖ぇんだよなぁ。とにかく今日はお祝いなんだろ？ 俺の特製水餃子《すいぎょうざ》が冷めちまう前に食ってくれよな」

豪快に笑うピィインは、夜中にホンスァに連れられてたと言っていた。力のある龍人は龍の姿を持つというから、青龍であるピィインも、龍の姿でここまで来てくれたのかもしれない。

一晩かけてこうしてお祝いの用意をしてくれる程、タイランは周囲に愛されていることが窺えた。

なんだか僕の方が誇らしい気持ちになって、背中にいるタイランにちょっとだけ体重を預けた。

僕を抱きしめるタイランの腕に、少しだけ力が込められる。言葉を交さずともただそれだけで、胸の辺りがフワフワと温かくなるのだ。

「よっし、じゃあ食おうぜ！」

なぜかピィインが音頭を取って、朝から祝いのパーティーが始まった。

「乾杯！」

立派に仕立てられた龍の細工を中央にして、その周囲にぐるりと並ぶお皿を四人で囲んだ。

瓶から注がれるお酒は度数が高く、少し辛い。それにほんの少しだけ口を付けてから飲むべきかを迷っていると、隣から伸びてきたタイランの腕がひょいとそれを取り上げてしまった。

タイランはクッと杯を傾けて、一瞬でそれを飲み干す。

「龍はね、酒豪が多いんだ。酒が好きだし強いから、イルは無理に付き合うことないよ」

そう言って頬にキスをする。アルコールの匂いがふわりと漂った。

「ひゅー！　イチャイチャしやがって！　羨《うらや》ましいぜこのやろ～おめでとう！」

「イエィイエィ！　ようやくくっついて肩の荷が下りました！　おめでとうございます！」

手酌でどんどん酒を煽りながらも、ピィインとホンスァもすごい勢いで食事を腹に収めていく。

食べて飲んで、笑って。なんて賑やかで楽しい会席だろうか。

「この子豚の丸焼きは俺の力作なんだ！　嫁直伝のオニギリってやつもあるんだぜ！」

次から次へと差し出される見たこともない料理に舌鼓を打ちながら、朝から日が落ちるまで賑やかな席は続いたのだった。

◇◇◇

離宮の中には小さな庭園がある。

昔僕が暮らしていた時は質素なものだったが、龍人国との婚姻で国の威信を見せるためだろう、今は良い意味で見る影もない程華やかなものになっていた。

季節が移り変わり始めたこの頃は、朝晩わずかに冷えるようになってきたせいで、過保護な二人の龍人によって僕は随分厚着をさせられている。

「庭でピクニックをしようって言っただけなのに、僕だけ着込みすぎじゃないですか？」

日中はまだ薄手のシャツ一枚でも良い季節に、カーディガンまで羽織らされている。向かい合って座るタイランは軽装だというのに。

「そうかな？　ほら、こっちの卵焼きもお食べ」

東屋のごく近くでピクニックシートを広げ、僕たちはそこに腰を下ろしている。

龍人国では外での食事は日常的だそうで、それじゃあピクニックをしましょうという僕からの提案は、タイランにとても喜んでもらえた。

青空の広がる中、僕たち二人はホンスァの用意してくれた食事をゆったりといただいている。タイランたちによって、この離宮での寂しい記憶が幸せな思い出で上書きされていく。

「ホンスァの作るこれはユウ直伝でね、甘くて美味しいんだ」

「ユウというのは青龍の伴侶の方ですよね。どんな方なんですか？」

以前青龍との食事会で、そのユウという人は人間でありながら青龍と結婚したと聞いた。僕と同じように男性同士の夫婦で、どんな人なのかずっと気になっていたのだ。

「前に言ったかな。彼が青龍の洗脳を解いた人間でもあるんだ。それがきっかけで、二人は結婚したんだよ」

「え……聖女の洗脳を、ですか？　ユウさんが？」

「彼にも特別な力が備わっていると聞いているよ……気になる？」

「あ、いえ。そういう……訳では」

タイランの言葉を否定しながら、本音では気になっていた。

青龍の洗脳が解けたのなら、兄の恋の病に似た妄信ぶりも解けるのではないかと思ったからだ。

どちらも聖女が関わっている。ひょっとして——そう思いかけて頭《かぶり》を振った。

まだ僕はあの兄に期待をしているのかと、情けなくなる。もうこの国のことは気にすまいと思いたいのに。

「この卵焼きも、ユウの国の食べ物だそうだよ。食べてごらん」

差し出されたそれは、黄色く輝いた四角い食べ物だった。クルクルと巻かれた見た目が可愛らしく、口に含むと柔らかくて甘い。

「フワフワですね。美味しい」

「そうだろう？　ユウの母国には独特の食文化があるそうでね、弁当にはこの卵焼きと、米を握ったオニギリというものが定番だと言っていたかな。青龍が我が事のように自慢してくるんだから、私まで覚えてしまったよ」

タイランと過ごすうちに、彼にとって特別な相手は思っていたより少ないことに気が付く。青龍であるピィインの伴侶だというユウもきっと、タイランの数少ない気を許した相手の一人なのかもしれない。

いつか機会があればユウにも会って話をしてみたい。同じ男性で人間ならば、あれこれ相談してみたいこともある。

そう考えながらも、二人きりのピクニックはあれこれと話が弾んだ。お弁当の中身に舌鼓を打ちながら、多すぎると思っていた食事は気が付けば二人で平らげていた。

「はあ……もう食べられません」

「ははは。私もだ。ホンスァは自分と同じくらい周囲も食べると思ってるからね。子供の頃はそれこそ山のように出されて、随分頑張って食べたものだよ」

食事をつまみながらたわいのない会話が弾み、もう入らないと言いながらデザートまで平らげた。

ホンスァはタイランが子供の頃から身の回りの世話を焼き、食事も可能な限り彼が手作りしてきたと聞く。どれだけ有能なのかと驚いたけど、ホンスァ自身それをひけらかす様子もない。

実は僕が今日着ているカーディガンもホンスァのお手製だったりするのだから、彼にできないことはないのかもしれない。

しかし太陽が上ってくるにつれ、わずかに汗ばむようになった。高さのある生け垣が日を遮ってくれるものの、上がった気温は着込んだ身体を火照《ほて》らせる。

隣にいるタイランは芝生に寝転び、気持ちよさそうに目をつぶって僕の腰を抱き寄せている。

まだこの距離感に慣れず恥ずかしくもあるけれど、この場所に来られる人物は限られているし、何より僕自身こうされることが嬉しくもあった。

「あの、タイラン様。脱いでもいいですか」

目を閉じたまま機嫌良さそうにしている彼に、そう声をかけた。龍人国風のカーディガンの裾は普通より長めで、脱ぐためにはタイランに腰を離してもらわなければならない。

僕の声かけに、長い睫《まつげ》に縁取られた真っ黒な瞼《まぶた》がゆっくりと開いた。

「大胆だね、イル」

「何が……あ」

そう聞き返すが早いか、あっという間にシートの上に押し倒された。

「もちろん、脱いでくれるのはいつでも歓迎だよ。手伝おうか？」

タイランの手が、シャツの裾をめくる。

「ち、ちが……っ、そういう意味じゃ……んっ」

こんな良い天気の下で、そんな不埒な提案をする訳がない。

そう言いたいのに、這い上がってくる手のひらに翻弄されて、うまく言葉が紡げない。

「こんな、っ、所で……」

「青空の下で見る君も素敵だよ」

そんな甘い言葉を聞きながら、気が付くとシャツも下肢もはだけられていた。幾度も繰り返される口づけまで、何もかも甘い。

こんなに甘やかされてしまって、幸せで、いいんだろうか。

重なる肌の熱に煽られて、昂ぶった陰茎を取り出されてしまう。下着の中で既に蜜を零していたそれに、タイランは重量のある己のものを重ねた。

明るい日の光で見るそれは色が濃くて、みしりと茂る下生えまでがよく見える。浮き出た血管が陰影を作り、ひどくいやらしい。

「あ……」

「じっくり可愛がりたいけど、ホンスァに見られても困るからね」

タイランはそう言って僕の脚を抱きかかえると、二つの幹を重ね合わせて腰を動かす。

「ンあっ」

お互いの先端から零れた先走りでぬるつくそれを、タイランは一気に擦り合わせる。

肌を打ち付ける感触がまるで本当の性行為のように思えて、僕の後孔はひくりと蠢《うごめ》く。

「あ、たいら、ん、さま……っあ、く、あ」

「イル……たまらない。可愛いよ」

縋り付くタイランの背中は厚みがあって逞《たくま》しい。羨《うらや》ましさよりも先に安心感を得るようになってしまった僕は、襲いかかる快楽の渦を前に、必死でそこにしがみつく。

零れるタイランの吐息は蠱惑的《こわくてき》で、追い上げる腰の動きも相まって僕の情欲を駆り立てた。

「ごめんねイル。ここ、可愛がってあげたいけど自分で弄ってくれる？」

タイランはそう言うと、晒されたままの僕の胸元に手を誘導した。

「な、……っあ！」

自分で自分の胸を、それもタイランの目の前で愛撫しろと言うのだ。

そんな恥ずかしいこと、できる訳がない。

そう思うのに、タイランは僕の指先を掴むと「こうだよ」と乳首を弾いた。

「んあっ」

「ここをこうやって……ああ、爪先で引っ掻くのもイルは好きだよね」

ゆるゆると腰を動かしながら、そんな風に僕の指で弄《もてあそ》ぶ。

ここが気持ちいいと教え込んだのはタイランだ。

促すように腰を揺すぶられて、何より強烈なその視線が僕をはしたない姿を望んでいる。

「は、あ……あっ、みない、でくださ……うっン」

促されておずおずと自分の指先で乳首をつまみ、奥へとねじ込み、そしてひねる。タイランの瞳が細められ、そして一気に腰の動きが速くなる。

重なる陰茎を上からさらに手のひらで押さえられては、耐えられるものも耐えられなくなる。

「駄目、も、……っ、タイラン、さま……っ！」

「うん、私も、ッ」

ほぼ同時にそれはビクビクと震え、吐き出された二人分の精がお腹の上に溜まっていく。

眉間に皺を寄せ快楽を放つタイランの恍惚とした表情は、絵画にしたいほど美しかった。

その顔にかかる長い髪の毛を手で払ってやると、上気した顔でふわりと微笑まれる。

「可愛かったよ、イル」

そう言ってぎゅっと抱きしめられて、幸せを強く感じるのだった。

とはいえその後、ぐちゃぐちゃにしてしまった服がホンスァに見つかって、盛大に怒られ呆れられたのだけど。

ただ寄り添うだけの穏やかな蜜月も、もう折り返しを過ぎていた。

第八章

タイランと過ごすこの生活も、もう三週間目に入った。

随分前から、隣にタイランがいることが当たり前になっている気がした。残されたこの国での生活はもうあと一週間となっているが、そこに母国を離れる寂しさはない。

季節は熱春から寒春へと変化しようとしていて、先週よりも肌寒い日が増えてきたように思う。シャツの上に羽織るものが一枚増え、それでもタイランの温度を感じられる程度には、僕はいつも彼の隣にいた。

離宮から見える景色もわずかに色あせて、寒春らしい風景になった。とはいえ日中はまだ気温が高い日も多いけど、夕日も沈みきったこの時間には隣の体温が心地良い。

龍人たちの国はこの国よりも四季がはっきりしているそうで、季節は春夏秋冬で分けられているらしい。冬には雪が降り積もり、一面が真っ白になるのだとか。

書物の中でしか知らない雪とは、一体どんな感触なのだろうとワクワクしてしまう。

「と言っても、青龍辺りの気候はニヴァーナ寄りだけどな。冬は雪も降らねぇし……白龍の辺りだと冬の期間が長いし。まあ国土が広いとそうなる訳よ」

「すごい……」

ワイングラスを傾けながら教えてくれるのは、青龍であるピィインだ。

以前お祝いにかり出されてから、こうして気軽に遊びに来てくれるようになった。人の足だと数ヶ月かかる道のりだけど、龍の姿であればほんのわずかな時間で来られるらしい。

今夜も食堂は賑やかで、小さな宴会のような状態になっている。

「そういえばホンスァが褒めてたぜ？　イルは勤勉で飲み込みが良いって。龍人のことを勉強してくれてるんだって？　ありがとなぁ」

「い、いいえ！　僕なんて、全然」

ホンスァはさっきなくなったお酒を補充しに行ったところだ。

割と二面性のあるホンスァだけど、おべっかを言ったりする人じゃない。そんな風に僕のことを言ってくれていたなんて。嬉しくてにやける顔を両手で押さえた。

「イルは自分で思ってるより飲み込みが早いよ。もっと自信を持ってもいい」

僕の肩を抱き同じソファで寛《くつろ》ぐタイランの手にも、ピィインと同じグラスがあった。龍人は酒豪が多いと言っていたけれど、二人とも既に何本もボトルを開けているというのに酔った様子一つない。

初めの頃は龍人国のお酒を飲んでいた彼らだったが、ニヴァーナ王国特産のワインを気に入ってくれたようで、ここ最近はそればかり飲んでいる。

「以前イルは勉強は苦手って言ってたよね。私はそうは思わないけどな」

どこにいても、僕の比較対象は第一王子である兄だ。文武両道で生徒会長を務める兄に比べられると、僕の成績など大したことはない。

そう思っていたけれど、タイランたちは折に触れて褒めてくれるからつい舞い上がってしまう。

「イルは頑張り屋さんだよ」

タイランはそう言うと、僕のこめかみに小さくキスをした。スキンシップには照れるけど、恥ずかしがって拒否しない方がタイランが喜ぶと知ってしまった。

「あ、ありがとうございます……」

「イルは、今は学校……学園だっけ？　そこにゃ行ってないんだっけ？」

ピィインはワインを水のように飲み干し、そう問いかける。久しぶりに聞いたその単語に心臓がドキリと跳ねた。

学園にはどうしても、苦い思い出がまとわりつく。できたら思い出したくなくて、意識して記憶の底に沈めている。

「私のわがままでね。イルには側にいてほしいってお願いしているんだ」

チュ、チュと頬にキスをしながら、タイランはそんなことを言う。

嘘だ。

タイランが訪れたあの日。再び聖女ユリアのおかしな罠にはめられそうになった僕を助けてくれたタイランは、たとえ兄の呼び出しであっても、もうあそこには行かなくて良いと言ってくれた。

この国の王子でありながらあの学園に愛着を持てない僕の気持ちを、タイランは肯定してくれたのだ。夫がわがままを言っていると伝えておいたら良いよ、と抱きしめてくれた。

王宮との窓口になっているホンスァがどう伝えてくれたのか、あれから一週間近く経つ今になっても誰も何も言ってこない。あの兄ですら、当初の目的を達成できないと知ったせいか、呼び出しも手紙も一度もしてこないのだ。

あれ以降はタイランとホンスァ、そして時々ピィインが遊びに来てくれて、彼らと共に龍人国の歴史やマナーを学び、穏やかに過ごすだけの贅沢で優しい日々が続いていた。

ここでは誰も僕を傷つけない。尊重してくれて、大切にしてくれる。

甘やかされた僕は、随分わがままになってしまった気がする。

「この国でのんびりできるのも、残りわずかだからね。ねえイル。もし実家に帰りたいなんて言われても、私は笑顔で送ってあげられないからね」

「重っ……。そこは送ってやれよ。しかしそうか、あと一週間くらいか？　あっという間だな」

そう、最初に示された約束の期限まで、残り一週間しかないのだ。

「だから貴重な時間を、学校なんかで消費しないでほしいなって。私の勝手だよ」

そんな風に優しい嘘を重ねるタイランに、胸がきゅっとなった。

僕を見つめる瞳も柔らかくて、夢のような時間を過ごしている自覚はある。このままずっとタイランと一緒にいたいと思う気持ちは、日ごと増すばかりだ。溢れていく愛しさは募《つの》るばかりで、与えられている気持ちを一つも返せていないのではないだろうか。

どうしたらこの気持ちを彼に伝えることができるのだろう。ずっと甘くてフワフワとした夢の中にいるような心地だった。

「確かにあっちの方向は匂いがおかしいもんな。それが正解なんじゃねぇの」

ピィインがクイと親指で指し示す方角は、確かに学園のある方向だ。

学園といえばユリアがいる。去年青龍に対して奇跡の力を使ったとされる、聖女ユリアが。

鼻が良いという龍人は、一体彼女からどんな匂いを感じているのだろうか。

「やっぱり分かるかい青龍。あそこには君が洗脳された原因がいる。私も一度その女がいる学園に行ったが、イルがいなければ暴れていたかもしれない。それくらい酷い悪臭がした」

以前タイランが学園に来た時は何も言わなかったし、それ以降話題に上がることはなかった。

恐らく僕を気遣ってくれていたのだろうと想像できたものの、初めて聞く事実に思わずタイランを凝視してしまった。

「ああ、異世界からきた聖女……だっけ？　あの酷い匂いはやべぇよな？　ったく、昔の俺はよくあの悪臭に気付かずにいれたもんだ」

「やはりあれは古《いにしえ》の魔術の一種だね。本人が自覚しているかは分からないけど、周囲を自分の都合の良いように操っている。聖女などと呼ばれていたが、蓋を開ければ何が出てくるのやら」

「魔術、ですか？　それじゃあ学園や——兄上の様子がおかしいのも？」

ユリアの全てを肯定するようなあの兄も、やはり操られているのかもしれない。では正気に戻すことだって可能なのではないか。

「おいおい、イル。お前さんまさか、兄貴を助けてやりてぇとか思ってるんじゃないだろうな。聞いたぜ、お前さんがどんな扱いをされてたか。それはあんまりにもお人好しすぎねぇか？」

ピィインは呆れたように吐き捨てる。

確かにタイランに守られている立場で、他人を助けようなんておこがましいのかもしれない。

だけど半分とはいえ血を分けた兄弟だ。もし正気に戻ってくれるなら、それに越したことはない。

ユリアに出会う前の兄は、あんな人ではなかった。勤勉で、博識で、半分しか血の繋がらない僕にも、優しく笑いかけてくれた記憶が残っている。知らぬ間に意地悪はされていただろうが、それでも向けられた笑顔に助けられたことだって事実なのだ。

元に戻せるのなら。

そんなわずかな希望を抱いた。

「残念ですけどね、イル様。それは難しいと思いますよ」

「ホンスァ」

両手に大量のボトルと巨大トレイを抱えたホンスァが会話に割って入った。トレイの上には山のように盛られたおつまみのお皿が載っていて、絶妙なバランスで室内へ入ってくる。

「はい。今夜はこれで終わりにしてくださいよ。……それでね、イル様。さっきの話ですけど」

テーブルの上に珍味を載せたお皿を並べ、ホンスァも同じ席へと座った。

そして自分でワインを注いで一気に飲み干す。彼もまた、酒豪の一人だ。

「この国にも魔術なんてものは存在しませんよね？　世界でも魔術を使えるのは一握りの部族だけ。それは知っていますね？」

かつては魔術が世界に溢れていたと聞く。だがそれも年月と共に廃《すた》れてしまって、今それを扱えるのはわずかな限られた人間だけだ。その上彼らは滅多に人前に姿を現さないため、魔術とはもはや失われた技術とされている。

「諜報部員の中で、唯一の魔術師を聖女の偵察に向かわせました。その結果、第一王子には魔術をかけられた形跡が一切ないことが判明しています」

「そんな、馬鹿な……！　じゃ、じゃあ兄上は聖女ユリアに魔術をかけられてないということ？　かけられていないのに、じゃあ、じゃあどうして……っ」

ホンスァの言葉に動揺して、思わず席から立ち上がった。

魔術の気配を漂わせているユリアと一緒にいるんだ。明らかに様子がおかしくなった兄こそが、その洗脳魔術を使われているはずだろう。

だけどピィインがグラスにワインを注ぎながら、あっさりとそれに答えた。

「つまり、あれが素なんだろ？　イルの兄上サマは」

突きつけられた言葉に、僕は唇をぎゅっと噛む。

あの兄の変わり様は魔術による洗脳が理由なのだと、わずかにでも期待してしまった。兄の意思とは関係なく、半ば強制的に僕を断罪したのだと、そう思っていた。いや違う、思いたかったんだ。

だけど、そうじゃなかった。

兄は自分の意思で僕を追い詰め、そして聖女ユリアを選んでいた。

愚かな僕は、今更何を期待してしまったのだろう。何度こうして期待と落胆を繰り返したか、自分でも分かっている癖に。

「イル。泣かないでおくれ、愛しい人」

「ないて、ません……」

だけど頭を抱えるように抱きしめてくれるタイランの腕を、僕はそのまま受け入れた。

勝手な期待をするから、再び悲しみを味わってしまった。

兄は誰にも操られていなかったのだ。

ただ真実、僕を煩わしく感じていただけなのだ。

「私の愛だけじゃ足りないのかな？　他の人にも愛されたい？　愛したい？」

「そ、そういう訳じゃ」

溺れてしまうんじゃないかと思うくらい、タイランには愛を注がれていると思う。

だからこそ僕もこうしてのびのびと息ができる。本当に感謝しかない。その愛情が不足しているなんて、ある訳がないのだ。

「ねえイル。私はね、こう見えて怒ってるんだよ。君を蔑《ないがし》ろにしたこの国にね」

「タイラン、様？」

「君は私が怒りのまま、この国を滅茶苦茶にしても許してくれる？」

「それ、は」

背筋がぞくりとした。見上げるタイランは一見笑顔だが、その瞳は笑っていない。

彼が本気になればこの国は本当に、一昼夜で焦土になってしまうのだろう。ホンスァもそれを肯定していたし、それができる力を持つ人なのだ。

「民《たみ》……彼らの暮らしが一番大切です、から。それはいけません」

乾いた喉から、なんとか言葉を発した。

こんな私的な感情で、ただでさえ苦しい彼らの命や生活を脅かせない。

タイランはそれに何も言わず、ただ薄く微笑みを湛えていた。その美しい微笑みの影に、どこか不穏さを感じてしまうのは気のせいであってほしい。

「タイラン様……」

なんだか無性に不安になって、思わず縋るようにタイランの上着の裾を掴んだ。

「あ～、そういえばお二人さん。夕方、城の人間からこんな封筒を貰いましたよ。正直舐めきってんなって感じですけど」

場の張りつめた空気に割り入ったのは、ホンスァだった。

差し出された真っ白な封筒は分厚くて、押してある封蝋は我が国の国章だ。それを使えるのはこの国ではたった一人しかいない。

「父上から？」

「宛先がタイラン様だったんで、俺が先に中身を確認しています。どーぞ。酒がまずくなりますけど」

受け取った封筒を恐る恐る開く。厚みのある便箋を読み進め、その内容に思わず目を見開いた。

隣で一緒に読んでいるタイランは露骨に眉根を寄せているが、それも仕方がないだろう。

「長らく延期していた結婚披露パーティーを開催する？　だけど表向きはタイランの歓迎パー

ティーとして盛大にって──ねえホンスァ、父上は一体……」

「結婚披露にしても今更だし、それすら隠して黒龍陛下の権威だけひけらかしたいって魂胆、見え見え。マジで焦土にしても許されるやつですよタイラン様。やっちまおうぜ」

「いいねホンスァ。派手にいく？」

ホンスァとタイランが妙なやる気に満ちている。

「おいおい、やるなよお前さんら。そういうの本気でやりそうで怖ぇんだから。つーか、どういうことだ？　ちょっと俺にも見せてみろ」

記されている内容は要約するとこうだ。

──婚姻によりニヴァーナ王国と龍人国の和平が結ばれたことは大変喜ばしい。

──だがニヴァーナでは同性の婚姻は公的に許されておらず、公表すれば国民の反発と混乱を招きかねない。

──そのため婚姻の件は伏せ、黒龍陛下の滞在を歓迎する宴に変えさせていただく。

「おおっと……これは……。王族の政略結婚とはいえさぁ……ここまで露骨に息子をおざなりにするかぁ？　表向きはお前さん、国のために嫁いだんだろ？」

覗き込んできたピィインが言う通り、これは龍人国の怒りを逸らすための政略結婚だったはずだ。今でこそ僕たちは相思相愛だけど、それはあくまで結果だ。

最悪の場合僕はただの人質として、龍人国でただ一生を過ごすこともあり得た。それは父だって理解しているだろうに、言ってしまえば僕の献身すら国民に伏せるというのだ。

鉛を呑んだように、胸がずしりと重くなる。

結局僕は父にとって、その程度の息子だったのだ。いやこの国の王としては、国民の反発を逸らすための正しい判断なのかもしれないけれど。

「ね？　胸くそ悪いでしょ？　マジでこのおっさんは……残りわずかなあの髪の毛をむしりきってやろうか」

唐突なホンスァの発言に思わず吹き出してしまった。

「ぶはっ。ホンスァ、父上の髪の毛は勘弁してあげて」

確かに父の髪の毛は年々後退していっている。力持ちのホンスァが本気を出したら本当に全部むしられてしまいそうで、その絵面を想像して思わず笑ってしまった。

だけどそんな冗談に肩の力が抜ける。

「ありがと、ホンスァ。僕は大丈夫。こんな扱い、慣れてるからね」

そうだ、別にこんなのは今までとなんら変らない。

いつも通り壁際で、パーティーが終わるのを待てばいいだけだ。

龍人は化け物だと下に見ていた父の変わり身は、間違いなく自国の地位を上げるためのものだ。

周辺国からなにか聞いたのかもしれないし、ひょっとしたら王であるタイランが絶世の美男子で、貴族受けも良いことを利用したいのかもしれない。

弱くなった国力を増幅させるために、これを機に今後の交流を期待しているのは間違いない。

龍人という未知の生き物を恐れ、野蛮人だと嘲《あざけ》っていたくせに、この手のひら返しに笑い飛ばす気も湧かない。

それに僕とタイランはもう名実ともに結婚している。ただの政略結婚ではなく、お互い想い合って愛し合っているのだ。それだけで僕は強くあれる。前を向いて、しゃんと地面に立てる気がする。

だけど、僕を抱きしめるタイランはそうではないようだった。

「いやだな、イル。私は君のこんな扱いに慣れてないよ？」

タイランの、その爽やかすぎる笑顔が怖い。

「タイラン、さま？　あの、本当に僕が我慢したら良いだけで」

本当に国を潰してしまいそうで、僕は慌ててタイランに弁明する。

ほんの数時間我慢したらいいだけなのだから。

「大事な伴侶をぞんざいに扱われて、許せる龍人がいたら見てみてぇよ。その上こいつは黒龍だぜ？　能力も執着も龍人でトップクラスだ。それに俺だってイルのことは気に入ってるからな。加勢するぜ、黒龍」

先ほどまで二人を止めていたはずのピィインまでもが、そう焚きつける。

「イル様安心してください。完膚なきまでに叩き潰してやりますよ。ヤンチャだった昔を思い出しちゃうな～」

拳を手のひらでパンと叩き、戦闘態勢に入っているホンスァが不敵に笑う。

一国に対して、ここに名乗りを上げる戦力はわずか三名。

本来なら三名程度で何ができると笑い飛ばせるのだろうが、上位の龍人であるという彼らはきっと、一人でもこの国を滅ぼしてしまえるのだろう。

「は、はは……」

まさか今こんな所で、ニヴァーナ王国の存在が危ぶまれているとは一体誰が思うだろうか。

◇◇◇

良いのか悪いのか、のどかな日差しが満ちて、快晴に恵まれた今日。

爽やかな寒春の風が抜ける中で、ついにタイランの歓迎パーティが開催された。

既にホールでは国内の有力貴族を中心にした歓談が始まっているのだろう。

壁一枚隔てた向こうからは楽団の軽快な音楽と一緒に、大勢のざわめきがわずかに聞こえる。会場の隣にある控え室では、僕を含む王家の人間と客人であるタイラン、そしてホンスァがひっそりと側に控えているが、そこにパーティー前の明るい雰囲気はない。

「いいかイル。今日は余計なことをしゃべるでないぞ。お前が黒龍陛下と共にいたのは、あくまで王の側使えとして過ごしていたのだ。分かっているな。結婚式に列席した大臣どもにもそう伝えてある」

「分かっております」

こちらを見るでもなく、一方的にそう伝えてくるのは豪華なマントと王冠を被った父だ。

本来このようなパーティーで正装までは着用しないが、見目麗しいタイランの前で自分に少しでも威厳を持たせたいのかもしれない。代々継承されている宝石を散りばめたロッドまで手に抱えて、随分仰々しい。

そんな父に大した興味もなさそうなタイランは、控え室の一角にあるソファに腰を下ろし、こちらのやりとりを気にしていない様子で窓の外を眺めている。

きっとあえて表情を作っているのだろう。普段は僕に見せたりしない、冷めた顔だった。

彼が今日着ているのは、黒一色ながらいつもより多く布を重ねた華やかな衣装だ。結っている髪の毛は緩く後ろに流し、首や耳元につけた大きな宝石が輝きを放つ。

僕なんかが着たら衣装に着られてしまいそうなものだけど、タイランはむしろその服が引き立て役にもならないくらいに、彼自身の艶やかな美貌が際だっている。その証拠に壁に控える侍女たちは、何度もタイランを覗き見てはうっとりとした様子でため息を零している。

「イル、余計なことは言うなよ。王家の恥になるような振る舞いは慎め」

兄はそう言うと、僕をじろりと睨みつけた。男と結婚した弟を、恥だと断言しているのだ。第一王子らしい白一色の華やかな出で立ちで、だけどその瞳は明らかに僕への軽蔑の色を浮かべている。

僕は静かに拳を握りしめた。

「それになんだ、その格好は。まさか公式の場所で、男に嫁いだなどと言い出さないだろうな。いいか、お前は側仕えだった。その服は陛下に気に入られていただいたことにでもしておけ」

トンと強く胸を指された。そこには大きな飴色の宝石が首から下げられている。僕が今着ているのはタイランが龍人国で作らせたという、僕のための衣装だ。

襟元が詰まっている黒色の上衣は丈が長く、歩く度に裾がなびく。その下に同色のズボンと、布で作られた靴。同じく黒一色で細かな刺繍が施され、よく見れば一面に龍が刺されている。

タイランよりはシンプルな装いながらも、隣を歩けばそれはタイランと同じ生地が使われていると気が付く者もいるかもしれない。胸元の宝石も、タイランが自ら選んだと聞く。

「あ、あの兄上方、喧嘩は……その」

戸惑いの表情を浮かべて王妃の隣で肩を抱かれているのは、第三王子である弟のケイドだ。年齢の割に賢いこの子は、長兄の言い草に困惑を隠さない。

願わくばこの子だけはどうか真っすぐ、健やかに育ってほしい。

だけど王妃は僕を一瞥すると美しく化粧された顔を歪ませ、ケイドを自分の側に引き寄せた。汚物に近寄るなとでも言いたげな表情だ。

ああ、やっぱりここに僕の居場所なんてなかったんだ。

悲観的になることなく、むしろ晴れ晴れとした気持ちで僕はその感情を受け入れた。誰かに、家族に必要とされたかった過去の僕はもういない。

小さく首を振ったところで、タイランと目が合った。ほんの少しだけ表情を和《やわ》らげて、薄く微笑まれる。冷えた胸の中に、暖かな春が訪れるようだ。

「皆様方、そろそろお時間でございます。王子殿下から順番にご案内いたします」

そう促され、兄弟揃って控え室を出た。僕も俯くことなく前を見て歩く。

扉を警備する騎士が声を張る。

「王子殿下、ご入場です」

目の前の扉が大きく開け放たれた。より一層大きくなった音楽と、人々の喝采。

兄弟三人だけが先に入場し、少し間を空けてから国王夫妻と今回の主役であるタイランがやってくる段取りだ。

「イル。分かっているな」

兄が表向きは完璧な笑顔を作りながら、小声でそう釘を刺してくる。自分に恥をかかせるなと言いたいのだ。

「はい。……兄上」

僕は努めて平坦な声で、そう返事をした。

ケイドは心配そうに、チラチラと視線をこちらに向けている。真っすぐ前を向くんだと促すべく、僕は彼の背中をやんわりと押す。遠目に見れば、仲の良い三兄弟に見えるだろうか。

背後で閉じられた扉をそれとなく確認し、兄弟揃ってゲストに会釈《えしゃく》をした。

嵐のような歓迎の拍手の裏には、様々な貴族たちの思惑が隠れている。拍手が一段落すると、僕たちは一足先に輪の中に混じるのだ。それから国王夫妻の入場を共に待つ。

それが公式作法だというのに、拍手の合間を抜けて無遠慮にこちらに駆け寄ってくる人影があった。その見慣れたシルエットに、思わず身体がギクリと強ばる。

隣に立つ兄もさすがに受け入れがたかったのか、笑顔のまま固まっている。

「あーん、ラムダさまぁ～。一緒に入場できなくて寂しかったですぅ」

髪の毛と同色の桃色のドレスを揺らし、兄の腕に身体を寄せたのは聖女ユリアだった。

あまりに常識外れのその行動に、周囲も呆気にとられて反応が遅れたらしい。

一拍遅れてざわつく室内をよそに、ユリアはいつも通りの調子で兄に甘えた。

「どうしてぇ～今日ユリアをエスコートしてくださらなかったんですかぁ？　ラムダ様が贈ってくださったこのドレス、一番に見てほしかったのにぃ」

ユリアのその非常識な言葉に、周囲は大きくざわついた。

「ゆ、ユリア！　それは二人の秘密だっただろうっ」

否定すればいいものを、兄は律儀にユリアを窘《たしな》めてしまう。

第一王子の肯定する言葉でそれは確実なものへと変化してしまい、貴族たちの声がさざ波のように広がっていく。

「どうして言っちゃだめなんですか？　ユリアはラムダ様にとって、その程度の女だったんですかぁ～？　ふぇえん……」

「そ、そうは言ってないだろう……。ほら、良い子だから……な？」

目元に手を当てて泣いているふりをするユリアと、それを宥《なだ》める兄。取り囲む貴族たちは、非常識な二人を前にあからさまに眉を顰《ひそ》めている。

それはそうだろう。兄に隣国の姫という婚約者がいることは周知の事実だ。それでも学生の火遊びならばと、学園内での出来事は見て見ぬ振りをされていたのだ。貴族には愛人を持つ者も多い上に、聖女だというユリアとの恋物語は平民からの支持もある。

だけどそれが男女間でドレスを贈る――つまり婚約者か伴侶にしか許されていない行為を公然としているなら話は別だ。たとえ側妃にする予定だろうと、それはそれ、これはこれ。まだ結婚すらしていない間の恋愛ならば、社交界では相応の配慮とマナーの遵守《じゅんしゅ》が必須なのだ。

僕はひっそりとため息をついた。いつかこうなると思っていたのだ。ユリアはよく言えば天真爛《てんしんらん》漫《まん》、悪く言えば明け透けで、この貴族社会を知らなすぎる。

そして兄はきっと、そんな無知なユリアに強請《ねだ》られるがままドレスを贈ってしまったのだろう。婚約者を差し置いて公式の場でそんなことをすれば、古い慣習を大事にする貴族たちから顰蹙《ひんしゅく》を買うのは分かりきっているのに。

もはやこの二人には関わりたくない。

そう思う気持ちしかないけど、まさに今の状況こそが兄の言う『王家の恥さらし』だ。これから国王夫妻とタイランが入場してくるというのに、これ以上の騒ぎは避けたい。

「兄上、周囲の目があります。二人とも、あちらに――」

「あっ、分かった！　またイル様に文句を言われたんですねっ。ユリアたちの恋路を邪魔してばかりの、ナイナイ王子！」

仕方なく二人に声を掛けたにもかかわらず、いつものように僕はユリアの標的にされたらしい。ピシリと人差し指を突きつけられて、大声でそう叫ばれてしまう。

ざわついていた周囲が、シンと静まりかえった。仮にも第二王子である僕を、こんな公《おおやけ》の場所で直接『ナイナイ王子』などという蔑称《べっしょう》で呼んだからだ。

たとえ彼らも普段僕をそう呼んでいたとしても、さすがにこの場では誰もそれを口にはしないだろう。本格的に貴族社会に出る前の学園内ならいざしらず、公式の場所で本人相手に叫ぶような、配慮のない貴族はこの場にはいない。いや、いられない。その配慮は己の身を守ることだと、この社交界で生きている者なら身に染みて理解しているのだ。

だがそれを理解していない彼女は、周囲の冷ややかな視線をものともしない。それどころかむしろ、ユリアの口調はどんどん熱く、汚くなっていく。

「どうせ当て馬王子なのに！　ほんとアンタ、なんなのよ！　原作じゃさっさと死んでたくせに、しぶとく邪魔してきて！　いくら主人公のユリアが可愛いからって、限度ってもんがあんのよ！」

可愛らしい彼女の顔立ちが、醜悪に歪む。意味の分からない罵声は続いた。

「追放イベントが終わってラムダエンド確定なのにさぁ！　ちょろちょろ出てきて鬱陶《うっとう》しいのよアンタ！　当て馬王子のその後エピなんて誰も興味ないんだから、さっさと退場しなさいよね！　てか何その服。黒龍陛下だかの侍従なんだってぇ？　きゃは！　王子すら廃業したのぉ？　はまり役で面白すぎるんだけど～」

追放イベント？　ラムダエンド？　なんのことだ。

何が彼女の逆鱗に触れたのか、意味が分からない罵詈雑言に耳を塞ぎたくなる。

今までの僕ならそうしただろう。直接嫌みや皮肉を言われても曖昧に笑って、分からないフリをして聞き流していたかもしれない。それが波風を立てずに過ごすための、僕の処世術だった。

だけど今は違う。

空気に揺れる衣の裾を握った。少し固い布の感触と、刺繍糸の滑らかな手触り。何度も触れた、タイランの服と同じ生地のものだ。

「ユリア。いい加減にしてくれ。ここがどこで、僕を誰だと思ってるんだ」

思っていた以上に硬質な声が出た。楽団の音楽すら途切れたホールで、僕の声は普段以上によく響いた。こんな風に王子という立場を使うなんて初めてだ。それも、こんな衆人環視下でなんて。

怖じ気づきそうになる自分を叱咤して、僕はスゥと息を吸った。

「自分の立ち位置すら理解できない君に、何を言われようと痛くもかゆくもないよ。まもなく国王夫妻と貴賓がご入場されるというのに、こんなおかしな騒ぎを起こすことはやめてもらいたい」

たったこれだけの言葉でも声が揺れた。膝が震えて、自分の器の小ささを思い知る。

今までの恨みもある。今ならもっと露骨な叱責を与えることだってできたはずなのに、結局僕はこの程度しか言葉にできない。

情けないと思うけど――だけどそれでも僕は、一歩踏み出せたと胸を張りたい。

「なによ……なんなのよ！　そもそもアンタ生意気なのよ！　ナイナイ王子なんて、ただの好感度上げるための当て馬モブの癖に！」

振り上げられた彼女の手が、僕の頬に向かう。

思わず目をつぶって衝撃に耐えようとしたものの、予想していた痛みは一向に訪れない。

「――？」

恐る恐る目を開けると、振りかぶるユリアの腕を制止する男の姿があった。

それはユリアと恋仲である兄ではなく。

「タイラン様……！」

華やかな衣装に身を包んだ長身のタイランが、小柄なユリアの手首を掴んでいた。

明らかにこの国のものではない服装と、整いすぎた美しい顔立ち。そして覇者だと言わんばかりの力強いオーラが、言葉はなくとも彼が龍人国の王であると一瞬で周囲に理解させる。

醜い龍人、恐ろしい蛮族《ばんぞく》。そんな貴族たちの先入観を、タイランは一瞬で払拭《ふっしょく》してしまった。

そしてかの王は今、一人の少女に鋭く冷ややかな視線を浴びせている。

「君は、何をしようとしているの。まさかイルを叩こうとしていた？」

その表情は冷酷そのもので、僕ですら鋭利な視線に一瞬身震いしてしまう程だった。

「いたっ、ちょっと！　誰……って、前に見たイケメンじゃないの！　うそ～やっぱり隠しキャラだったの？　こんなキャラ知らないわよっ」

それでもいつもの調子を崩さないユリアは、なんと図太い神経をしているんだろうか。

腕を解放された直後、タイランに抱きつこうとして躱された。

隣に立っていた兄が慌ててその行動を咎《とが》め、ユリアの身体を押さえた。

「ユリア、慎め。この方は――」

「君がこの国の聖女なんだって？　うちの国に対して、随分なことをしてくれたね」

異世界から来たユリアが、古代の魔術によく似た洗脳の力で、青龍の管理する金山をかすめとった。タイランからの要望という名の圧力がかかり、この事実は今回の招待を受けている上位貴族には既に通告されている。

つまりここに立っている異国の人物は龍人を統べる黒龍陛下であり、彼を騙した聖女なのだと周囲の貴族たちは完全に理解したのだ。

会場内の温度がわずかに下がった気がした。

にこりと微笑むタイランだけど、諸悪の根源を前にした態度にはやはり非情さを感じさせられる。

タイランはずっと怒ってくれていた。僕がこの国で蔑《ないがし》ろにされていることも、学園での扱いも、聖女ユリアの態度もやり方も。

タイランの告げた『うちの国』という単語、そして今日の主賓である龍人国の衣装を着るその人。人間よりもわずかに長いその耳を見て、さすがのユリアも目の前の男が何者かを認識したらしい。

「嘘……アンタが黒龍陛下？　こんなイケメンだったの？　ラムダ様よりずっと素敵じゃない」

兄のショックを受けた顔と、ユリアのキラキラと明るい表情の対比が酷い。

しかし端から見れば窮地《きゅうち》に立たされているにもかかわらず、どうして彼女はこんなにも厚かましい発言ができるのか、不思議だ。僕が彼女の立場ならひれ伏してしまいそうなのに。異世界の女性というのは、ここまで社交界の空気を読めないものなのだろうか。

タイランですら、ユリアのその不躾な態度に呆気にとられた顔をしている。

「君は、今の自分の立場を分かっていないのかな？　君一人くらい、私の一言でどうとでもできるんだよ」

「あら。でもこの国の王様が守ってくれるわ。私は聖女で、主人公なんだから」

彼女の持つ、この自信はどこから来るのだろうか。そして時々出てくる脈絡のない単語は何なんだろう。

会場にいる誰もが、ユリアの言動に注視している。

「君は聖女であるが故に傲慢《ごうまん》なのかな？　そんなちっぽけな立場で、私のイルに手を上げることを許されるとでも？」

「私の、イルぅ？　うえっ、なによアンタ、ゲイなの？　だからユリアの魅了が効かないの!?」

ユリアの言葉にハッとした。

魅了。古代の魔術と聞いていた、聖女の持つ力はそれだったのか。

そう言われれば納得する。男子生徒には妙に支持されていたユリアだが、表向き歓迎していた女性徒の一部には嫌われていたことも知っていた。

この国では概ね男性の発言権が強い。魅了された男性の意見に追従するようにユリアを持ち上げていただけの女性陣も、きっと少なくなかったのだろう。

中には聖女に取り入る算段をしていた者もいたかもしれないが、タイランによって真実が公表された今、ユリアの聖女という看板もどれくらいの力を持っているか。そして、何より。

「君の、その能力なんだけどね。今はどう？　周囲は随分君に冷たい気がするけど」

「何よそれ……」

タイランの言葉を受けてユリアが周りを見渡した。

今までなら、彼女が大げさに悲しめば周囲は同情していたし、彼女が誰かを非難すれば同調してくれていた。

——あれが聖女だと？　厚顔無恥《こうがんむち》にも程があるな。

——うちの子が言う程、素晴らしい方には見えませんね。

——所詮平民上がりだ。身の程を弁《わきま》えられてない。

周囲から聞こえてくる声は同調や同情とは真逆なもので、ユリアを批判するものばかりだ。

「な、なによ……アンタたち！　どうせモブキャラの癖に……！　こっちはヒロインなのよ！　ユリアはこの国の妃になるんだから！」

「ゆ、ユリア……！」

周囲に噛みつくユリアを、兄があたふたと宥《なだ》める。

「困ったよね。君から魅了魔術がなくなったら、一体何が残るんだろう？」

タイランは口元に手を当ててゆったりと品良く笑うけど、言っている内容はかなり酷い。もちろん普段はこんな言い方をする人じゃないとは、僕が一番知っているけど。

ユリアは何かに気付いたような顔をして、タイランに掴みかからんばかりに詰め寄った。

「アンタ、まさかなんかしたのね！」

「さて。今日は私も陛下にお願いをして、お供を連れているんだよ。紹介しようか。——青龍」

いつからそこにいたのだろうか。扉の前には顔色をなくした国王夫妻と、青龍。そして青龍に腰を抱かれる形で、見たことがない人物が立っていた。

男性とも女性とも分からない、中性的なその美しい人は青龍の隣に寄り添っている。青龍はきりっとした表情を作りながらも、普段より少し嬉しそうだ。

恐らくこの人がピィインの伴侶、ユウなのだろう。とすれば、男性なのだ。

身長は百八十もないだろうが、手足が細く長い。だからといって僕のように貧相な訳ではなく、柳のようにしなやかで、百合のように華がある。明るい茶色の髪の毛と、目元を覆う黒いフレームの眼鏡は一見野暮ったいのに、この人がつけるとその美貌を引き立てているようだ。

しかしなぜ、ピィインはこの場所に伴侶を連れてきたのだろうか。なぜタイランは青龍を呼んだのか。

僕は知らない方が良いと言われ、タイランたちが練っていた計画を何も聞かされていない。国を燃やすのは止めてほしいとお願いしたものの、笑顔で流されて需えたのはつい先日の話だ。

青龍にエスコートされる形で、ユウは流れるように歩を進めた。国王夫妻はその場から動かず、小さく身体を震わせているようにも見える。

この場の支配者は龍人国の王であるタイランであると、既に全ての人間が気付いていた。

「やだ……青龍様じゃん！　スチルより全然良い～」

訂正しよう、それに気付いているのはユリア以外だ。

ユリアは声をオクターブ上げて、青龍の登場にはしゃいでいる。空気の読めない彼女に、兄は可哀想なくらい顔色をなくしていた。

だが青龍はユリアに目も向けず、ずっと彼の伴侶であるユウを見つめている。その男性はユリアの前に来ると、華開くような美しい微笑みを向けた。

「初めまして聖女ユリア。いや、山田優里亜《やまだゆりあ》さん。僕はユウ……五十嵐優《いがらしゆう》と言います。君に巻き込まれて異世界に来た、日本人です」

彼――ユウの言葉に、ユリアは眉を顰《ひそ》めた。

僕は一瞬その意味が分からず首を傾げたが、どうやらユウの言っていることはユリアにだけは伝わっている様子だ。

周囲も何のことか分からない様子だったが、タイランは全てを把握しているのか、動じた様子もなくゆったりとした態度で彼らを見つめている。

「巻き込まれた？　はっ、何それ。ユリアは一人でこの世界に来たけど？　ほら、どっからどう見てもキラボヒロインの髪色でしょ」

「正確には、間違って貴女を選んでしまったと嘆く女神によってこの世界に来た、ですけどね。女神が、聖女の能力をとんでもない人間に与えてしまったとさめざめ泣くので、仕方なしにこちらの世界にきました」

中性的な美しさを持つその声は男性のものだったが、やはり彼もまたユリアに魅了されている様子はない。

言葉の端々に浮かぶ辛辣さを隠す素振りもなかった。

ユウはユリア同様、異世界から来た。タイランは知っていたのだろうか。

隣に視線を移すと目元だけで微笑まれ、僕はそれを肯定だと理解した。

確かによく考えれば、青龍と結婚までしている人間の身元を把握していない訳がない。

「はぁ～⁉　なにそれあの女神、ユリアには『貴女はキラボのヒロインですぅ～。幸せになってくださぁい』とか言っといて、そんな風に思ってたわけ！　信じられないっ、サイッテー」

憤《いきどお》るユリアを前に、ユウは落ち着いた様子だ。

「不憫な生い立ちの少女を、ゲームの世界で幸せにしてあげたかったと女神は仰ってましたけどね。どうやらそもそもそれが人違いだったみたいですよ。貴女、イジメの加害者だったそうじゃないですか。女神も可哀想に。そんな女だったなんてと震えていました」

ユリアの顔がさらに怒りで醜く歪む。だがユウの言葉を否定しない辺り、加害者というのは真実なのだろう。

こう言ってはなんだが、分かる気がする。きっと僕にしたように、誰か一人を標的にして貶《おとし》めていたに違いない。

「ああちなみに、その被害者が僕の妹です。それもあって引き受けたんです。要は、貴女の召喚は失敗だと女神は判断したんです。それどころか世界を崩す危険分子だと、僕が追加召喚される羽目になりました。貴女のキャンセラーとしてね」

「はああっ～？　何よ、それっ」

キャンセラー。

僕にとって聞き馴染みのない単語は、ユリアにも理解できなかったらしい。

乱暴な口調で聞き返されても、ユウは一切動じずに淡々と答える。

「女神は直接、この世界に干渉することはできないそうです。そのため、貴女の能力を無効にできる力が僕に与えられました。貴女が主人公だった、この物語を終了させるためにね」

つまりキャンセラーとは、魅了の力をなくせる存在なのか。

ユウの言葉は続いた。

「気付いてたでしょう？　この人――青龍が単身でこの国に来ない展開なんて、おかしいと思わなかったんですか？　金山を奪われたにもかかわらず、青龍は聖女を忘れられずに学園にまで押しかけてくる。そして一緒に学園生活を送る。シナリオはそんな流れだったはずです」

「そうよ、青龍が入学してこないのはおかしいと思ったのよ！　アンタがいたせいか！　アンタが、青龍にかけた魅了を解いたせいね！」

「貴女の言う未来視も、結局物語の展開を知っていたから成り立っている。だけどもう、貴女は物語から消える――全て終わりです」

「この……っ！　ふざけんな！」

掴みかからんばかりのユリアを必死で止めているのは、兄だ。その表情は複雑そうで、元から彼女の魅了にはかかっていなかったはずなのに、まるで恋から冷めたような顔をしている。

周囲の貴族たちもこの理解しがたい断罪劇を前にどうしたらいいのか分からない様子で、顔を見合わせながらこちらをチラチラと窺っている。

そんな会場内をよそに、タイランは鷹揚《おうよう》に告げる。

「つまりね、いま君から放たれているはずの魔術は、全て青龍の伴侶であるユウによって無効化されているんだよ。青龍にかけられた魅了を解いたのも、ユウだからね。君の能力はもう、未来永劫使えないという訳だ」

「な――っ！　なによ、アンタ……なんの権利があって！」

青龍は黙ったまま、ユウの身体を自分の後ろに隠した。

タイランはユリアの叫びをゆるりと受け流すと、入り口に立ったままの父に身体を向けた。

「さて。ではここで、この国の王に問うてみようか」

王の身体が、びくりと大きく震えた。あの父が、タイランに萎縮しているのだ。

僕のいなかった控え室で、一体何があったのだろう。

「この少女は、長くイルに濡《ぬ》れ衣《ぎぬ》を着せてきた。それはイルの尊厳を奪うものであり、この国の王族に対して許されるものではないと思うがどうか？」

「その通り、で」

ブルブルと身体を大きく震わせ、顔を青ざめさせる父は、タイランと目を合わせもせずにそう答えた。

タイランはそんな父の様子を気に留めることなく、淡々と言葉を続ける。

「王族にそのような無礼を働いたこの聖女は、今その能力を失った。まあ、そもそも祭り上げられる程の能力でもなかったようだけど――さあニヴァーナ王よ、彼女をどうする？」

「せ、聖女としての地位を剥奪いたします……！　ひ、必要とあらばすぐさま処刑もいたしますっ！　ですので、何卒、何卒ご容赦を……！」

とうとう父はその場にひれ伏した。周囲から悲鳴のような声が上がる。

当然だ、一国の王がする行動ではない。

今までずっと下に見ていたはずの龍人に対して、この国の王が膝をつく。それが意味するものは。

本来ならばあり得ない不名誉な行動だが、父にはそうせねばならないのだろう。そしてそれを理解させられるだけのことが、僕たちの出て行った後の控え室で行われていたのだろう。

龍に睨まれたら、この国はあっさりと滅ぼされかねないのだから。

「な……っ、な、何よそれぇ……ユ、ユリアはヒロインなのに！　め、女神に召喚されたヒロインなのにぃ……」

処刑という単語に、さすがのユリアも言葉を震わせた。

確かにユリアには随分酷いことをされた。だけどそんな重い処分を受ける程の罪とまでは思えない。

いや、本来ならばそうするべきなのかもしれないが、僕を軽んじたのはユリアだけではないのだ。

彼女一人にその罪を負わせる訳にはいかない。

それに、もういいのだと。僕は素直にそう思っていた。

衆人環視の下で能力を奪われ、聖女としての地位すら失った。彼女に恋をして支えていたはずの兄も、今は明らかに距離を置いている始末だ。

僕は息を吸い、意を決して声を出した。

「タイラン様、やめてください。僕はそんなことを望んでいません」

彼の服の裾を引くと、タイランは拍子抜けしたような顔を向けた。

「でもイル。私もあの学園で見ていたけど、この子は君にずっと酷いことをしてきたんでしょう？　私のイルにそんなことをしてたなら、生きたまま焼かれても文句は言えないんじゃないかな」

言っていることは過激すぎるけれど、僕を守ろうとするその言葉が嬉しくないといえば嘘になる。

「……タイラン様。確かに僕を陥れようとしたのはユリア本人です」

「だったら」

「だけど！　だけどユリアだけじゃない！　彼女が全て悪い訳じゃない！」

思いのほか飛び出した大声。だけど一度零れだした言葉は止まらない。

「ユリアが現れるずっと前から、僕はナイナイ王子と呼ばれてきました。母の出自を馬鹿にされたり、陰口を叩かれたり……ぞんざいな扱いを受けることはもはや僕の日常でした。僕のことならこき下ろしても構わない……城内の下男に至るまで、そんな空気がありました」

ユリアが悪くないとは言わない。だけど、彼女だけが悪い訳じゃない。元々の下地があったからこそ、学園の皆もその尻馬に乗ったのだろう。

血の繋がった兄だって、魅了にかかっていなくとも僕よりも彼女を優先していたのだ。

「だからユリアだけが悪いんじゃないんです。その全ての罪を彼女に負わせることは、やめてください！」

それで全てを精算しても、残るものは何もない。僕だって、後味が悪いだけだ。

「それに僕は、もう良いんです。許す、許さないじゃない。もうこの国の誰とも関わりたくない」

もうすぐタイランと共に龍人国へと旅立つ僕は、きっと二度とこの国の土を踏むことはないだろう。だから強がりでもなんでもなく、僕は本気でこの件についてはもう関わりたくないのだ。誰か一人に罪をなすりつけても、それは今の僕の幸福には繋がらない。

むしろその縁を絶ち切って新天地へ行くことこそが、僕の一番の望みなのだ。

「じゃあ、この国ごと滅ぼしちゃう？　私もその方がすっきりするかな」

あっさりと放たれたその言葉に、ホール内に戦慄《せんりつ》が走る。人の口に戸は立てられない。中にはひょっとしたら以前この国に来た際の、龍の姿を知る者もいるのかもしれない。

僕は慌ててタイランの腕を引っ張った。

「ちょ……、だから！　そうじゃないって言ってます！　そんなことをされても僕は嬉しくない！　民《たみ》に迷惑をかけないでください！」

思わずそう噛みついてしまった僕を、タイランは実に楽しそうに目を細めた。

そこでようやく僕は気が付いた。

これはひょっとしたら、タイランに一芝居打たれたのかもしれない。

タイランは僕の肩を抱き、そして父に向き直った。

「ニヴァーナ王よ。イルがここまで必死に庇うから、私は聖女の罪を赦《ゆる》そう。分かるね？　イルがそれを求めるから、この国の非道を見逃してあげるんだよ」

ニヴァーナ王国のために龍人国の王を諫《いさ》め、それを受け入れさせる第二王子。

悪辣な罠を仕掛けた聖女を赦《ゆる》し、国民を守った第二王子——きっとタイランは周囲にそう思わせたかったのだろう。

「だけどね」

タイランの視線が鋭さを増す。隣に立つ僕ですら、ぞっと震えるくらいの怒気が発された。

「ひっ」

上がった悲鳴の主は、誰だろう。父か、ユリアか、兄か。それともその全てか。

「その娘を二度と私たちの前に出さないように。ついうっかり姿が見えてしまったら、気が立って国ごと燃やしてしまうかもしれないからね」

「っ、もちろんです！　誰か！　この女をさっさと連れ出せ！　処遇は追って伝える！」

父の焦ったような大声に、我に返った護衛騎士たちがユリアの身体を拘束した。

ユリアは抵抗しながらも、鍛えている騎士の腕からは逃げられないと悟り、力なく項垂《うなだ》れた。

「なによ……なんでよぉ……なんで、ユリアがヒロインなのに……。この世界の人間は、全員ユリアのためにいるのにぃ」

連れ出されその扉が閉まるまで、会場内では誰も何も喋らなかった。不自然なほどホールは静まりかえり、呪詛のようなユリアの言葉だけが耳に残される。

兄はユリアに付き添うことなく、表情を失ったままただそれを呆然と見ていた。あれだけ彼女を愛していると囁いて、非難する僕を断罪までしたのに。

こんなにすぐ失せてしまうような愛のために、僕はどれだけ気持ちをすり減らしたのだろう。

「愛って、なんだろう」

思わず零れた言葉は、思いのほかホールに響いた。

慌てて両手で口を塞ぐ。そんな僕の手を、タイランはやんわりと握った。

そして手を取ったまま、彼は僕の前に片膝をつく。

「イル、心配しないで。私は生涯、君だけの龍だ」

そうして手のひらに唇を落とした。柔らかいその感触を、僕はもうとっくに知っている。

「おっと、黒龍が膝をつくなんて前代未聞だなこりゃ。誓いっつーよりむしろ牽制だろ」

「貴方は一言多いんです。まったく……それといつまでくっついてるんですか、離れなさい」

「つれねぇなぁ～でもそういう所もイイ……愛してるぜユウ」

「変態が……」

ピイインはユウから袖にされながらも嬉しそうにしている。

嫌われていると言っていたけど、ユウの態度を見ているとそれが全てでもなさそうだ。

「ニヴァーナ王よ。宴もたけなわだが、私たちはこれで失礼するよ。この国でするべきことはもう終えた」

タイランは立ち上がると、返事を待つことなく僕の手を取ったままバルコニーへと向かった。人垣はタイランの進む方向に自然と割れ、ホールにできた通り道を悠然と歩く。

「お、お待ちください黒龍陛下！　どうか挽回の機会を――」

父の追いすがる声が聞こえても、タイランの長い脚は止まらない。

「ホンスァ！　用意はできているか」

窓を開け放つと同時にタイランが声を上げると、外から突然突風が入り込む。思わず目をつぶりかけたところで、真っ赤な夕焼けが視界に入った。

「わ……」

鮮やかな赤色のそれは夕日ではなく、龍だった。部屋一つ分はありそうな、大きな赤龍。細長い身体に鋭い爪を持ち、頭部から背中にかけて赤いたてがみが風に揺れてなびく。

その赤龍からは聞き慣れた人語が響いた。

『はいはいタイラン様。これを使えばイル様を安全に連れていけるよ』

その声は、僕もよく知っている。

「ホンスァ……？」

『こっちの姿では初めましてだね、イル様。どうぞ、これに入って』

赤く塗られた龍爪がバルコニーに置いたのは、四角い箱だった。そこには窓と扉がついていて、まるで小屋のように見える。恐る恐る扉を開けると、中にはふわふわのクッションが敷き詰められていた。離宮で使っていた、お気に入りのものもある。

「これは？」

『国に戻るのに、イル様に少しでも快適な旅をと思って用意させました。これに乗ったままタイラン様がうちに連れていってくれるよ。ニヴァーナ王国からだと人間の足じゃ半年はかかるだろうけど、タイランさまなら数刻だし。ね？』

龍の表情は読めないが、いつものように楽しそうなホンスァの声に気が抜けた。

あと数日は離宮で暮らす予定をしていたせいで、僕は全く荷造りをしていなかったというのに。一体僕の知らぬ間に、どこからどこまで準備されていたのだろうか。

「もう……」

このおかしな断罪劇も、逃亡劇も、彼らの手の中でどこまで計画されていたのか分からない。

だけど僕は自分の口元が緩んでいくのを感じた。まだ見ぬ龍人国への道程に心が躍る。

『イル』

ふいに空から響いた声はタイランのものだ。その声を目で追いかけると、赤龍よりも一回り巨大な龍の姿があった。

「タイラン、様……？　すごい」

見上げると、艶やかな黒い瞳が僕を見つめていた。

その龍は鱗まで黒く輝いていて、その神秘的な美しさに無意識のうちにため息が漏れた。

これが、この龍がタイランの本来の姿なのだろう。ホンスァの手の中に抱えられていた、あの小さな姿からは想像もつかないような神々しさを、一体誰が化け物などと呼べるのだろうか。

巨大な龍の姿で会うのは初めてだというのに、なぜか不思議と懐かしい気持ちになる。僕は一歩前へと踏み出した。

「先日の顔合わせの時より、うんと大きいんですね」

『本来の姿はこちらだからね。あの時は……そう、わざと小さくしていたんだよ』

歯切れの悪い言葉に首を傾げつつ、差し出された巨大な爪にそっと触れた。少しざらついていて、だけどこれもまたタイランの一部なのだと思うと愛おしい。

『恐ろしくはないかい？』

「そうですね。不思議と怖くないです。これがタイラン様だって分かってますから」

『イルはいつでも私を喜ばせる天才だね。さあ乗って、内側から鍵をかけて。空の上は少し揺れるから、気分が悪くなったらすぐに言うんだよ』

黒龍はそう告げると、大きな爪で扉を器用に開けた。

『青龍、ホンスァ。後のことは頼んだよ。万事片付けてから戻るように』

「へーい」

『了解だよ。イル様、良い夜を』

ホンスァにそう声をかけられて顔が赤くなる。そう、僕たちの本当の『夜』はまだなのだ。

国に戻ったら抱かせてくれ――そう言われていることを、うっかり酒の席で零してしまった僕が悪い。二人は別にからかっている訳ではないのだけど、それでも言われるのは恥ずかしい。

扉をくぐろうとした僕に、青龍の伴侶であるユウが駆け寄ってきた。

「お待ちください、イル様。こちらを」

そして手のひらに何かを握らされた。貴婦人の使うような丸い化粧ケースにも見える、手のひらサイズの小さなものだ。

ユウは微笑みながら、僕の耳元でそっと囁いた。

「男の身体で、龍人との初めての夜は辛いですから。どうかこちらを使ってください。少しでも楽になりますように」

「〜〜っ！　あ、ありがとう」

『イル。乗って。もう行くよ』

バルコニーには、龍となった龍人を一目見ようとホールの人々が詰め寄っていた。そのおかげで父と兄は来られないようだけど、確かにそろそろ何か動きがあってもおかしくない。

僕は顔を振って熱を逃がし、その小屋に入った。

『出発するよ。調子が悪くなったら休憩するから、すぐに教えてね』

「はい……！」

内臓が宙に浮くような初めての感覚を味わいながら、僕はタイランと共に祖国を離れた。

「うわ……」

取り付けられた窓からは、小さくなっていく街並みが見えた。

ぐんぐんと遠ざかる景色は生まれて初めて見るものだが、これこそタイランが今まで見てきた景色なのだろう。

こうして空の上から見下ろせば、僕の育った国の、なんてちっぽけなことか。

すでに生まれ故郷は遠ざかり、わずかな郷愁と共に過ぎ去っていく。

「すごいな」

あの国を出てきたことも、空の上にいることも、龍となったタイランと共に今ここにいることも。

タイランという存在が、今までの僕の人生全てをひっくり返していく。

「タイラン様。本当にありがとうございます」

小さく口の中だけで呟いたその言葉は、龍となり空を飛ぶタイランには届かなかったようだ。だけどそれでいい。むしろそれがいい。

「さようなら、母上」

愛に苦しむ母を見て、そんなものとは無縁でありたいと願っていた。それなのに今、僕はまさに愛のために彼の国へ向かおうとしている。

もし母がこんな僕を見たらどう思うだろうか。

「ううん」

一瞬だけ考えて、やめた。

僕はこれから新しい人生を歩み出すのだ。母のことは大切な思い出として、胸の中にだけしまっておこう。母は全てが不幸だった訳でもない。愛したことを幸せだと感じた時間だってあったはずだ。

そうして流れていく景色を眺めている間に、瞼《まぶた》が重くなっていく。

歓迎パーティーのはずが、まさかの断罪劇となった。

聖女だと言われていたユリアはその地位を剥奪され、王である父は情けなくその両膝を折るという珍事が起きた。

僕も恐らくタイランの手のひらの上で転がされ、全ては彼の目論み通りだったのかもしれない。だけどそれが全て嫌だった訳じゃないから困りものだ。

疲れきった身体は回復を渇望し、気が付けば初めての空の旅は穏やかな眠りへと変わっていく。適度な揺れが心地よく、時々聞こえるタイランの美声は、まるで子守歌のように僕の身体を包むのだった。

第九章

ゆらゆら揺れる。ゆらゆらと、ぐらぐらと。

深い深い眠りの中で少し肌寒さを感じ、僕は意識を現実へ引き戻された。

「んぁ……？」

薄目を開けると、暗がりの中、揺れる蝋燭の明かりに照らされたタイランの美貌が視界に入る。

その姿は先ほどの龍の姿と打って変わり、すっかり見慣れた人間の姿をとっていた。結われていない彼の長髪が、僕の胸元にさらさらと落ちる。

「タイラン、様？」

「起きた？　おはよう、もう夜だよ」

頭だけを動かして視界を変える。ぐるりと見渡した室内は広く、だけどニヴァーナの様式とはかけ離れていた。幾何学模様の木枠がはめ込まれた窓、垂れ下がった朱色のカーテン、近くに置かれたクッションも楕円形で、両端にはかわいらしい房飾りがつけられている。

「もう、着いたんですか」

「そう。ここは私の部屋だよ。イルが寝てしまったからね、全力で飛んできた」

頬に口づけが落ちる。

甘い仕草に頬が緩むが、ふと身体を見下ろして違和感に気が付く。

ジャケットはなくなりシャツの釦《ボタン》も外されて、かろうじて腕に引っかかっているだけだ。

それで寒さを感じたのかと合点がいく。龍人国の冬は寒いと聞いていたし――ではなく。

「タイラン様？　あの、これは？」

よく見れば、絹のシーツをかけられたベッドに寝かされていた。タイランにのしかかられている
この状況に、半ば寝ぼけていた目が一気に覚める。

「うん？　約束したでしょうイル。こちらに来たら……って」

「え、え。あ……っ」

首筋に、柔らかい唇が落ちる。それが何度も繰り返され、そしてベロリと舌が這う。

心の準備はしてきた。だけど寝て起きて、今すぐ？

「た、タイラン様、お待ちくださいっ、僕、お風呂にも入っていませんし」

「私は構わないよ。ああ、イルは今日も良い匂いがする」

押しのけようとしたのに、逆に引き寄せられて匂いをかがれた。

タイランは良くても僕が構うというのに、いくら手足をばたつかせても、首筋から顔をどけようともしない。

「だめ？　性急な男は嫌いかな」

上目使いでそんな風に聞かれては、嫌だと言える訳がない。

僕はこうしていつも、結局タイランにほだされているのだ。自分の容姿がどんな風に僕に作用す

るかを熟知しているに違いない。憎らしくなるものの、憎みきれないのだから僕の負けだ。

「嫌いですよ。……貴方以外は」

ぷいと顔を背けて憎まれ口をきいたのに、タイランは実に楽しそうに唇を追いかけてきた。

◇◇◇

二週間かけて少しずつ広げられたその場所は、いとも簡単にタイランの指を飲み込んだ。

柔らかくなったそこにユウにもらった軟膏を塗り込まれると、ベッドの上にふわりと花の匂いが漂った。硬く冷たい軟膏が、自分の体内でトロリと溶けるのが分かる。内側に擦りつけるようにして指を抜き差しされると、身体の奥からゾクゾクとした疼きがこみ上げる。

「ん……っ」

全てを剥ぎ取られ、仰向けにされた身体が丁寧に拓かれていく。未だ着衣を乱すことのない男は満足そうに目を細め、その軟膏をさらに塗り足す。

「これは青龍の所で作っているものだろう。青龍の伴侶――ユウは元の世界で医療に関わっていたらしい」

「そう、なんです……ねっ、ン……」

「ユウが異世界から来たと、伝えていなくてすまなかったね。聖女と同郷だと教えて、イルに心配をかけたくなかったんだ。驚いただろう？」

「だいじょ、あ……っふ、くっ」

冷たい軟膏を、奥まで指で塗り込まれた。その塊が僕の体温で溶け、濡れる感触に身体が震えた。同時にそこが奇妙に疼き始める。どこか覚えのあるその感覚に、肌がぞくりと粟立った。

「タイラン、様、それ、なんか変……っ」

「うん？　ああ、ほんの少し、媚薬のようなものが入っているかもね。ふふ、ニヴァーナでの初夜を覚えている？」

媚薬を知らぬ間に飲んでしまって、逃がしきれない熱をタイランに発散してもらったあの日のことを、忘れる訳がない。

今でこそ男同士のやり方も知っているけど、当時はあまりに性に無知だった。あの時、タイランがどれ程の理性で抑えてくれていたのか、分かるようになった今はただ申し訳なく思う。

快楽とは違った恥ずかしさで、顔が赤くなる。

「も、忘れてください……っ」

「嫌だよ。イルとの思い出は一つだって忘れたくない」

埋められた指が、ゆっくりと肉筒をかき混ぜる。反対の手は軟膏をさらに新しく掬《すく》い取って、赤く膨らんだ胸元をまさぐった。

「あ……ンぅ……、ん、んっ」

小さく立ち上がった乳首は、タイランに愛されて随分形を変えたように思う。小さかった乳輪は以前よりふっくらとして、つんと上を向く中心部はすでにいやらしく立ち上がっていた。タイランが舐めたりしゃぶったり、時には噛んだりしたせいだ。

固かった軟膏が胸の熱で溶けていく。油分を纏《まと》ってぬめる指が、いやらしくその表面をコリコリとしごいた。

「ひぅっ！　あ……あ、あ……っ」

乳頭をぐりぐりと押し込められて、うずうずとしていた腰が我慢できずに跳ねる。

「っあ、あ……！　はぁっ、あ、う、ン……」

「イルはどこもかしこも敏感だ。可愛いね……本当に、可愛くて食べちゃいたい」

空いている乳首に歯を立てられて、長い舌でこね回される。いやらしく唾液を絡ませるせいで、響く水音に耳まで犯されているようだ。

穴に差し込まれた指はバラバラに動き、ねっとりと穴の縁を大きく開いた。

聞こえる吐息は、僕のものだけではない。

同じくらい興奮しているタイランが、何を求めているのかは十分理解をしている。

「はっ……はぁ……、も、だいじょうぶです、よ……」

「うん……でももう少し」

気持ちを通じ合わせてから二週間、ずっとタイランは我慢をしてくれていた。

交わることで僕に怪我をさせまいと、あえて自分を律し、慎重に僕を愛してくれていた。繰り返し肌に触れても決して一線は越えず、ただひたすらにこの日のために慣らしてくれたのだ。

交わるのはこの国に来てからと決めたのも、僕ではない。タイランだった。

何度「もう挿入しても大丈夫だ」と伝えても、彼は頑としてそれを聞き入れなかった。

タイランはそうして、彼自身から僕を守ってくれた。

だけど、我慢していたのは自分だけじゃないのだと、この人はどうして分からないのだろうか。

僕は後孔に埋まったままの太い指に手を伸ばし、そしてそれをずるりと引き抜いた。抜いた瞬間漏れそうになる、甘えた喘ぎは精一杯奥歯で噛み殺す。

「タイラン様」

僕の行動に思いのほかすんなりと従ったタイランの目の前で、自分の両脚をぐっと広げて見せた。

全てがタイランに晒される。雫を溢れさせる陰茎も、きっとパクパクと口を広げる後孔も、全て。

こんなことをするのは恥ずかしいし、はしたないのは分かっている。だけど今ここには僕と、愛すべき彼しかいない。もう待てないのは、僕だって一緒だ。

軟膏でぬめるその穴はぽっかりと口を開いて、内側まで空気に触れて収縮している。僕は羞恥を堪えながらそこに二本の指を添え、よりその空洞が見えるように左右に開いた。

「イル」

ハッとしたような、タイランの声が小さく聞こえた。

「タイラン様……来てください。僕の、ここに」

僕のこの行動をタイランはどう思っただろうか。はしたないと呆れたのだろうか。

二人の間に沈黙が落ちる。

勇気を出して誘ったものの、じわじわと羞恥が襲ってきて、恐らく僕は指の先まで赤くなっているだろう。

「出過ぎた真似を……すみません……」

思わず閉じようとした膝頭を、思いのほか強い力で戻されて驚いた。

パッと顔を上げると、そこには飢えた獣のような目をした男がいた。

「イル、いけないよ。こんなことをしては」

申し訳ありません……そう謝罪の言葉を口にしかけて、音になる前にそれはタイランの唇に吸い込まれた。

「んっ、うむ……っ、ふ、ンく……ぅ」

口の中全てを蹂躙《じゅうりん》するような、激しい舌遣いに息が上がる。タイランの肩に必死でしがみついてその勢いを受け止めようにも、下肢を弄る手がそれを許さない。

とろとろと涙を流す陰茎を散々嬲《なぶ》られながら、口の中も外もタイランと僕の唾液でぐちゃぐちゃになって、ようやく唇を離してもらえた。

「優しくしてあげたいと思っているのに……できなくなってしまう」

いつもの余裕を捨てたタイランが、まるで捕食者のような視線で僕を舐め回す。

僕まで獲物になったような気になるものの、そんな彼に食べられたいと望んでいるのは僕自身だ。

自身の上着の釦《ボタン》を外すタイランに腕を伸ばし、火照《ほて》った素肌をひたりと寄せた。

「優しくしてほしいなんて、思ってません」

「……言うね、イル」

そう言ってタイランは僕の首筋に噛みつき、きつく吸い上げた。チリリと鋭い痛みの後にべろりとそこを舐め上げられ、身体は歓喜に沸き立った。

早く、早く、早く。

手を伸ばし、硬く反り返る彼自身に触れる。ドクドクと血管が脈打つそこからは、一切の余裕も感じられないのが嬉しかった。愛しくて思わず撫でてしまった手を、やや乱暴に引き剥がされる。

この迫力のある美しい龍が、僕を求めてくれているのだ。

「だから、来てください」

言うが早いか、背中がシーツの海に沈んだ。すぐさま抱えられた脚の間にタイランの身体が滑り込み、その狭間に熱くヌルヌルとした熱塊が擦りつけられる。

パクパクと口を開けるそこはすっかり準備ができていて、腰が勝手に彼を求めて揺れ動いた。

「イル、イル。愛しているよ」

先端が肉輪に押し込まれ、そして離れた。焦れったいその動きを繰り返していくうちに、徐々にそれが奥へと埋め込まれていく。窄まりが限界まで広がり、苦しさに息を止めた瞬間、どうにかその大きな先端をくぷんと飲み込んだ。

「はあっ、はっ、はっ……っ！　あ、あ……っ」

沢山の時間をかけてもらって、指とはいえ挿入にも慣れてきたと思っていた。丹念に拓かれた身体は、容易にタイラン自身を受け入れられると信じていた。

だけどこの圧迫感と熱量は、想像以上だった。痛みこそないものの、内臓を押し上げられる初めての苦しさに思わず呻くと、タイランが申し訳なさそうに声をかけてくれる。

「苦しい？　ごめんね、もう少し……っ、入れさせて……」

そんな声を出さなくてもいいのに。

タイランを望んだのは自分自身なのに。そう言葉にしようにも、ただ意味のない音を漏らすだけが精一杯で。

「あ、あ……っ！　あ、ぅン！　ん！　んぁあ！」

僕の腰をゆさゆさと揺さぶりながら、その熱塊は少しずつ奥へ奥へと侵入していく。指では届かなかった身体の奥深くまで、疼いていた場所全てがタイランで埋め尽くされる。

「はあっ、あ、ん……っ、タイラン様、たいらん……」

「うん。もう少し。苦しかったら噛んでもいいよ」

そう言って差し出された指を噛める訳もなく、僕はそれに吸い付き舌を這わせた。

舐めて、吸って、吸い上げて。そうして苦しさから意識を逸らす。

「んっんっ、たいらん……、はっ、んぁ……」

「っ、イル駄目だよ、そんな男を煽るようなことをしてはいけない」

「だって、だって、あ、あ……っ、ん」

爪の先まで愛おしいのだ。

僕の身体を求めてくれることも、ずっと我慢してくれたことも、こんな僕を愛してくれることも、全部。惜しみなく愛を注いでくれる目の前のこの美しい男を、どうして愛さずにいられようか。

どこもかしこも、タイランによって埋め尽くされたい。そう願う僕は、彼が望むならこの身全てをタイランに差し出したい。

「たいらんさますき、んっ、すき、たいらんさま、はっ……だいすき……」

くちゅくちゅと指を舐めるうちに、腹の奥がじんじんと痺れていく。タイランに少し慣れてきた後孔が、熟《う》れて痺れて蠢《うごめ》いた。

「――っ、君って子は――！」

「あ！　ああ！　あっ、たいらん、たいらん！　あっ、あ――！」

一気に腰を引き寄せられて、ズンと穿《うが》たれる。

身体の最奥まで巨大な楔が埋め込まれ、こね回された。

「あ、あ……あ、おなかいっぱい……」

「上手だよ、イル。奥まで入れてくれてありがとう」

少し上擦った、タイランの声が耳に落ちる。まだ苦しさはあるものの、僕はなんだかふわふわした気分だった。

塗り込められた薬のせいなのか、目一杯口を広げて受け入れた穴がひくひくと疼く。

何をどうしてほしいのか、僕はその答えをもう知っていた。

「たいらん、ん、たいらんさま……もっと、ねえ、して」

ジッと動かないタイランの代わりに、僕の腰がくねって誘う。

きゅっとそこを締めると、くぐもった彼の呻きが聞こえた。身体の中で、彼の浮き出る血管の一つひとつまで感じられるようで嬉しくて、僕はそれを何度か繰り返す。

「はあっ、は、は……っ、きもちい……たいらん、んっ」

すると徐々に気持ちが良くなって、気が付けば自分で腰を前後に動かしていた。

「っ、イル、本当に君って子は。後で泣いても知らないからね」

「泣かせて、たいらんさま、僕を、泣かせて、っあ、あっ、あ――――！」

タイランの大きな手のひらが僕の腰を抱え込み、そして激しく自らの腰を打ち付けた。

僕にそれからの記憶はない。

時折水分を与えられ、絶頂を感じながら気を失うように眠り、そして穿《うが》たれたまま目を覚ます。

ずっと気持ちが良くて、ずっとタイランを感じられて、幸せだったことを断片的に覚えている。

気が付けば一昼夜ほど抱き潰された僕は、龍人の理性を奪ってはいけないと心に刻んだ。

結局僕はその翌日から熱を出し、三日程寝込んだ。その間、帰ってきたホンスァにタイランは随分怒られていた。

だけど欲しがったのはタイランだけじゃなく、僕も含めて二人ともなのだ。

熱にまどろみながらも、僕も後でホンスァに謝ろうと誓ったのだった。

◇◇◇

熱もすっかり下がったというのに、どうにも過保護なホンスァによって僕はまだベッドから降りられないでいる。

今日もまた、ホンスァは僕の隣で護衛という名の監視を頑張ってくれているようだ。幾何学《きかがく》模様の丸窓から見える空は青く美しいというのに、僕はこの龍人国に来てからというものこの部屋からまだ一歩も出られていない。

「あの……もう大丈夫だよ？　熱が下がってもう三日経ってるし。そもそもあれはタイラン様のせいだけじゃないし、きっと向こうでの気疲れがたたったせいだと――」

「だ・め・で・す」

「……はい」

ホンスァは笑顔で、だけど絶対に否定を許さないと言わんばかりの圧だ。

僕は再び枕に頭を埋《うず》めて、何やら難しい本を読んでいるホンスァに話しかける。

「ホンスァも、もう僕に敬語じゃなくて良いんだけどな。向こうでも時々砕けてくれたじゃない」

「いやぁ、今はそのタイミングじゃないんですよね。正直、嫉妬で殺される気しかしないですし」

「？　タイラン様はホンスァに嫉妬しないでしょう」

「ははは……だと良いんですけど。さあ、おしゃべりは身体に障ります。眠れないなら手のマッサージでもしましょうか」

もうすっかり元気になったというのに、どうにも龍人には人間はか弱く見えてしまうようだ。この過保護さはタイランの指示なのかもしれないけど、割と放置されて育った身には慣れない状況だ。

香油が手に垂らされて、ゆっくりと指先から揉まれていく。指の付け根は少し痛くて、だけどその刺激が気持ち良い。

ニヴァーナ王国にいた時から、ホンスァはこうして空き時間を見つけては僕の手入れをしてくれていた。髪の毛も肌も、彼のおかげで随分滑らかになったように思う。

夜は夜でいつもタイランが背中や胸に塗り込めてくれて——そう思い出して、顔がポポッと赤くなる。

「そ、そういえば、タイラン様はまだお忙しい？　夜、全然いらしてないから」

ニヴァーナではいつも二人で眠っていたのに、こちらに来てからはずっと別々に過ごしている。

熱を出した僕をゆっくり寝かせたいという心遣いのためだと聞いているが、熱が下がった今でも、タイランは滞っていた仕事を片付けるために執務室にこもっているらしい。

「あー……まあ……デスネ」

「そっかぁ。少し寂しいな」

思わずそんな本音が零れてしまう。やっぱりまだ身体が本調子ではないせいかもしれない。馴染みの薄い調度品に囲まれて、漂う空気の匂いにここが異国だと思い知らされる。

そして何より側にタイランがいないことが、無性に心許なくて寂しいのだ。

「んとにあのアホは……嫁にこんな顔させてどうするんだっつーの」

「あ、僕そんな変な顔してた？　ごめんね、ホンスァ」

ホンスァの前だからと、気を緩めすぎていたようだ。タイランの伴侶として、もう少しキリッとしていた方がいいのかもしれない。

だけど目の前の美少年は、はあ～っと大きなため息をつく。

「いや、イル様のせいじゃなくて。あのアホのせい……まったく、今度俺からも言っておきますよ」

「うん……？　ありがとう？」

ぐっと拳を握りしめるホンスァ。よく分からないけれど、彼が今まで僕のために、どれだけ心を砕いてくれたのかを知っている。何をさせても、ホンスァなら任せられるという不思議な信頼感があるのだ。

そんなホンスァは、タイランにとっても世話係というより懐刀《ふところがたな》のようでもあって、その二人の距離感が羨《うらや》ましく思える時もある。

「僕もホンスァみたいな距離感で、タイラン様と話せたらなぁ」

ホンスァは時々砕けた言葉を使うし、タイラン様をからかうこともある。

からかいたい訳ではないけれど、なんでも言い合える仲というのは羨《うらや》ましい。僕はまだどうしても本心を晒しきれないし、本音全てを打ち明けて、嫌われたくないという気持ちが残っている。

「前にも言いましたけど、俺はタイラン様の育て親みたいなもんなんですよね。尊い龍はそうやって両親以外が育てる風習があって。タイラン様はもうほとんど俺の子ですよ、って言ったら不敬ですけど」

「えっ？」

「俺も若い時は色々あって、もー全部どうでもいいやって自暴自棄になってた時に先代の黒龍陛下に拾っていただいたんです。タイラン様がちっちゃい頃から教育係をして乳母みたいな……いや乳はやってねぇな……？　とにかくあのクソガキを育ててたんで、子供の頃から知ってるって訳です。無断でここを脱走しやがった時はホント、どうしてやろうかと思ったもんですよ」

「えええ？　ちょっと年上ってくらいじゃないんだ？　じゃあホンスァって本当は何歳？」

見た目よりも大人だとは思っていたけれど。

そう問うと、ホンスァは花が綻《ほころ》ぶような完璧な笑顔を振りまいた。

「さあ？　そこは秘密にしておきましょ。言ったでしょ、龍人は人間より年齢が分かりにくいんです。俺はこう見えて爺かもしれませんし、タイラン様もまだおしめが取れたばっかのガキかもしれませんよ」

「え、ええええっ、そ、そんな、えっ、本当？　まさか……？」

タイランがまだ子供だなんて、そんな可能性は考えていなかった。

目を白黒させている僕を見て、ホンスァはぶはっと吹き出した。

「あはは、さすがに結婚できる年齢ですよ、あれも。安心してください。ふ、ふふふ、イル様は少し、素直すぎますね。もう少し俺を疑ってください」

「も、もうっ！　からかわないでよ」

少なくともタイランよりも年上のホンスァから見たら、僕はまだ子供のようなものかもしれない。

とはいえどうにも見た目の印象に引っ張られてしまって、ホンスァは可愛い弟のように思えて仕方がないのだけど。

そんなやりとりをしていると、ドアの外からノックが響いた。

この部屋には誰も来ないようにしていると聞いているのに、珍しい。

「奥方様、ホンスァ様、申し訳ございません。来客がございまして——いかがいたしましょう」

「ええ～？　君たちの方で処理できない来客なんて聞いてないよ？　タイラン様はどうしたの」

その言葉に首をひねる。様付けで呼ばれるホンスァは、一体どの辺の立場なのだろう。ここに来てからまだ他の龍人と交流を持てていないせいか、まだ知らないことが多すぎる。

「黒龍陛下は朝から青龍領に訪問中でして。そしてその来客が」

おずおずと告げられた来客の名に、僕の背筋が凍り付く。

「ラムダ＝ニヴァーナ様。奥方様の兄上だと仰るのです」

公式な書状も持っていらして、と困った様子で話す侍女の声が、僕の頭の中でぐわんぐわんと揺れて響く。

兄が？

どうして、どうしてここに？

「——どうやって、あの第一王子がこの黒龍領へ？　ここには並の人間は来られないはずだけど。ましてやニヴァーナ王国からなんて、数ヶ月かかる」

愛らしい顔を顰《しか》めながらもホンスァはその扉を開けた。その向こうにいた少し背の高い綺麗な侍女は、薄衣の裾をびくりと震えさせながらも問いかけに答える。

「その……ラムダ＝ニヴァーナ様は、どうやらジュネア国の王子と親しいそうで。そちらを経由して白龍領から飛んで来たそうです」

「ああ、あそこの。白龍と仲が良い国だな。あそこの龍人は金を積まれたらなんでもやるから嫌いだ。ようやく聖女絡みの縁が切れたと思っていたのに」

ジュネア国は兄と同い年の王子がいる。つまり伝手を辿って金を積み、龍人を案内人にして僕を追いかけてきたということだ。

戸惑う僕を置いたまま、二人の会話は続く。

なぜ兄はここまで来たのだろう。僕の様子見だと考えても違和感があるが、その上先日の騒動からまだ一週間だ。

「なるほど、俺が出発した翌日には、もうこちらに向かう用意を整えたという訳か。どういう行動力だよまったく――ああ、イル様問題ありません。こちらで対処しておきましょう」

「で、でもホンスァ」

「イル様はまだこちらに慣れておらず、お体も本調子ではない。そうですね？」

有無を言わせないホンスァの態度に、僕は戸惑いながらも頷いた。

いや、頷かせてもらったんだ。

兄に会いたくないと態度に出ていた僕の気持ちを、ホンスァは汲《く》み取ってくれている。

「ではイル様。ゆっくり休んでいてください」

ホンスァはそれだけ告げると、僕を置いて廊下へ出ていってしまった。足音が次第に遠くに消えていく。静まりかえった室内で、僕はぐるぐると思考を巡らせた。

「ここに今、兄上が来ている」

たったそれだけで、穏やかだった心にさざ波が立つ。得体の知れない不安が指先から熱を奪う。

兄はきっと恨んでいるだろう。彼が愛するユリアを、聖女の地位から突き落としたのは僕だ。

だけどそうするしかなかった。魅了魔術で心を操れる人間はどう考えても危ういのだ。その能力はユウによって奪われたとはいえ、隔離するに越したことはない。

そんな正当な理由があったものの、兄から見れば僕は恋人を投獄した人間だ。今再び兄と向き合って、毅然《きぜん》とした態度で接する自信はない。

「……っ、なんで」

結局僕は誰かの後ろに隠れるしか能のない、情けない男なのかもしれない。

あれこれ考えが浮かび、嫌なことを思い出しては消えていく。だけどいくら考えようとも正解が分からず落ち着かない身体を、僕はベッドの上に投げ出した。

「一体何のために来たんだろう……」

龍人国とニヴァーナ王国に、今まで交流などなかった。龍人の外見は化け物だと想像するしかなく、この国の情勢も理解できていなかったはずだ。それが龍人国と交流のある他国との縁を辿ってまで、突然押しかけてくるなんて。

それもあの、兄が。

優秀な王子であった彼は、恐らくあのパーティーで初めて屈辱を味わっただろう。自分の選んだ聖女が、まさか逆に断罪されるとは思ってもいなかったはずだ。報復したいと考えるのが自然だ。

とはいえ個人的な思惑で戦争を仕掛けるほど、兄も愚かではない。国力で格上の龍人国が相手なら、金山の件をうやむやにできただけでも御の字だ。次期国王となる兄であれば、このタイミングで龍人国に手出しするはずがない。

これ以上僕やタイランを追いかけても何も利益など生まないことは、火を見るより明らかなのに。

「わかんないな……」

艶のあるシーツの上で一人、ごろりと寝返りを打つ。

広いベッドの上は、もう三日も一人ぼっちだ。大きな身体に包まれて眠る心地良さを、一ヶ月かけて教え込んだ人は、今は側にいない。

「タイラン様」

名を呼んでも、返事すらない。残り香すら感じない、清潔なシーツが憎たらしい。

そんな女々しい思考にとらわれながら、僕はいつの間にかうとうとと眠りに落ちていた。

夢うつつの中、優しい低音が僕の名前を呼んだ。求めてやまない、愛しい人の声だ。

「イル」

頬に触れる手のひらが、冷たい。

いらしてたんですか、お布団に入ってください、冷えますよ。

そう言いたいのに眠気が強くて、唇が動かない。

ただその手に頬をすり寄せると、少しだけ空気が揺れて笑ったような気配がした。

タイランは今どんな顔をしているのだろうか。一緒にいたい、側にいてほしい。

でも手のひらの感触はあっけなくするりと離れて、そして足音が遠くなる。

いかないで、離れないで、どうして。

追いかけたいのに身体は重く、動かない。

「タイラン様！」

僕は自分の大声で、ハッと目を覚ました。

「夢……？」

どこからどこまでが夢だったのだろうか。名前を呼んでくれたタイランは、僕の願望が見せた夢だった？

いつの間にか閉められていたカーテンの隙間からは、僕の胸中とは真逆の、柔らかな冬の朝日が入ってきていた。

第十章

タイランが戻るまで、兄の対応は保留になったらしい。

黒龍宮の端にある貴賓室に逗留《とうりゅう》しているとのことだ。そこには決して近づかないようにと、僕をベッドでの軟禁生活を解いてくれたホンスァに厳命された。

現在タイランは青龍領から白龍領へと向かっているところだという。いかに黒龍であるタイランと言えど、広い龍人国内での移動にはしばらく時間がかかるのだろう。

そう考えると、昨晩僕の名前を呼んでくれたタイランは、やはり僕の願望が見せた夢だったのかもしれない。

「大丈夫ですか、イル様」

思わずため息をついた僕を心配そうに見つめてくるのは、青龍の伴侶であるユウだ。

祖国ニヴァーナで聖女の魅了魔術を解除した彼は、彼女と同じ異世界の人間だ。

女神に懇願されてこの世界に来たユウこそが神の遣いではないかという声もあったそうだが、本人はそれを「自分は青龍の嫁なので」と一蹴したと聞く。

青龍であるピィイン本人は、ユウに嫌われていると怱気のように嘆いていたけれど、案外そうでもないのかな、というのが僕の印象だった。

「大丈夫です。すみません、ちょっと考えごとをしていて」

慌ててそう弁明すると、ユウは眼鏡の奥にある瞳を細め、首をほんの少し傾けた。中性的な外見も相まって、動作一つひとつに華があり、些細な仕草につい目を奪われてしまう。

本日、昼前に青龍とユウが一緒にやってきた。青龍は仕事とのことだったが、ユウがお茶でもどうかと誘ってくれ、今はこうして中庭でお茶をしている。中庭には大きな人工池を囲むようにして低い木が配置され、朱色の柱に囲まれた東屋は風もあまり入ってこない。

日中の日差しの下なら冬の寒さも和《やわ》らぐと、ホンスァからも許可が下りた。とはいえ心配性な彼に幾重にも着せられた服は着ぶくれしていて、少し動きにくさはあるが仕方がない。

「イル様は先日まで寝込んでいたと聞きました。押しかけてしまい、こちらこそすみません」

「あ、そんな。寝込んでたと言っても、大したことはないんです。ホンスァが過保護だっただけで」

どこまで話が伝わっているのかと、熱を出した原因を思い出して顔が熱くなる。

ユウはあの軟膏をくれたのだから、本来なら今きちんとお礼を言うべきかもしれないけれど、媚薬効果のある軟膏をありがとう、おかげで無事交われましたなんて、直接言える訳もなかった。

あれこれ考えてモジモジとする僕をよそに、ユウは優雅に微笑んだ。それだけで周囲の空気が変わる。本当に綺麗な人だ。

「薬は、お役に立ちましたか」

「は、い。あの、おかげさまで、凄く」

心を読まれたかのような問いかけに、わたわたと慌てておかしな返答をしてしまう。

「すごく良く効いて、大変、あの」

慌てすぎだ。自分は何を言っているのだろうか。

あの晩随分盛り上がったことを言外に伝えてしまって、顔に熱が集まっていく。そんな僕を見ても、ユウはからかうでもなくただ穏やかに笑みを深めた。

「イル様は、本当に可愛らしい方ですね」

見た目がパッとしない王子で有名だった僕に向かって、ユウはそんなお世辞を言ってくれる。誰がどう見ても、好ましい外見なのはユウの方だと思う。露骨なお世辞に、ほんの少しだけ気持ちが陰った。だけど茶器を握りしめながら彼は視線を彷徨《さまよ》わせ、それから一拍置いて言葉を紡ぐ。

「俺もイル様のように素直で可愛くありたかった。どうしても、あいつの前だと素直になれなくて」

言った後に、ユウは両手で自分の顔を覆い隠した。

この場合の『あいつ』は間違いなく、ユウの夫であるピイィンだ。ユウは異世界からやってきた特別な存在で、まさか僕なんかを羨《うらや》むなんて想像もしていなかった。

素直になりたいだなんて、そんな可愛らしい悩みを抱えているとピイインが知ったら、感激して踊り狂いそうだ。知らなかったユウの内側に触れた気がして、ユウ本人は困っているというのに嬉しくなってしまう。

「ピイインは、ユウさんが大好きだって言っています、よ?」

少しでも友人夫妻の力添えになれたらと、差し出がましくもそう口にした。

ユウはわずかに首を横に振り、曖昧な笑みを浮かべた。

「知ってます。だからこそ、苦しい」

「だからこそ？」

「俺はあまり、素直なタチではないんですよ。むしろ天邪鬼《あまのじゃく》で可愛げがない。早くに両親を亡くして、妹と一緒に施設で育ったせいかもしれません」

ユウが生きてきた今までの生活を僕は知らない。だけど早くに親を亡くした子の悲しみだけは、半分だけだが理解できる。

「周囲の腹を探って、曖昧な言葉で自分を優位に持っていく悪い癖を自覚しています。だからあいつみたいに、真っすぐ感情をぶつけてくる奴は眩しくて苦手なんです」

苦手だと言いながらも、ユウはピィインとの結婚を受け入れている。

短い付き合いの僕にもわかる。ユウは本当に嫌なことなら、絶対に結婚なんて受け入れない人だろう。こんなことを直接言ったら、この人を困らせてしまうかもしれないけれど。

「ピィインのことが、好きなんですね」

だからこそ、素直になれないと悩んでいる。嫌われたくないと願っている。

何も言わないユウの耳が、じわじわと赤くなっていく。それが彼の答えなのだろう。

「元の世界で、俺は妹を失いました。あの偽の聖女のせいです」

「それは」

唯一の身内を失った彼に、どうお悔やみを口にしたらいいのか。適切な言葉がスッとでてこない。だけどユウは困ったように笑い「気にしないでください」と僕の言葉を制した。

「だから死んでも構わないと飛び込んだこの世界で、まさか男と結婚するとは思ってもなかった」

なるほど、話の主題はまだそこなのだ。その戸惑いなら僕にも覚えがある。

「ユウさんの国も異性婚だけ、なんでしょうか。ニヴァーナでも同性愛は禁忌のようなもので、僕もタイラン様との結婚は随分戸惑いました」

今でも完全にそれを吹っ切れた訳ではないものの、僕を求めてくれるタイランの気持ちが後押ししてくれた。何より僕自身が性別という垣根を越える程、タイランのことを好きになったのだ。

それにこの国では結婚も恋愛も性別を問わない。青龍だってそうだろう。男性が女性を愛するように、男性同士も当たり前のように恋をするのだ。

ユウはため息をついて、手元のお茶を一口飲んだ。

「そうですね。それでも昔よりは同性愛も許される風潮になってきました。……言っててなんだか変ですね、許すも許さないも、恋愛は誰かに許可を求めなきゃいけない訳じゃないのに」

その言葉にドキリとした。

きっと僕とユウは同じなのだ。元々同性を恋愛対象にしていなくて、それでも好きになったのが龍人の男性だった。愛されて、きっとユウも僕と同じように幸せなのだろうと思う。だけどその気持ちとはまた別に、育った国の価値観は根底に深く刻まれてしまっている。

愛があるのだからと全てを許容することは難しく、だけど愛があるからこそ違う価値観を受け入れている。

「ピィインの気持ちは嬉しいんですよ。それなのに俺はそれを、催眠を解いた反作用なのかと疑っている。元々あいつも、聖女に夢中になる予定の男でしたからね」

異世界から来ているせいだろうか。ユリア同様、彼の指し示す言葉が理解しきれない時がある。

夢中になる予定というのは、魅了魔法を解かなかった場合にあった未来を指しているのだと考えられるが、それを解いた今なら僕から見ると何も障害はないような気がする。

「駄目ですね。あの聖女がシナリオから退場したなら、もう関係ないはずなのに」

ユウの目に、僕はどんな風に映っているのだろう。彼はにこりと微笑みを浮かべた。

「要は不安ってこと、ですかね俺も。情けないですよね」

「情けなくなんか、ないですよ！　僕だって……不安です」

思わず腰を浮かして力説すると、ユウは目を丸くした。

「あ……いえ」

行儀の悪い行動を恥じて、小さく謝罪して座り直した。

僕が今抱えている不安も、似た境遇のユウならば受け入れてくれるのではないかと、思わず話してしまいそうになった。だけどそれを口にすることは躊躇《ためら》われて、結局口をつぐむ。

「ピィインは……ピィインさん遅いですね。ホンスァと話があると言ってましたが」

「呼び捨てで良いんですよイル様。貴方はこの国の象徴である黒龍陛下の伴侶なんですから。むしろあの男が気軽にイル様と接しすぎなんです、まったく」

品のあるユウが、ピィインのこととなるとなぜか途端に雑になる。僕はそれが夫婦の飾りのない距離感のように感じて、少し羨《うらや》ましい気もした。

僕だって今、人生で一番幸せなはずだ。好きな人に愛されて、隣にいられる立場を得た。

だけどどうしてだろう、胸に暗い影が落ちる。ざわざわと不安が身体の中を這い回るのだ。

それはあの夜から一度も、タイランの姿を見ていないせいかもしれない。

彼に抱かれて気を失った後、タイランの声すら聞いていないどころか、手紙の一つだってもらっていないのだ。ひょっとして僕はあの晩、知らぬ間に何か失礼をしてしまって、だから気を悪くしたタイランは顔を見せないのではないかと考えている。

そうじゃなければあの夜までは情熱的だったタイランが、こうもパタリと姿を見せなくなったことに説明が付かなかった。

だけど国から離れて龍人国に来た王の伴侶が、すでに愛想をつかされているかもしれないなんて考えは、たとえホンスァにだって話せない。それを否定してもらっても、不安はきっとなくならないだろう。

だけど日増しに膨らむこの苦悩を、この穏やかな人ならば受け止めてくれるのではないだろうか。同じ男であり、人間で、龍人と結婚したこの人ならば。

「あ、あのユウさん――」

思いきって声をかけたところで、中庭の南端からざわめきが聞こえる。なんだと思った瞬間、悲鳴にも似た声が上がり、驚いてそちらに顔を向けた。

「こ、困りますお客様！　こちらにいらしては――」

「なに。兄が弟に会うだけだ。何が困ろうか」

「貴賓室から出ないようにと、ホンスァ様に言いつけられておりますっ」

「ほんの散歩だ。それともこの国では、他国の王子を軟禁しようというのか？」

「い、いいえ。決して、そんなつもりでは……」

その王族らしい高圧的な話し方と聞き馴染みのある声に、身体が硬直した。

本宮から随分離れた貴賓室に隔離していると聞いて、安心していたのにどうして。

「イル！　そこにいたのか！　会いたかったぞ」

どこからどう情報を得たのか、中庭にいる僕をめざとく見つけてしまったらしい。兄は叫ぶと、カツカツとその長い脚で駆け寄り、僕を抱きしめた。

「あ、あに、うえ？」

僕はその行動に大いに戸惑った。今までこんな風に抱きしめられたことなどなかったからだ。まだ母が生きていた頃、幾度か遊んだ幼い時分だって、こんな仲の良い兄弟のような距離感で接したことなどなかったというのに。

その抱擁は一瞬なのかもしれないが、僕には随分長い時間のように感じられた。

背中に冷たい汗が伝う。

「ラムダ様……でしたね？　いくら兄弟とはいえ、イル様は黒龍陛下の伴侶であるお方です。そのような軽率な行動は、慎まれた方がよろしいかと」

ユウがやんわりと窘《たしな》めてくれた。人当たりの良い柔らかな雰囲気で、不思議と口調に嫌みがない。

兄もその言葉に従って、するりと僕から距離を取る。

「ふむ、お前は」

「青龍の伴侶でございます」

兄はその言葉に顔を歪ませた。

兄が愛した女性、聖女を名乗っていたユリアを追い詰めた人間の一人であることを思い出したのかもしれない。完璧な王子だったはずの兄に汚点を作った原因——恨んでいるかもしれないと、僕は一瞬ひやりとした。

だが礼に則り頭を下げたユウを、兄は爪先から頭まで不躾に眺めニヤリと笑った。

「美しいな。女にも見える程の美貌だ。これなら男だろうと俺も抱けるかもしれない」

「あ、兄上！」

いかに一国の王子といえ、あまりに無礼な物言いだ。

それにユウはこうして兄に頭を下げてくれているが、この国を支えている青龍の伴侶なのだ。立場はどう考えても、ただの小国の王子である兄よりも上だ。

そんな相手に向かって何を言っているのか。

慌てる僕とは真逆に、兄は顎に手を添えて鷹揚《おうよう》に笑う。

「いや、イルのような男が選ばれるくらいだ。龍人の間では男色が流行っているのだろう？　男の穴は、そんなに具合が良いのかと思ってな」

「な――……っ」

あまりに明け透けで下品な言い草に、一瞬で頭に血が上る。

言い返そうと口を開いたところで、視界の端でユウと目が合う。彼は静かに首を横に振り、僕には何も言うなと伝えている。彼がそう望むのなら、僕は言葉を飲み込みただ唇を噛むしかない。

そんな僕たちのやりとりをどう思ったのか、いやどうとも思っていないのか、兄は気にした様子もなく失礼な言葉を吐き続けた。

「お前もどうだ？　男ならば孕む訳でもなし、今夜俺の部屋に来ることを許可しよう」

「いえ、私なんて。それに心に決めた伴侶がおりますので」

さらりと躱すユウに、兄は鼻白む。つまらなさそうな顔をして、僕の隣の椅子にどかりと腰を下ろした。

後ろの方では、使用人たちが一定の距離を取り、ハラハラとした顔でこちらを見守っている。黒龍の伴侶である僕の身内が、迷惑をかけてしまっていて申し訳ない。

聡明だったあの兄が、どうしてこんな恥を晒すのか。不遜な態度で脚を組む兄を見やるが、当の本人は何も気にした様子はない。

「まあ所詮男同士だ。愛だの恋だの言っても、結局まやかしのようなものだ。なあ、イル」

「そんなことは――」

「侍女から聞いたぞ。お前がこの国に来てから、あの黒龍陛下は宮殿に戻らないのだと。大方、お前に飽きたのだろう？　まあ、お前のような見た目では致し方ないというものだ」

タイランは忙しいのだと、そう言いかけた言葉は途中で引っ込んだ。

確かにそうだ。仕事が忙しいと一度も寝室に来ないタイランは、今も白龍領へ行っていると聞く。ひょっとして、抱いてみたものの違和感があったのかもしれない。やはり僕のような男の身体は、好みではなかったのかもしれないし、僕自身がつまらなかったのかもしれない。

抱いてみたらこんなものかと、飽きた可能性もある。

あの夜僕だけが夢中になって、タイランはさほど良くなかったのかもしれないのだ。

本当は、その仮説はずっと頭の隅にあった。

ただそれを考えないように努めていただけで。そうじゃないと思いたかっただけで。

冷たい冬の風に当たっているせいか、膝上に置いた指先が氷のように冷えていく。

「まあそう落ち込むな。だからこそこの兄はお前のために、こんな所まで迎えに来てやったんだぞ？　丁度良かったな、国に戻るぞ」

「は……？　あにうえ、何を」

あまりに突拍子もない発言に、笑顔を浮かべる兄をまじまじと見つめた。

「お前と黒龍陛下の婚姻は成立していない。我が国では男同士の婚姻は認めていないからな。我々の許可なく王子を連れ去った罪は重い」

さも正しい主張のように、とんでもない持論を繰り広げる。兄は一体何を言っているのだろうか。

神官の前で誓った式に、この人も王である父も参列していたはずなのに、今更だ。

滅茶苦茶な言い分に、呆れるよりも恐怖が先に立つ。通る訳のない理屈をさも当たり前のように並べて、自分の正当性を主張するなんて。

わざわざ言いがかりのために龍人国まで押しかけて、ここに来るまでにかかったであろう旅費は安いものではないだろうに。

「兄上、それは本気で言ってるんですか？」

「冗談でわざわざ龍人国までは来ないだろう。お前のために、一体どれだけの金を動かしたと思ってるんだ？」

そんなことは頼んでない。背筋に冷たいものが走る。目の前で笑うこの人は、本当に僕の兄だろうか。何か言葉を間違えれば、何をするか分からない恐ろしさがあった。

得体の知れないナニカがそこにいるような気がして、僕は思わず後ずさる。

漂う不穏な空気の中、少年の声が割って飛び込んできた。

「っ、ラムダ王子！　何をしてるんですか！　イル様、離れて！」

ホンスァだ。そしてそこに焦った様子の青龍の声が重なる。

「ユウ、こっちへ来い！」

侍女たちから知らせを聞いて走ってきたらしいホンスァと青龍は、兄から守るように僕たちの前に立ちはだかった。ユウは青龍の上着をぎゅっと握っている。

「どういうおつもりですか、ラムダ王子。この国に滞留したければ貴賓室から出ないようにと、あれほどお伝えしたと思いますが」

「なに、良い天気だったのでな。少し散歩をしただけだ。何か問題でも？」

しらっとした調子の兄に、ホンスァの怒りが昂ぶる。

「お前なぁ！」

「ほ、ホンスァ、大丈夫！　何もされてないから、大丈夫だから！」

僕は慌ててホンスァの腕を掴み、掴みかからんばかりの彼を押しとどめた。

一国の王子をどうにかしたとなれば、さすがのホンスァでも立場を悪くしかねない。兄がどうなろうと今更構わないけれど、ホンスァが悪く言われることは避けたかった。

「おお怖い怖い。龍人は野蛮だという噂は本当だ。どれだけ人間の真似事をしようとも、所詮は化け物だな」

両手を上げて、明らかに神経を逆撫でしようとする兄に、周囲は怒りを滲《にじ》ませながらも何も言わなかった。それが面白くないのか、兄は強がるように鼻で笑いようやく立ち上がる。

「さっきの話は本気だからな。俺は何も持たずに帰るつもりはない。用意だけしておけ」

周囲を挑発するような言葉を残して、兄はその場から立ち去っていった。緊張の糸が途切れたのか、強ばっていた身体の力が抜けて僕はずるずると椅子に座り込んだ。

一体、なんだったんだ。

「イル様、ご無事でしたか。すみません遅くなってしまって」

ホンスァはそう言いながら僕の身体のあちこちに触れ、危害が加えられていないかをせわしなく確認していく。

大丈夫だよと手をひらひらとさせると、ほっと安堵の息を吐いてくれた。

僕を心配してくれる、その可憐な姿。

嬉しいと思う気持ちは確かにあるのに、今は少し胸が苦しい。

これくらい愛らしかったら、タイランは僕への興味を失わなかったのかもしれない。そんな気持ちで大切なホンスァを見てしまう自分が嫌だ。

「イル様申し訳ありませんでした。側にいながら何もお助けできなくて」

青龍に腰を抱かれながら、ユウはそんな風に謝罪した。むしろユウの方が被害者だろう。あんな言い方をされて、気分が良いわけない。

僕の方こそ兄が失礼をしてごめん、そう言いたいのに。青龍に守られて長い睫《まつげ》を震わせるユウに、うまく言葉をかけられない。払拭《ふっしょく》しきれない劣等感が、素直に謝罪することを妨げる。

「……ううん」

そう首を横に振るので精一杯だ。

僕はこんなに嫌なやつだっただろうか。

美しくて綺麗なユウ。気遣いができて、佇《たたず》まいすら綺麗な人だ。青龍がユウを愛する理由が分かる。

だけど、僕は？　僕はどうだろうか——

「イル？　お前さん、なんかおかしいぞ。大丈夫か？」

青龍がひょいと顔を覗き込んできた。ハッと我に返った僕は、思わず彼から顔を背ける。

「ううん。だいじょうぶ、だよ」

カップに添えた指先が震える。

自分の立っているこの場所が、ぐらぐらと不安定な砂の上にあるようだ。

僕はどんな理由で、タイランに愛されているのだろう。

いや、本当にあれは愛されていたのだろうか。始まりは無理矢理の政略結婚だ。奇跡的にお互いがお互いを想い合って、心が通じたと思っていた。

だけど、本当にそうだったのか？

そうするしか選択肢がなかったからだとしたら？

穏便に、傷つけることなくこの国に連れてくるために、嘘を付いていた可能性はないか？

だって僕はユウやホンスァのように、優れた容姿でもなければ特別な力があるわけでもない。

兄が言っていた通り、僕のつまらない見た目では、一度抱いたら飽きてしまったのかもしれない。

だからあれから全然、顔を見せないのかもしれない――

「イール！」

「ふぐっ」

ピイインの大きな手に、両頬をぎゅっと押さえられ変な声が出た。

ずぶずぶと思考の沼にはまってしまっていた僕を、彼は「大丈夫か」と再び顔を覗き込む。

「おい、本当にお前さん、どうしちまった？　まだ熱の影響があんのか？　それともさっきの兄ちゃんに、変なこと言われたのか？」

「いや、そうじゃないよ……」

ピイインは優しい。明らかに調子のおかしい僕を気遣ってくれる。

ホンスァも、ユウも、みんな僕を大事にしてくれていると頭では分かっている。母国で与えられなかった穏やかな時間は、皆のおかげでここにあるのだ。

でもそれは僕が、黒龍であるタイランの結婚相手だから。

その立場さえ失えば、あっさりと繋がりが途絶えてしまう関係だ。

こんなことを考えても仕方ないと分かっている。だけど考えてしまう。もし僕が、タイランに見切りをつけられた時、こうして彼らは同じように接してくれるだろうか。

何も持たない、ナイナイ王子であるこの僕に。

「――っ」

自分の考えに叫び出したくなって、思わず下唇を噛んだ。

胸を埋め尽くす疑念は確信へと変わり、今はもうそれが正解だとしか思えない。

「イル様」

寒さではない理由で震える背中に、そっとホンスァの小さい手が触れた。

「そろそろお部屋で休みましょう。少しお疲れなんでしょうし」

見上げた空はいつの間にか厚い灰色の雲に覆われている。まるで今の自分の心と同じように。

今にも大粒の雨が降り始めそうな空だった。

◇◇◇

カチカチと、置き時計の針が時間を刻む。

聞こえてくる音は一度気が付くと耳に残って、どうにも気になってしまう。

窓の外の冷たさが室内にまで入ってくる夜更けは、広い寝室がより寒々しく感じられた。一人ぼっちなら、それは尚更だ。

厚みのある布団を肩まで引き上げる。柔らかでつるつるした感触が気持ちいいものの、時間は既に零時を回った。今夜もこの部屋に、タイランは帰ってこない。

この国に来て、三週間が経った。

僕を追いかけるように兄が来て、既に二週間。彼はもうこちらに接触しないよう、貴賓室に軟禁しているのだと、ホンスァは胸を張って報告してくれていた。

「ふふ」

ホンスァの自信満々の笑顔を思い出したら少し笑えて、だけどすぐにそれは冷たい感情によって沈められた。

兄と再会した後、僕を心配してくれたピィインとユウはこちらに残ると言ってくれた。だけど僕はそれを断って、彼らを自分たちの領地へ返した。

それから僕は何をする気にもなれず、ただぼうっと日々の時間を消費していた。

全てに気力が湧かない。やる気が起きない。自分でもおかしいと思う、こんなのは。気分が落ち込んで、何もしたくない。

王の伴侶として、学ぶべきことは沢山ある。だけどホンスァはそんな僕に何をしろとも言わず、むしろ優しく接してくれていて、それも今は辛い。

どうせホンスァが優しいのは今だけだ。タイランに捨てられたらきっと構ってくれなくなるのに、なんて。そんな後ろ向きな考えばかり浮かんでは消える。

シンと静まり返った室内に、小さく控えめな音が響いた。カチャリという扉を開ける音だ。思わず身体を起こすと、そこにはこの部屋の本当の主が立っていた。

「タイ――」

思わず声をかけて、それからハッと気が付いてしまう。

外に出ていたのか、厚い外套を身に纏《まと》っていた彼は、僕の姿に一瞬ぎょっとした顔をしていた。

その態度に、僕は今まで考えていた全ての仮説が正解だったことを知る。

やはり僕に、会いたくなかったんだ。

いや、そう決めつけるのは早計だ。僕はぎゅっと唇を噛んだ。

「……イル。起きていたの？」

「タイラン、様」

穏やかな足音が、ゆっくりと近づいてくる。僕の鼓動は不安を煽るような恐ろしい速度で鳴り響き、耳の奥に反響していく。

「どうしたの。もう寝ていると思ったのに」

久しぶりに見た彼の表情は微笑んでいるものの、わずかに疲れが見える。

無意識にタイランへと伸ばした手を、身体を反らして躱された。そう、その拒絶はさりげなくも明らかだった。

もう、触れられるのも嫌だということなのだろうか。

いや、僕が彼の気持ちを信じられなくてどうするんだ。

ひるみそうになる心を奮い立たせて、僕は素早く彼の手を握った。

「イル？」

「タイラン様……あの」

力の抜けたタイランの手を、ぎゅっと握る。握ってみたものの、何を喋るかなんて考えてもいなかった僕は慌てて、とっさにおかしな言葉が口から零れる。

「あの、……っ、抱いて、ください」

言った直後に、恥ずかしさで顔が赤くなる。

僕は何を言っているんだ。帰ってきた途端にそんなことを強請《ねだ》るなんておかしい。またタイランにからかわれて、笑われてしまう——そう思いながら顔を上げると、そこには思いもよらない表情を浮かべた男がいた。

眉間に皺を寄せ、いかにも迷惑だと言わんばかりの。

身体は冷水を浴びたように、一瞬で末端まで冷たくなる。

「あ……」

だけどそのタイランの顔は一瞬で、すぐにいつもの穏やかな笑顔に変化した。僕を気遣うような、優しい仮面に変わったのだ。

「イル、どうしたの？　体調が優れないって聞いたよ」

僕が場を和《なご》ませようと冗談を言った——そんな雰囲気でやんわりと断られたのだ。いや、拒絶だ。これは明確な拒否。

だけどこれ以上迫って拒まれることが怖くて、僕は口角を上げてタイランに追従した。

「そう、ですね。少しまだ体調が悪くって。タイラン様はこれからまだお仕事ですか？」

ああ、僕は一体今どんな顔をしている？　笑顔を作れているだろうか？

どうしよう、きっともう嫌われてしまっている。

嫌われてしまっているというのに、僕はまだ彼のことが好きなんだ。

胸にこみ上げる気持ちは、不安に押しつぶされようとも消えようがない。

目の前に立つ愛しい人の姿が、薄い膜がかかって揺れて見える。

「ああ、また少し出ないといけないからね。イルもゆっくり寝ておくれ。何かあったらすぐホンスァに言うように。おやすみ」

「……おやすみなさい」

僕はすぐさま布団を頭まで被り、扉へと向かうタイランを見送ることなく、消えていく足音に耳をそばだてた。

それが完全に消えたのを確認して、震える息をゆっくりと吐いた。

「ふ、ぐ……っ、う、う……っ」

顔に押し付けた枕が、溢れる涙を吸って冷たくなっていく。

僕はまだここにいても、いいのかな。

拒絶しながらも気遣うタイランの態度は優しく、そして残酷だ。

たとえ彼の気持ちが離れてしまっても、僕はこんなにもまだタイランが恋しい。


泣き濡れて、そして眠ってしまった翌朝の顔は我ながら酷いものだった。

目元が赤く腫れて、ただでさえ見られない顔がより一層見られないものになっていた。適当に誤魔化す僕にホンスァは何も言うことなく、少し冷やしましょうとおしぼりを持ってきてくれた。

食欲のないまま昼食を少しつまみ、そこからは横になりたいと言えばホンスァは下がってくれた。

すっかり誰もいなくなった室内の扉をそっと開け、周囲を探りながら僕は歩を進めた。

宮内の間取りは教えてもらっているし、何度かホンスァに案内されたから迷うことはない。

突き当たりを右、それから左へ。建物の中に流れる小川にかけられた橋を渡って、左へ進んだそこが、僕の目的地だ。

小さくその扉をノックした。

「誰だ」

聞こえた男の声は少し苛立っているようだ。それはそうだろう、もう二週間も自由に出歩けていないのだから。

「兄上、僕です。イルです。……入ってもいいですか」

◇◇◇

隔離しているとはいえ、ホンスァは兄にも侍女を付けてくれているようだった。

強ばった彼女たちの様子が気になったが、丁寧な手つきでお茶を用意してくれた。

「ありがとう」

出されたそれは黄龍領で採れるお茶だ。少し苦みがあって、だけど香りが良い。一口いただき、取っ手のない茶器をくるくると回していると、兄はげんなりとした様子で僕を見ていた。

「俺はこの国の茶は苦手だ。砂糖もミルクも入れないなんて、まるで草を飲まされているようでたまったものじゃない。イルはよくそんなものを飲めるな」

「僕は好きですよ兄上。それにせっかく淹れてくれたんですから、文句を言うのはマナー違反でしょう」

「やれやれ。お前も随分偉くなったな。この俺に注意するようになるなんて。偉いのはお前じゃないぞ？　お前のオトコだ」

その下卑た露骨な言い方にげんなりする。どうしてこの人はこんな嫌な言い方しかできないのだろうか。

侍女はお茶の用意だけを済ませると、そそくさと扉の向こうへ逃げていった。賢明な判断だと思う。兄はひょっとして、ずっとこんな横柄な態度をとっていたのだろうか。

「だけどお前も男だ。いくら権力のためとはいえ、男に尻を差し出すのは屈辱だろう？　なあ国に戻れ、イル。今なら貴族の女をいくつか見繕ってやってもいい」

兄は脚を組み替え、そんな風に囁いてくる。

「ですが僕は父上に言われてこの結婚を了承しました。結局は聖女ユリアのしでかした尻拭いのためですよ？　それを今更、戻ってこいなんて言っても良いんですか」

「ユリア、ユリアな」

こめかみに指を当て、兄はフウとため息をつく。

「本当に、あの女には失望したんだよイル。俺は騙されていたんだ」

あんなにも愛を囁いていた女性を守りもしなかった目の前の人は、騙されていたとまるで被害者のように言う。二人にされたことを思い出すと、苦い気持ちが胸にこみ上げた。

「ユリアの未来視と人を操れる能力があれば、俺が王位に就いた時に有利だろう？　だから囲ってやろうと思っていたのに、あんな馬鹿な女だとは思ってもいなかった。学園内でイルをけなす程度で我慢しておけばいいものを、公的な場所で分をわきまえない程愚かだったとは。なに、側妃にする前に分かって良かったのかな」

「兄上」

「いいか、イル。お前はニヴァーナで俺のために生きろ。王族として生まれて何不自由なく育ててもらったんだろう？　こんなところでぬくぬくと過ごせる立場か？　ん？」

確かに曲がりなりにも王子として育てられ、衣食住に不自由はしていない。平民の暮らしと比べると、贅沢なものだったかもしれない。

しかし母と共に軟禁されるように離宮で育ち、父親はこちらを気にかけることもなかった。愛を求めて泣く母親の孤独を満たせないと、自分の無力さに肩を落とす日々は、果たして健全なものだっただろうか。父から見放された母子に対する周囲からの風当たりも強く、母が亡くなってから僕を守ってくれる人は一人もいなかった。

それを何不自由なくと言われたら、どうにも頷けない。

「ですが兄上。どうして僕なんですか。何の役にも立てない僕が、兄上の側にいても価値はないように思います」

「黒龍陛下の寵愛を一時でも受けたとなれば、他国に対してお前の価値は多少上がる。龍人どもも、お前と離縁するにしても少なくない金を融資してくれるだろう。それとも嫌になって祖国に帰ると言えば、定期的に金を出すかもな。この大国にしてみれば、あの金山だってほんの端金だろうさ」

兄がぐるりと見渡すこの貴賓室の内装も、贅を凝らしたものだ。この国の豊かな経済状況が手に取るように分かったのだろう。

つまり、僕を引き合いにこの国から金品を要求しようというのだ。別れさせようが、別れまいが、結婚は無効だから国へ帰ると言えば、金を出すだろうという魂胆だ。

あまりの自分勝手で浅ましい発想に気分が悪くなる。

「黒龍陛下がまだお前に興味があるのなら、我が国に通うくらいは許可してやろう。その方が、他国への牽制にもなって一石二鳥かもしれん。ああ、そんな頻度で満足できないのなら、お前にも誰か女をあてがってやろう。優しい兄だろう？」

一気にそう告げた兄は、それから何かを思い出したようにニヤニヤと笑う。

「ああそうか。お前には男をあてがった方がいいのかな？」

人は怒りが頂点を超えると逆に冷静になるらしい。今まで自分が気付かなかっただけで、兄にはこんな風に見下されていたのだ。

清廉潔白、成績優秀。皆の模範となる第一王子。その貼られたレッテルに、義弟である僕までも目をくらまされていたのだろう。この人は元々こういう人なのだ。ユリアに操られるまでもなく、自分の利益のために僕を利用することしか考えていなかった。

バカだな、僕は。幻想の中の兄に、一体何を求めていたのだろうか。そんな人物は、この世界のどこにも存在しないというのに。

すっかり冷めたお茶を持ったまま、僕は立ち上がる。

そしてそれを兄の頭の上から、静かに注いだ。

兄は何が起こったのか分からないという顔で、お茶のかかった目を見開いた。

「な……っ、ぶっ、なん……っ！　イル、お前っ！　何様のつもりだ！」

びちゃびちゃとお茶が滴る兄は、顔を真っ赤にして僕の胸ぐらに掴みかかってきた。

だけど僕は火事場の馬鹿力なのか、それをあっさりと振りほどくことができた。よろめく兄を突き放し、わずかに距離を取る。

「……イル様ですよ、兄上」

「はあ……っ⁉」

「僕の名前はイル＝ヘイロウ。この国の王、タイラン＝ヘイロウの伴侶であり、王配だ。いかに兄だろうとも、ただの一国の王子でしかない貴方に、侮辱されて良い立場ではない」

そう、僕はタイランの伴侶としてこの国にいる。

たとえタイランに疎《うと》まれていようとも、彼自身に引導を渡されない限り、その立場の者として生きる義務がある。何より僕は、彼を愛しているんだ。

愛されずに泣く母の姿が脳裏をよぎり、二代続けておかしな業を背負ってしまったものだと自嘲した。

それでも今なら母の気持ちも少しは分かる。愛しているから、少しでも側にいたいのだ。疎《うと》まれていると分かっていても、少しでも彼が求めてくれるのならば、有事の際はその身を支えたい。

僕は王配として、何があってもタイランの側にいる。そう決意した。

小さく息を吸い、そして腹に力を入れる。

「僕は貴方の取引には応じない。もちろん、黒龍陛下もこんな馬鹿げた条件に頷く訳がない。兄上、自分の国にお引き取りください」

愛なんてまやかしだと思っていた。

恋に狂い、愛に泣く母の姿を知っていたから。

だけどタイランに一時でも愛されて、大切にされて。それで僕は満たされた。彼からの愛がもはや絶えたのだとしても、誰でもない僕自身が、まだタイランが好きなんだ。

小心者の僕が、自分の国の不始末を自分でつけたいと思えた。泣いて落ち込むだけでは何も解決しない。タイランの足を引っ張る存在にはなりたくない。

「聞こえましたか、兄上。いま僕は、貴方よりも上の立場なんです。しかもここは貴方の国じゃない。兄上の暴論は通る訳がない。もう二度と、僕の目の前に現れないでいただきたい」

「な……っ、お前、お前ぇ！」

顔を真っ赤にした兄が、今度こそ僕の胸ぐらを掴んだ。喉元が詰まり、その息苦しさに引き剥がそうとするが、怒りに我を見失った兄の腕はピクリともしなかった。

「他国でこんな、恥を晒して……っ！　兄上こそ自分の立場を分かってるんですか！　ただでさえユリアの件で顰蹙《ひんしゅく》を買っているでしょうに……！　こんなことをしている場合じゃないはずだ！」

「うるさい！　うるさいうるさいうるさい！　そもそもお前が、お前のせいで俺は……っ！」

胸ぐらを掴んでいた手が首にかかる。抵抗するもそのまま床に押し倒され、首に回った両手が明確な殺意を持って締め上げてきた。

「くる、し……っ！」

「ああそうだ！　お前が悪いんだ！　お前が、お前のせいで！　死ね！　しねしねしねしね！」

正気を失った兄が、一層力を込める。空気を求めてパクパクと口を開けようとも、肺には何も入ってこない。背中に当たる冷たい床よりも、震える指先から血の気が引いていく。

「か……っ、は、あ」

目の前が白む。意識が遠くに飛びそうになった瞬間、頭の中に浮かんだのはタイランの顔だった。

最期に、少し拗ねたようなあの笑顔を見たかったな、なんて。

こんな時に、妙な所で余裕のある自分がなんだかおかしかった。

「ははは っ……イル、お前が悪いんだ！　ざまあみろ――」

もはや意識を保ってられず手放そうとした瞬間、ふいに喉にかかる力が霧散した。

解放された喉から注ぎ込まれた空気が、それを渇望していた全身に一気に行き渡る。

「な、に……ごほっ、げほっ！」

締められていた首元がじんじんと痛む。思わず身体を折りたたんでむせていると、頭上に黒い影が差す。涙で滲《にじ》む視界でよくよく目を凝らせば、すぐ側に優美な黒髪が流れ落ちる。

「たいら、ん？」

「殺す」

聞いたこともないような冷え冷えとした声を出したのは、僕たち以外誰もいなかったはずの貴賓室に、突然姿を現したタイランだった。

「イルの兄だからと大目に見ていたが、さっさと殺せば良かった」

怒りを漲《みなぎ》らせた姿はまだ人間の姿を保っているはずなのに、まるで巨大な龍そのものだ。その恐ろしい程の怒気は部屋の空気を震わせ、僕までひるみそうになる。

「ぐはっ、はっ、……くそ、くそ！　くそが！　化け物風情《ふぜい》が……っ！」

室内に響く潰れた声は、床で腹を押さえてうずくまる兄だった。

どうやらタイランに蹴り飛ばされたようで、なかなかそこから起き上がれないままわめき散らす。

「そんなに執着するほどイルの尻は良かったか！　ははっ……男同士のセックスなぞ、俺には理解できんな！　そんなに良いならどうだ、一回五十万でイルを貸してやってもっ、ぐあああああ！」

タイランの足が、兄の腕を踏みつけた。

バキリと、明らかに骨の折れる音が響いて思わず顔を背けそうになる。

悲惨な音を気にも留めず、一切の表情を消したタイランは淡々と言葉を紡ぐ。

「君のことは昔から気に入らなかったけど――やっぱりあの時に殺してしまえば良かったかな？　本当に、イルの害にしかならない男だね」

昔から？　どういうことだろう。兄とタイランは昔から面識があったのか？　いや、もしそうなら、兄はもっと態度を変えているはずだ。

「さて――君を殺すのは簡単だけど。その前に少し話をしてあげようか」

「ぐうっ！」

タイランは勢いを付けて兄の胸を片足で踏みつけ、体重をかける。軽くない体重が、兄の身体を圧迫する。なんとか短い呼吸を繰り返しながら、それでも気丈にタイランを睨み付けている。

「まず一つ目。イルは正式に私の伴侶だよ。この国ではもちろん、君の国でもね」

「なに、を……っ、同性婚など、我が国、では――っ」

「ニヴァーナ王国の法律を変えたからね。最初の同性婚は、私とイルで申請してある」

こともなげに話すタイランだったけど、その言葉に一番驚いているのは僕だろう。

法律を、変えた？　その上で、僕との婚姻の届けを出してくれている？

「そして二つ目。君の婚約は破棄された。コエッタ国の、アソラ姫だったね。聖女との悪評が隣国まで届いているそうでね、王位継承権を失った君に嫁ぐつもりはないってさ。はいこれ、正式なコエッタからの書状。残念だね」

タイランはぞんざいな手つきで、どこから出したのか厚みのある真っ白な封筒を兄の顔に落とす。

婚約破棄？　いや、それ以上に気になる部分があった。

第一王子である兄が、王位継承権を失ったとは。

「タイラン様、どういう意味ですか？」

戸惑う僕に、タイランはにこりと微笑んでくれる。

「言葉通りだよ、イル。龍人国を敵に回すような人間を王に据える程、ニヴァーナ王国も愚かではないってことだ。聖女の件だけなら大目に見てあげても良かったんだけど……わざわざこの国に乗り込んで、私やイルを脅そうなんて考えを持つ危険分子は、排除するに限るからね」

「う、ああああっ、ぐぁっ」

タイランは這いつくばる兄の胸を再び強く踏みつけた。

「そもそも、聖女の件で自分の立場が悪くなったからここまで来たんだろう？　イルを使って龍人国を取り込み、第三王子派を黙らせようとした。当てが外れて、残念だったね」

「ぐ、あ、っ痛、やめ……っ、くそがああ」

じわじわと圧を加えているらしいその足下で、兄が叫ぶ。だが残された腕でいくらのしかかる足を叩いても、タイランは表情一つ変えず、身体はビクリとも動かなかった。

まさか兄は国のためではなく、自分の保身のためにここまで来たというのか。

「だけど残念だね。私はイルのものだし、イルも未来永劫私のものだ。君の好きにはさせないよ」

こんな状況だというのに、タイランの言葉一つで浮かれる自分は、本当に愚かだ。

タイランはまだ、僕を好きでいてくれるのだろうか。

僕はまだ、貴方を好きでいてもいいんだろうか。

「イル様！　無事か！」

扉を破らんばかりの勢いで室内に飛び込んできたホンスァは、へたり込む僕の腕を取ってくれた。

僕を見上げる赤い瞳からは、こちらを慮る気持ちが痛いほど伝わる。彼を騙すようにしてベッドを抜け出し、この部屋に忍んで来たため申し訳なさに縮こまる。

「ホンスァ、あ……ごめん僕――」

謝る僕の身体に、ホンスァがぎゅっと抱きついた。

「無事で、良かった……！　いないと気付いた時には冷や汗が出た……心配させんなよぉ……」

普段の丁寧語もどこかへ行ってしまったようだ。それだけ心配してくれたのかと思うと、感極まってその華奢《きゃしゃ》な身体を抱き返した。

「ありがとう、ホンスァ。僕は大丈夫」

今だけじゃなくて、今までのことも含めて。僕は精一杯の感謝の気持を言葉に乗せる。

伝わったのかどうか分からないが、ホンスァは僕の身体をぐいと離して、自分の顔をぐしぐしと擦った。

「も、もう！　本当にイル様は無茶して……！　あんな書き置き一つで、勝手にこんなとこに来てさぁ！　丁度良くタイラン様が戻ってきて見つけてなかったら、どうするつもりだったんだよ！」

「うん。ごめん」

「本当に、無茶しやがって……」

念のためにホンスァ宛てに残した書き置きを、まさかタイランが見てくれるとは思わなかった。兄の所に行って、すんなりと話を聞き入れてくれる保証はない。最悪の場合は兄に殺されるか、そのまま連れ去られる可能性もゼロじゃなかったから。

もしそうなった場合には自分を見捨てて欲しいこと、何か要求されても応じないようにと書き記した。そして良くしてくれた龍人のみんなへのお礼と、もしそうなった場合の謝罪を手紙にした。

「やだよ俺……イル様がいなくなったら」

こんな風に言ってくれるホンスァに、勝手に嫉妬していた自分が恥ずかしい。

自分の不出来を棚に上げて、人を妬んでも何も良いことはないと気付くまで少し時間がかかった。

この国で人並みに——いや人並み外れた幸せを手に入れたせいか、自分はニヴァーナにいた時よりも随分強欲になっていたらしい。

昨晩ひとりでじっくり考えて、朝になる頃にはようやく自分の幼稚な発想を馬鹿馬鹿しいと笑い飛ばせるようになった。

自分が男であることや、パッとしない容姿はもうどうしようもないのだ。どう足掻いてもそれらはもう変わらないし、それをタイランがどう受け止めても僕は文句を言える立場じゃない。

でも政略結婚という枠を越え、タイランを好きになった。僕は誰に強制された訳でもなく自分の意思で、彼のために生きようとこの国にやってきた。そのことを、ようやく思い出せたのだ。

ニヴァーナの王族として生まれた僕は、今度はタイランの伴侶として、この龍人国のために尽くす。愛する男の大切なものを、守ると決めた。

「はっ！　どうせすぐに、ぐっ、飽きられるに決まってる！　イル、お前は後悔するぞ！　俺の手を取らなかったことを……ぐあああぁ」

「煩《うるさ》いよ、君は。こっちは君みたいな人間一人殺しても痛くも痒くもない。五体満足で返さなくてもいいんだよ？　手足を全部もぎ取ってあげようか？」

タイランの言葉は、脅しなのか本気なのか分からない。呻く兄の手を、タイランは靴でぐりぐりと踏みつける。

「タイラン様、その辺にしといたげて。掃除も大変なんだからさぁ。いっそこいつを送る時に爪に引っ掛ける形でさ、お空の旅行を楽しんでもらおうぜ〜。プランプランして楽しいかも？」

「なるほど。ちょっと落ちるかもしれないが、不幸な事故ということで許されるかもしれないな」

「でっしょ？　じゃあちょっと俺、連れてくわ」

龍が飛ぶあの空の上で、爪に引っ掛けてブラブラ？　それは……今ここで死んだ方がマシではなかろうか。兄もそう思ったのか、顔色が真っ青になっていた。

ああそういえば、高い木の上や塔が苦手な人だった。憎まれ口すら消えている彼をどう思ったのか、ホンスァは楽しそうにその身体を引きずった。

「兄上！」

ドアの向こうに引きずられていく兄に、これだけは伝えないといけない。

痛みのためか怒りのためか、顔を歪める兄は言葉を発することすらせずに、ただ忌々しげにこちらを睨んだ。

「僕は今、幸せですよ。兄上も、兄上の幸せを見つけられますように」

今の僕は決して彼が蔑《さげす》むような、そんな立場じゃない。

今までの人生の中で一番周囲に恵まれていると確信しているし、一番幸せだと思っている。

それは僕の伴侶がこの国の王であるというだけなく、その相手であるタイランを愛しているからだ。不安で揺れる夜があっても、この気持ちがあれば僕は強くここにいられる。

この想いは、この先二度とぶれることはないだろう。

正直、今までの仕打ちを考えれば兄を罵《ののし》ることもできた。僕だけじゃなく、ニヴァーナ王国にも龍人国にも迷惑をかけた兄だ。多少怒鳴りつけてもきっと誰も僕を咎《とが》めないだろう。

だけど今、見るも無惨な状態で引きずられ、王位継承権すら奪われた兄にかける言葉は何も浮かばない。ただ、自分のことを振り返って、自分の幸せを探してほしいと心から思う。

僕の言葉は、兄にどう伝わっただろうか。

兄が何も言わず舌打ちすると、ホンスァは「そうそう」と場にそぐわない明るい声を出した。

「イル様。タイラン様は、ちょっとやそっとじゃイル様を手放しませんからね。黒龍の執着は本当に群を抜いてヤバいんですから」
「う、うん……」
要件だけ書き残したつもりの手紙には、それでも僕のタイランへの執着がにじみ出てしまってい
たのかもしれない。辞世の句に近い手紙に対する慰めの言葉は、改めて口にされるにはあまりにも
恥ずかしい。
「ホンスァ、君は余計な――」
「イル様との結婚は、国内の色龍たちを説得に回って諸外国に根回しさせるし、イル様の祖国に乗
り込んで法律変えさせるし。ああほら、このバカ兄王子の婚約破棄の件もそうですよ。そのために
最近ずっと出ずっぱりでしたしね」
一気にまくしたてるホンスァの言葉に、思わず目を見開いた。
彼らは、兄の目論みを予想していたのだろうか。
この結婚を僕の祖国でも正式なものにするために、タイランは奔走していたのだ。それは恐らく、
あの国にいた時から準備されていたのだろう。
さっきタイランが言っていた言葉を嘘だとは思っていないけど、相手が僕じゃなければしなくて
も良かった苦労をしてくれていたのだ。
誰のためでもない、僕のために。じんわりと喜びが身体を満たしていく。
「そりゃ新婚ほやほやで嫁をほっとくような馬鹿ですけど、それこそちっちゃい頃からどんだけ周
囲が説得しようとも、イル様を想い続けてましたから。こじらせてるんですよ」

小さい頃から僕を想い続けていた？　そんな話は初めて聞いたし、過去に僕たちが出会っていたなんて初めて知らされた。

「まあそれだけじゃなく、人間の体力考えずに抱き潰した後ろめたさで逃げてたみたいですけど」

「……え？」

ホンスァはポツリと爆弾発言を残して、呻き続ける兄を引きずり出て行った。

ちょっと待って欲しい。不安で寂しくて疑心暗鬼な日々を過ごしていたのは、そんな馬鹿馬鹿しい理由のせいだった？　抱かれた幸せな記憶が、嫌われたのではないかという恐怖に塗り替えられていく、あの悲しい気持ちの原因が、僕を抱き潰した後ろめたさに起因していたなんて。

その程度の出来事で、僕は今まで。

室内に残された僕とタイランの視線は合うことなく、間に重い沈黙が流れた。

「どういう、ことでしょう？　タイラン様。僕、何も聞いていませんでした」

「いや、私なりに色々と考えていてね」

「タイラン様」

「……」

「……僕たち、もう少し話をしないといけなかったのかもしれませんね」

それでも僕がこんな強気な態度に出られるのは、タイランの気持ちがあの晩から変わっていないと分かったからだ。

先ほどと打って変わって押し黙るタイランの手を取って、僕は今日一番の笑顔を作った。

第十一章

長い間ひとりで過ごしていた寝室へ入った。

もうすっかり自室のようになってきた部屋にタイランを引き入れ、椅子へ座るように無言で促した。大人しく腰掛けたタイランの向かいに、僕も腰を下ろす。テーブルを挟んでこんな風に話をするのは、本当に久しぶりに感じた。

「イル。ちゃんと説明するから。だからそんな顔で見ないでくれる？」

困ったように眉を下げるタイランが、僕の手をそっと握った。その手はしっとりと温かくて、今ここに彼がいることを実感させてくれる。

怒りなんて既に霧散していて、胸に溢れるのは再びこうして触れ合える喜びだけだ。

「そんな顔って、どんな顔ですか。僕は生まれつきこんな顔です」

だけど素直になれず、憎まれ口を叩く僕にタイランは困ったように笑う。

「泣きそうな顔をしてる。ごめんね。怒ってもいいよ、叩いてもいい。だけど泣かないでおくれ」

「なに、何を言って」

頬にタイランの手のひらが触れた。慈愛に満ちた瞳が、僕をジッと見つめている。彼の輪郭がゆらりと僕の目に張った水面に揺れる。

「何も言わずに離れて、ごめんね。寂しい思いをさせた」

「そん……っ」

強がろうとしても、無理だった。

我慢していた涙が、ほとほとと零れ落ちた。鼻の奥がつんと痛んで、嗚咽《おえつ》がこみ上げてくる。

「ああ、だから……本当に私は昔から、君の泣き顔に弱いんだ。泣かないでおくれ、愛しい人。どうしたらその涙を止められる？」

そんな風に優しく、甘やかすように抱きしめられては全てを許してしまいたくなる。

おずおずとその背中に腕を回すと、きつく身体を抱きしめ直される。

「タイラン様、昔からってどういうことですか。さっきホンスァも言っていた……」

ほんの一瞬だけタイランの身体がびくりとして、それから諦めたような、ゆっくりとしたため息が聞こえた。

「……私とイルはね、小さい頃に出会ってる。覚えていないだろう？」

「え？　いつですか？」

こんな綺麗な人、一度見たら忘れないと思うのに。

涙に濡れる目元を荒く拭っていると、タイランの唇が吸い付いてきた。

「君も小さかったし、私だって今よりうんと小さかったよ。そう、あの頃の私はあまりに小さくて……君は私をヘビだと勘違いして側に置いてくれた」

苦々しげに告げたタイランの言葉に、僕は目を丸くした。

龍をヘビと間違えるだなんて、いくらなんでもあり得ない。だけど一ヶ月前に王宮でホンスァが持ち上げた、小さくなった龍体のタイランなら、頑張ればヘビに見えるかもしれない。

それに――

僕はタイランの言葉であることを思い出した。

確かに僕は小さな頃、まだ母が存命だった時に、離宮でヘビを拾ったことがある。

「――え、あ、あっ！　え？　嘘……でもあのヘビは真っ白で……」

「幼龍はみな色がないんだ。成長に従って本来の色が濃くなっていく。小さいけど手足も生えていたはずなのに、幼い君は私を頑《かたく》なにヘビだと思い込んでいたよ」

あの頃から君は意外と頑固だったと笑われては、顔がカアッと熱くなる。

「で、でもあのヘビを飼ってたのは一瞬で……それに綺麗だからと兄上に取られてしまって」

「そう。だから私はあの男が嫌いなんだよ」

そう言ってタイランは笑う。じゃあそんな昔から、僕たちは出会っていたのか。

「あの第一王子はイルから取り上げた後、私を大きな川に放り込んだんだ。酷いだろう？」

取り上げるだけ取り上げて、興味がないからと捨てていたのだ。

きっと僕が気付かなかっただけで、兄は同じような意地悪を繰り返していたのかもしれない。幼いタイランには悪いことをした。

呆然とする僕の頭を抱き寄せて、タイランは笑う。

「そのせいで私は死にかけて、探し回ってくれていたホンスァに助けてもらったはいいものの、もう二度と国から出るなと長年軟禁生活を強《し》いられたんだ。ああ見えて、ホンスァは本当に酷い男なんだよ」

口ではそう言うけれど、僕は二人がどれ程強い信頼関係を結んでいるのか知っている。タイランのこれは、ただの軽口なのだ。

「あの頃は私も力がなくて、君が欲しくても聞き入れてもらえなかった。だけどイルの匂いだけが遠く離れても漂ってきてたまらなかったから……ニヴァーナ王国と金山を巡って揉めたと聞いた時には、むしろこれで大手を振って君を手に入れられると喜んだんだよ」

タイランの唇がそっとこめかみに触れる。

見つめ合う相手は政略結婚の相手で、だけど僕が誰よりも愛している人だ。どうして僕なんかと結婚してくれたのだろうと思ったけれど、そんなに昔から、離れている僕を想っていてくれたのか。

「あの当時の私は、小さな身体でよく君を求めて飛んだものだと、我ながら関心するね」

「幼い僕が抱えられる程度でしたもんね」

「そう。小さな龍の一嗅《ひとかぎ》惚れだった――なんて言ったら。君は、笑う？」

くしゃっと笑うその顔は、いつもより少し幼く見えた。それは王としての黒龍ではなく、ただの幼い少年のような健やかさを感じさせる笑顔で。

僕はこの胸の中から溢れ出す気持ちがなんだかたまらなくて、腕を伸ばして頭を引き寄せ、その唇にかじりついた。

「愛してるんだイル。この結婚が私の人生で一番の幸福だ」

角度を変えて何度も深く口づけた。どれだけ舌を絡めても足りなくて、タイランの髪の毛をかき回しながらもっともっとと浅ましく強請《ねだ》る。

腹に触れる彼の下肢には欲望が膨れ上がっていて、欲しがっているのは自分だけじゃないと安心できた。

なだれ込むようにして寝台に向かい、焦りで震える指でまだ慣れない龍人国式の釦《ボタン》を外した。

触れ合う肌は熱く湿り、冬の室内が酷く暑く感じた。

◇◇◇

「たいらん、たいらん……っ」

穿《うが》たれ、揺さぶられ、声が枯れる。涙や涎で、僕の顔は多分ぐちゃぐちゃだ。

身体だってタイランに吸い付かれたうっ血の跡が沢山残されているし、お互いの体液で汚れて見られたものじゃない。

「たいらん……、あ、う、……っ、もっと、ん」

「可愛いねイル、……っ、は、自制ができなくなりそう……」

ずるずるとその長い楔を抜かれて声が出た。自制なんてしなくていい。

重なる肌の熱が心地良くて、僕に夢中になってくれるタイランが嬉しいんだから。

「は、あ……っ、自制なんて、いい……っ、ですよ……んあっ！」

身体を抱き起こされて、繋がったまま膝に乗るような格好になる。タイランは僕の胸元に吸い付き、まるで赤ちゃんのようで可愛らしいのに、僕の興奮をゾクゾクと煽る。

「あっ、あ、は、……っん、ん」

舌で乳首を愛撫され、痺れにも似た快感が脳髄を這い上がる。だけどそこだけを刺激してばかりで下半身は動いてくれない。待ちきれず自分から腰を揺らすと、タイランの喉が鳴った。

「イルは……意外と大胆だよね」

「はっ、……っ、嫌い、ですか」

「まさか。嬉しすぎて、また無理をさせてしまわないか心配だ。人間は、触れればすぐに壊れてしまいそうで、恐ろしいよ」

タイランはそう言いながらも、僕の腰を持って激しく下から突き上げた。

「ああっ、うっ、あ！」

腹の奥まで突き破りそうなその長い剛直を、僕の身体は喜んで締め付ける。

そういえばタイランが初夜以降触れてこなかった理由はそれだったなと、行為に浮かれきった頭の隅で思う。自分のせいで熱を出させたのだと、落ち込んで触れてこなかった。

だけど僕は一言だって、それが嫌だったなんて言っていない。それどころかもっと深く、タイランの全部が欲しいと思っているくらい浅ましいのだ。

タイランの愛はどこまでも深く優しくて、一途なのだと僕はもう知っているけれど、そんなものだけじゃ僕はもう満足できない。そんな風に僕を変えたのはやはり、目の前のこの男なのだから責任を取ってほしい。

突き上げるタイランの動きに合わせて自然と腰が淫らにくねる。欲情している男の、快感に歪む表情がたまらなく好きだ
「あ、あっ、あ……っ、たいらん、すき、あっ、また、だめ、ぼく――っ」

性急になった彼の動きに合わせてとめどない喘ぎを漏らす僕を、興奮した様子のタイランはギラギラした瞳で見つめてくる。

「イル、イル――」

「あ、あ……！」

両脚でタイランの腰を引き寄せた。全身でその肢体にしがみつき、体内に飲み込んだタイラン自身を締め付ける。身体の中で熱塊がビクビクと震えて、タイランの射精を知った。

「は、あ、あ」

二人の身体の間では薄くなった白濁が糸を引き、濡れた肌をさらに汚す。シーツもなにもかもベタベタで、だけど相手を求める身体の熱はまだ冷めそうにない。

とはいえ絶頂後の疲労は強くて、ぐったりと投げ出した手足はすぐには動かせない。

息も絶え絶えになりながら空気を求める唇を、タイランのそれが軽く吸った。

「ん……」

「――イル。もう一度と言ったら……駄目かな？」

その言い方がおかしくって、僕は思わず頰を緩ませた。

可愛くて、愛おしくて。

「僕も欲しいって言ったら、駄目ですか？」

タイランは少し目を見開いて、だけど嬉しそうに笑った。

「僕が熱を出してホンスァに怒られたら、ちゃんとタイラン様を庇いますから」

「それは心強い」

そうしてお互いの指が絡み合う。

再びベッドを軋ませた僕たちは、朝日が昇るまでお互いを求めて貪ったのだった。

最終章

ホンスァが朝からパタパタとせわしなく動く。

右へ行き、左へ行き、廊下に出たと思えば何かを抱えて戻ってくる。少し落ち着いたかと思えば誰かに呼ばれ、また外へと走って行く。

それに比べて僕の方は、すでにホンスァによって全ての準備を整えられ、のんびりとお茶をいただいていた。すっかり飲み慣れた龍人国のお茶は、今日は特別美味しく感じる。

「ホンスァ、僕も何か手伝おうか？」

僕はもう手持ち無沙汰だし、つまみやすいようにと小さくカットされたお菓子が並ぶテーブルの前に、ただ座るしかなくて落ち着かない。

窓から注ぐ春の暖かい日差しが、控え室の丸窓から入り込む。

冷たく寒い冬が終わり、この龍人国にも春が来た。太陽のありがたみは冬の厳しさを知った今となっては、祖国ニヴァーナにいた時よりも強く感じられる。

「いえ！　イル様は大人しく座っていてください！　お衣装が崩れます！」

「はーい」

鬼気迫るホンスァに、僕はもう何も言わないことにした。

龍を模した小さな飴細工をつまんで、大人しく口に入れる。楕円形のそれはサクサクとした食感が心地良い。

コンコンと扉をノックされて応じると、華やかに着飾った青龍とユウが入ってきた。目が覚めるような青色の服は二人ともお揃いで、美しい光沢を放って二人の魅力をさらに引き立てている。

晴れ晴れとした笑顔の二人は、もう僕の友人と呼んでも良いんじゃないだろうか。二人にもそう思ってもらえていたら嬉しい。

「イル、今日はおめでとう」

「ありがとうピィイン。ユウさんも、来てくれて嬉しいです」

「こちらこそ、ご招待ありがとうございます。イル様もとても綺麗ですよ」

麗しいユウにお世辞を言われると、反射的にそんなことはないと言いそうになってしまうけれど、今日だけは謙遜の言葉は引っ込めた。

今日は確かに人生で一番着飾って、人生で一番幸せな日なのだから。

「そうでしょう？　タイランが張り切って用意してくれたんです」

立ち上がってくるりと回る。着ている龍人国式の衣装は、僕の身体を包むように黒龍が立体的に刺繍されていた。金や銀の混じった生地は、重厚な見た目よりも軽くて動きやすい。

頭や腕にもしゃらしゃらと黄金の装飾品が取り付けられて、総額を考えることはもう諦めている。

「良く似合ってるぜ。うお、これ国宝じゃねぇのか。確か初代龍人王の――うぐっ」

ユウは隣に立つ彼のみぞおちの辺りに肘鉄を入れた。

「お前はいつも余計なことを言う。イル様すみません、後で言って聞かせます」

そんな風に言うユウだったが、それでも以前よりも二人の親密さは増したように見えた。素直になりたいと零していたこの人も、ひょっとして自分を変えようと努力しているのかもしれない。見えるものだけが全てではないのだ。僕がつい羨《うらや》んでしまう他の人だって、それぞれが悩みを抱えた上で、前を向いて生きている。

自分のことばかりに必死になって視野が狭くなっていた僕は、周囲の努力を見落としてきたのかもしれない。それを恥ずかしいと思うものの、それに気づけた自分も少しは成長できている気がした。

卑下してばかりではなく、自分を褒めてあげることも大事だと教わったのだ。

扉が小さくノックされ、侍従を伴いそこに今日の主役が入ってきた。

「イル。待たせたね」

僕以上に華やかな出で立ちだが、だけどそれらは全てタイランの引き立て役に思える格好良さだ。長い髪の毛は複雑に編み込まれて、所々に細かな装飾具が施されている。

僕と似た衣装を着ているはずなのに、彼の方が断然素敵だ。そう思うのは惚れた欲目だけではないだろう。

美しいだけではない、賢王であるタイランの隣に立つことに、自信なんて全くない。

だけど彼を愛している気持ちなら、きっとこの世界では誰にも負けていない。

「全く自分の結婚式だというのに、花嫁と一緒にいられないのは考えものだよ」

「皆、タイランのために集まってくれているんですから。そんなことを言ったら駄目ですよ」

甘えるように僕に抱きつくタイランを、近くにいたホンスァが慌てて引き剥がした。

「ちょっと！　お二人とも服が皺になるでしょうが！」

「いいじゃないか別に。多少皺になっても、イルの可愛らしさは損なわれないよ」

タイランの盲目っぷりは相変わらず健在で、ひいき目に見ても凡庸な僕は、ひょっとして彼にだけは見目麗しく見えているのだろうか。それでも思わず顔を赤くすると、ニヤニヤと笑うピィインと目が合った。

「幸せそうで、何よりだぜ。これが政略結婚だなんて誰も思わねぇだろうなあ」

そうだ。

これは政略結婚だ。周りに嫌われていた僕と黒龍陛下の単なる政略結婚だったはずだ。

だけどこんな幸せな政略結婚があって良いんだろうか。長い間想ってくれたタイランは、ずっと僕を求めて待っていてくれた。

タイランを見上げると、当たり前のように微笑みが返される。

「今日もイルは良い匂いがするね」

タイランは僕の匂いに惹かれたと、龍人の一目惚れならぬ一嗅《ひとかぎ》惚れだったと聞く。それでもこれだけ長い間待っていてくれて、こうして今夫婦として隣に立ってくれたのだから感心する。

タイランによれば僕の匂いは、日々強くかぐわしくなっているのだそうだ。

「タイランを、愛してますからね」

僕にもタイランの感情が匂いとして、分かるようになればいいのに。

匂いだけでなく言葉でも愛を伝えると、彼は嬉しそうに僕の首元に顔を埋《うず》めてきて、そのくすぐったさに笑い声が漏れた。

「イル様たちは僕たちより恋愛結婚っぽいですもんね。……いいな」

「え！　おい、ユウ、それどういう意味だ、いいなってどういう意味――」

「あーピィイン、煩《うるさ》いですよ。龍人は地獄耳すぎる……」

楽しそうなユウたちと、ホンスァの言葉を無視して僕を離さないタイラン。

穏やかで優しい時間が、今日もこの国では流れている。

「黒龍陛下、奥方様。お時間です」

その声に、タイランは僕を抱えたまま立ち上がった。

ホンスァが慌てて叫ぶ。

「ちょ！　タイラン、お前が横に立ってエスコートするって段取り知ってるだろうが！　まさかそのまんま入場する気かよ！」

「いいんじゃないの、別に。弱小国の王子と政略結婚……なんて思ってる彼らに、私が溺愛してる様子を見せつけても」

タイランの行動はいつも突飛で、僕は驚かされてばかりだ。

だけどその裏にはいつも、僕を一番に思っているからこその愛情がある。

後で一緒にホンスァに怒られようと決意して、僕はタイランの首にぎゅっと腕を回した。

「よろしくお願いしますね……旦那様」

「もちろんだよ、奥様」

「まったくもう……バカップルめ！」

そんな軽口を叩く僕たちに、ホンスァは呆れ顔だ。それでも優しく僕たちを見守ってくれるその眼差しが、僕は嬉しい。

タイランの腕に抱えられたまま、僕たちは隣の大広間の扉の前に立つ。

大きく開け放たれた扉から、大歓声が聞こえた。

番外編一　その後の二人

気を揉んでいた龍人国での結婚式が無事に終わりを迎え、随分経つ。

母国での挙式はあまりにも冷たいものだったし、この大国の王であるタイランの伴侶として、龍人ではない僕が値踏みされるのは覚悟していた。

だけど僕の心配をよそに、むしろ龍人たちは諸手を挙げて歓迎してくれた。タイランが幼い頃から僕を想っていたのは有名な話だったそうで、最終的には『僕と結婚できなければ世界を滅ぼす』と周囲を脅していたと聞かされた。

結婚式後の披露パーティーでそんな風にからかわれたタイランは、隣で唇を尖らせていたけれど、僕はその時どんな顔をしていただろうか。はやし立てる周囲を気にせずに、タイランは突然キスしてきたっけ。

あの日のことを思い出し忍び笑いをしていると、むっつりとしたタイランの声が落ちてくる。

「何を考えているんだい、イル」

浴室に反響する声は、拗ねたようで可愛い。揺れるお湯は乳白色だが、僕の肌に散らされた執着の印までは隠してくれない。

結婚をして、こんなに僕を愛してくれて、そして僕は全てを受け入れているというのに。この龍は何がそんなに不安なんだろう。

「考えてるのは貴方のことですよ、タイラン」

自分に嫉妬しているタイランがおかしい。

そう告げると安心したように、後ろから回された腕が緩む。触れ合う素肌が気持ちよくて、彼の胸に背中を預けることにも随分慣れてきた。

「ん……もう、駄目です」

首筋を柔らかな唇で緩く吸われる。また赤い跡が増えたら恥ずかしいのに、すっかり敏感になった身体はそれを刺激として捉え、受け入れるように震えてしまう。

僕の身体が跳ねる度、同じように揺れる水音が耳につく。

「あ……っ、ねえ、……っ、駄目ですって……あ」

背後から執拗に首筋をねぶられる。長い舌がことさらゆっくりと這い、僕の制止の声もただ甘く通り抜けていく。

「も……、さっき、したのに……っ。執務、で……っ、疲れて、て……あン」

基本的に僕ができる仕事はそう多くない。今日はその多くない仕事の中でも一番重要である、黒龍の番として彼の隣に立ち、訪問客とにこやかに挨拶を交わす仕事だったのだ。慣れない外交に気を張って、失態を犯さないように必死で笑顔を作っていた。

そんな僕の疲れを知ってか知らずか、悪戯な指が胸を探ってきた。濁ったお湯の中でも何かが見えているのか、寸分違わず先端をつままれると鼻から声が漏れる。

そこをクニクニと転がされては、強い刺激が下腹部に渦巻いて留まり続ける。

「なに、イルはゆっくりしていてくれて構わないよ。全部私がするからね」

「そういうことじゃ、っあ！」

お湯の中で、窄まりにタイランのものがすり寄せられた。すでに熱く昂ぶっていて、その段差がスリスリと尻の間を前後する。お湯がちゃぷちゃぷと波を立てた。

「駄目？　でも本当に辛いならやめるよ。だけど……ああ、本当に良い匂いがする」

甘えた声が、耳に流れ込む。少し掠れて色っぽい。

耳朶《じだ》を食《は》みながらそんな風に聞いてくるなんて、本当にずるい人だ。

「今日は、貴方の隣で……、色んな人と会って疲れました」

「うん」

「結婚式のことを思い出してて……タイランが……あ、本当にこの国の王様なんだなって……」

「そうだね。だけど私は君だけの龍だ」

振り返ると、タイランの視線とかち合った。

興奮しているのか、のぼせているのか。少し赤みを帯びた目元が扇情的だ。

「イル……」

苦しい体勢で、どちらからともなく唇が重なった。少しでも深く触れ合いたくて舌を伸ばす。

「はあ……っ、ん、ん……、まって、ください」

体勢を変えて、向き合うようにしてタイランの太ももに座った。

驚いた顔をしたタイランが可愛くて、たまらない気持ちでキスをする。

「ん、ぁ……ふ、ン」

角度をつけて舌を絡ませ、唾液を啜っても何か足りない。

「はあ……、タイラン」

「イル、キスが上手になったね。だけどこんな風に煽られたら、大人しくしていられないよ」

ガチガチに硬くなった長大なものが、僕の腹に当たっている。

その肉欲に手を沿わせると、お湯よりも熱く脈打っていた。

「っ、イル……」

切なげな声が僕を煽る。

昼間見た、外向けの落ち着いた表情とは真逆のこの顔が好きだ。僕のことだけ見てくれて、僕のことだけを求めてくれている。

疲れているのは本当だ。だけどそれと同じくらい、この男が欲しい。

執着が酷いと評判の黒龍だけど、その番である僕も大概だ。誰にも見せたくない、僕だけを見てほしい。そんな激しい感情の波に浚われる瞬間があるのだから。

腰を浮かせてその先端を窄まりに当てると、嬉しそうに龍の瞳が細められた。

ああ、本当に。愛おしくて仕方がない。全部を自分の中に収めて可愛がりたい。

「あ、あ……っ、あ、っは、う……っく、ぅ」

少しずつ、腰を上下させ奥へと入れていく。先刻まで受け入れていたおかげか、思っていたよりも辛くない。それどころか腰が勝手に揺れて快楽を拾うのだから困ったものだ。

「は、あ……っ、あ、ン、はぁっ、あ、きもち、い……」

タイランの下生えが、窄まりの縁に当たった。

「たいら、ん」

手を伸ばし、その頬に触れる。湿った長い髪の毛を耳にかけてやった。

「もう疲れたので……あとはよろしくお願いします」

可愛い可愛い夫を、僕だって甘やかしてドロドロにしてやりたい。

あとは自由にしてもいいよと、そのつもりで告げた言葉はタイランに届いただろうか。

「っ、もうっ！　君は本当に……！」

「あ、あ……！　あっ、あ！」

腰を掴まれ激しく下から突き上げられた。不規則に水面が乱れて水音が響く。

随分乱れた夜だと思うけれど。

だけど。

「好きですよ……旦那様」

愛する気持ちを伝える時間は、いくらあっても足りないのだ。

◇◇◇

「綺麗になりましたねイル様」

ユウとお茶を飲み交わしていると、唐突にそう告げられて思わず茶器を落としかけた。

「え、そ、え」

綺麗などという言葉はお世辞であり冗談だろうと思うのに、ユウはまるで眩しいものを見るようにして目を細める。

「お世辞じゃないですよ。本当に、愛されているんだなあって分かります。元々可愛らしいと思っていましたが、最近のイル様は本当に綺麗になられた」

慣れない賛辞にどう答えて良いのか戸惑ってしまう。お茶請けとしてこちらで用意したドライフルーツを口に運び、小さく「ありがとうございます」と絞り出すのが精一杯だ。

今日は青龍でありユウの伴侶のピィインが、龍の全体会議というもので黒龍領に訪れていた。生まれた世界こそ違うものの、僕と同じ人間であり男性のユウは龍人の夫を持つ者同士、こうして折に触れて親交を深めている。

季節は春に変わり、日中は外にいても温かさを感じる季節となった。そのため今日もすっかり僕たちの定番になった庭園で、のんびりティータイムを楽しんでいた。

今日のメインのお茶菓子は、ユウが持ってきてくれたどら焼きという食べ物だ。薄く焼かれた生地の間に餡が挟んである。ケーキと龍人国の餡が混ざったようなこのお菓子は、なんとユウが自作したという。

手先も器用で機知に富んだユウと過ごすのは楽しくて、いつも会話が途切れることがない。

ふとユウが押し黙り、キョロキョロと周囲を見回すと声を潜めて言った。

「その……夜の方は順調ですか」

それはいわゆる、夫婦の営みというものだろう。面映《おもは》ゆさを感じながらも、からかっている訳ではないと知っているから、僕は俯きながらも素直に答えた。

「は、はい」

「差し支えなければ、その……月に何回ほど？」

ユウは眼鏡を押し上げて、ずいと顔を寄せてきた。その表情は真剣で、僕も真面目に回答しなくてはいけない気持ちにさせられた。

「えっ、月……ですか。二十……三十……？」

タイランが黒龍領にいる間はほとんど毎日睦み合っている。日を一と数えたら良いのか、それとも朝と晩をそれぞれ一と数えるのか。達した回数であれば、もはや記憶にないから除外しよう。

「四十……ええっと」

「あ、いえ。すみません。野暮な質問をしてしまいました」

聞いてきたのはユウだというのに、逆に顔を赤くされてしまった。質問の意図は何だったのかとジッと見つめているとユウは少しだけ押し黙り、それから観念したように口を開いた。

「実は」

だがそれだけ言うとユウは再び口を閉ざした。ここまでくると僕にもユウの話したいことが掴めてきた。他人に言い出しにくいことも理解できるので、龍人国式のティーポットから茶器にお茶を注ぎ入れた。

温かい湯気がふわりと立ち上がり、土のような重い匂いが周囲に広まった。ミルクも砂糖も入れない代わりに、お茶請けには砂糖をまぶしたドライフルーツを食べるのも龍人国式だ。うんと甘い果物は、お茶の邪魔にならないようにほんの少しだけ置かれている。

今日はそこにどら焼きもある。ふわふわとしているそれをフォークで切り分け、口に運んだ。

丸い窓から聞こえてくる小鳥のさえずりが、春ののどかな雰囲気を演出していた。

「実は俺、結婚初夜からしていないんです。その、夫婦の営みを」

ユウのとんでもない告白に、思わず「本当ですか」と聞き返しそうになってしまった。

小さくなったように見える目の前の人は、嘘も冗談も言っている様子はない。それが事実なら、確かにこれだけ口ごもっていたのも理解できる。

「ええっと、それは何か特別な理由があるんでしょうか。身体の問題とか」

僕が相談に乗るのは力不足なのではないかと思ったが、他でもないユウ自身が僕を相談相手に選んでくれたのだ。彼には何度助けられたかわからない。もし僕が少しでも力になれるなら、嬉しい。

ユウはゆっくりと首を横に振ると、ずっと握ったままの茶器をより強く握った。

「初夜の朝に、二度としないと啖呵《たんか》を切ってしまったんです。その……あまりに激しくて、死んでしまうかと思ったので」

「あ、ああ。僕も次の日は熱を出したので、分かります」

それから二人で再び顔を赤くして黙り込んでしまう。乾いた喉にお茶を流し込み、先に口を開いたのはユウだった。

「だけど嫌いで断った訳じゃないんです。俺だって、ピィインを好ましいと思ったから結婚を受け入れたし、そうじゃなかったら男なんてごめんです」

その気持ちは痛い程分かる。思わず力強く頷いてしまった。

「だけどあのヘタレ男は、それ以来全然手を出してこないんです。一年ですよ、俺たちが結婚してからもう一年。ベタベタひっついて来る割に、何もしてこない。イル様を見習ってできるだけ素直になるように心がけても、可愛いなあ～って抱きしめて終わるんです。不安にだって、なります」

「あ、ひょっとして僕にくれたあの軟膏は」

初夜に使ってくれと渡してくれたあれは、ひょっとして彼自身が使うために用意していたのかもしれない。ユウは頬を染めながらも、力強く頷いた。

「あのバカみたいな男の体力に、いつでも対応できるようにしてやろうとトレーニングもしてます。そりゃ、最初に拒否した俺が悪いですよ。でも察する力がなさ過ぎるんですよあいつは……！」

ユウの溜め込んでいた不満は、堰《せき》を切ったように溢れ出した。

だけど、これはいけない。止めないと。

「え、ええっと」

「こっちは男相手の恋愛なんか初めてで戸惑ってるんですよ。しかもここは日本じゃなければピィイシも人間じゃないし、もう少し空気を読んでもらっても許されるんじゃないですか」

「そ、そうですねでもユウさん――」

「性的な興味をなくしたのかなとか、やっぱり男は無理なのかなとか、色々考えちゃうじゃないですか。素直になれない自覚はありますけど、無理矢理にでも襲ってほしい時、ありませんか？　有無を言わさず抱きしめてくれたらいいのにって思うのに、やっぱりあいつはちょっと拒絶したらヘラヘラして距離を置くんですよ。その優しさが、キツいんです」

「ええっと、そ、そうですね。でも」

「筋肉バカの体力バカですけど、だけどそういう真っすぐな所が好きなんです俺は。俺がひねくれてるって知ってるんだから、もっとグイグイ来てほしいんですけど、わがままですかね」

こんな話、きっと他の誰にもできなかったのだろう。溢れるユウの言葉に、いくら制止の声をかけようと口を挟む隙もなかった。

以前ユウも男性が恋愛対象ではないと言っていた。だからこそ彼の不安は痛い程分かる。だけど。

「あ、あのユウさん――」

「あいつは口で言う程、もう俺のことは好きじゃないのかも」

ぽつりと呟くような言葉に、彼の悩みが全て集約している気がした。

だけどそんなどこか儚《はかな》げなユウの後ろから、ぬうと太い腕が現れた。

「ユウ、そんな風に考えてたのか？　俺はずっとお前さんを愛してるって言ってただろうが」

「ぴ、ピイィイン……！　えっお前、いつからそこに……！」

ユウははっとした顔で僕を見た。少し前からタイランと共に歩いてくるのが見えていたため、ユウの言葉を止めさせようとしていたのだが、僕の力が及ばなかった。

だけどユウを後ろから抱きしめるピィインの顔を見ていたら、止めずに彼の本音を聞かせられてむしろ良かったのかもしれない。

「俺だって抱きたいと思ってた。でもまた傷つけて、もっと嫌われたらって思ったら怖くてさ」

「……別に傷ついてない。嫌いでも、ない」

素直になると決めたユウは、精一杯の言葉を紡いだ。

「好きだから、結婚したに決まってる」

「ッ、ユウ！」

ぎゅうぎゅうと抱きしめてくるピィインの腕を、ユウは振り払わなかった。

ユウの不安はきっと、解消されたのだろう。僕はただ話を聞くだけで何もできなかったけれど、大切だったのは僕よりも二人の会話だったに違いない。

「私もイルを誰より愛してるから結婚したんだよ」

隣に立つタイランもまた、僕の手を握って言葉を惜しまず愛を伝えてくれる。

ピィインと一緒に現れたタイランまで、彼らに張り合わなくてもいいのに。

「知ってますよ。僕だってそうです」

僕は笑って頷いた。そう返すだけの余裕も愛情も、タイランによって育まれてきたのだから。

番外編二　タイラン＝ヘイロウという男

赤龍。

それが俺、ホンスァ＝チィロウの持っていた肩書きだ。

この龍人国は黒龍が絶対的な君主として統括している。それは遙か昔、神がヒトと交わり、龍人が生まれたその時から、俺たち龍人にとっては身体を流れる血のような当たり前の条理だ。

広いこの龍人国は中央に黒龍領を据え、東西南北に青龍、白龍、赤龍、黄龍の種族がそれぞれ管理を任されている。

外の人間たちの国からは一つの国に見えるこの国は、実質的には各龍領が独立しているため、赤龍とは人間たちの感覚なら、赤龍たちの王と言えるだろう。

俺にとって『赤龍』は種族を示す名称であると同時に、赤龍領を統べる者だけに冠される呼び名でもあった。

俺はそんな立場だったのだ。そう、『だった』のだ。

龍人とはいえ、同族の龍であれ、全てが一枚岩ではない。良くも悪くも血気盛んな特性を持つ赤龍族は特にその傾向が強く、父の指名で赤龍を継いだ俺を良く思わない縁者も多かった。

赤龍は龍人の中でも子沢山なことで有名で、つまり俺自身にも腹違いを含めて兄弟が多い。その中には赤龍の立場を狙う者も多く、結果として俺は彼らの謀《はかりごと》の甲斐あり、その立場を退かざるを得なくなった。

それについては思うこともあるが、もう終わったことだからどうでもいい。

とにかくそんな立場にあった俺は、当時の黒龍陛下に手を差し伸べられたのだ。

――うちの息子を赤龍に、いやホンスァにお願いしたいんだ。

疲れきった俺を必要としてくれたのが、俺たち全ての龍人の主である『黒龍』だった。

触れた黒龍の手は温かくて、そこから世界に色が付いたような、光が満ちたような、そんな不思議な感覚に満たされたことを今でも覚えている。

――ほらホンスァ。うちの息子だよ。

まだ色のない真っ白な幼い龍だったが、その瞳は父親に似て聡明な黒色をしていた。

黒龍は全ての龍人の王になるために生まれてくる存在だ。全ての龍人を従える、龍人の中の龍人。それが今、俺の手のひらに収まっている感動を、どう表現したら良いのか分からなかった。彼こそが未来の黒龍なのだと、俺の全身が叫んでいた。

――タイランというんだ。良い黒龍に育ててあげたい。協力してくれるかい？

黒龍は他の色龍とは違う。『黒龍』を継承すればそれがどんなに圧政で民《たみ》を苦しめようとも、龍人は逆らえないし逆らわない。何をしても、しなくても、全ての龍人が頭《こうべ》を垂れる存在だというのに、それを理解した上で良い王であろうと努めるこの黒龍《かた》に、応えたいと思った。

黒龍に反旗を翻《ひるがえ》すような痴れ者《しれもの》もたまにはいるだろうし、それなら俺の腕っ節もお役に立てる。恩義ある黒龍陛下に報いるためにも、俺の持つ知識も技術も全てを捧げ、次代の黒龍として育て上げよう――その瞬間は確かにそう誓ったはずなのだが。

◇◇◇

「くそ！　あのクソガキ！　どこ行った！」

今日もまた、俺はちょろちょろと逃げ隠れするタイランを探し奔走していた。

賢王と名高い現・黒龍陛下の息子なのだ。幼くてもさぞかし賢い子供だろうと思っていたが、そうは問屋が卸さない。

普段はしれっとした顔で勉強をこなしている幼龍は、ふとした瞬間に隠れて大人を翻弄し楽しんでいるのだからたちが悪い。

思わず毒づいてしまう程には、タイランとは主従の垣根を越えた関係になったと思う。

昨日は人工池の赤橋に隠れ、一昨日は屋根に上って昼寝をしていた。身体の小ささと盲点をよく理解している賢いクソガキ様の相手をしていたら、しずしずと取り繕った生活などできない。

赤龍としての立場は捨てたとはいえ、幼龍に振り回される俺を見たら、かつての『赤龍』を知る赤龍族の者は卒倒したかもしれない。

最凶の赤龍なんて呼ばれていた俺だったが、黒龍領でただの龍人として暮らすようになって早十年が経っていた。

最初こそこの宮殿で元・赤龍と働くことに周囲は遠慮をしていたように思えていたが、これだけ毎日ドタバタと過ごしていたせいか、彼らとの垣根も随分低くなった。これはクソガキ――もとい、タイランのおかげと言える。周囲との距離が縮まったのは、きっと良いことなのだろう。

しかし解せないのは、黒龍に用意されたのはあくまでタイランのお目付・指南役だったはずなのに、やっていることがまるで乳母だということだ。気が付けば食事の用意から寝かしつけまで、まさにおはようからおやすみまで世話をしているのだ。

今日もタイランは小さな身体で宮殿内を走り回り、俺たち大人たちを翻弄している。

そもそも既に十歳だというのに、龍の力が強すぎるタイランはまだ人の姿を取ることができない。両手のひらにも収まるサイズで小さいから、隠れようと思えばどこへなりと隠れられる。

今日もタイランは朝からそわそわと落ち着かない様子で、さあまた逃げ出すかと気にしていたのにまんまとこのザマだ。結局俺一人では見つけられず、召使いたちも動員してすでに三時間程経つというのにまだ見つからないままだったりする。

だけどどうにも違和感を覚える。元・赤龍としての勘が、いつもとは何かが違うと訴えてくるのだ。普段であればこの規模の捜索であれば小一時間で見つけられるか、二時間もすればタイランの方が飽きて出てくる。それが今日はいくら待とうが出てくる気配がないのも気になった。

「あ～なんか変なんだよなあっ」

数日前から、どうにもタイランの心はここにあらずといった雰囲気だった。本人すら原因が分からない様子で浮ついていて、ついに人型にでもなれるのかと思っていたのだが、どうも違っていたらしい。

十歳の幼龍が宮殿内でかくれんぼをしているだけ。そう断じてしまうには、どうも今日は納得がいかない。

自分の勘というものを俺は俺なりに大事にしていて、血筋云々は言いたくないが、これは恐らく『赤龍』としての勘――すなわち警鐘なのだと思っている。

のんびりと出てくるのを待ち構えるには不安がある。仕方がない。自分が無能だと言っているようで使いたくなかった奥の手を使おう。

俺はくるりと踵を返し、王宮の中央にほど近い、奥まった部屋へと歩を進めた。品良く纏《まと》められているがよく見ると贅沢な調度品が飾られた回廊は、部屋の主を守るために複雑な造りをしている。

ここに来て十年、もう何度も行き来した部屋の前に立つと、俺は大きな扉をノックし返事を待たずにその室内に入った。

「陛下～。申し訳ありませんが息子さんを探してくださいよぉ」

「ははは、今日はホンスァでも無理かぁ」

髪の毛を掻き上げて微笑むのは、今代の黒龍陛下でタイランの父親だ。

滑らかな黒髪を後ろで結い上げ、その辺の女なら裸足で逃げ出すような中性的な美貌を持っている。見た目とは裏腹に苛烈な性格だと知っているのは、恐らくほんのわずかだろう。怒らせると怖い、それは俺がまだ『赤龍』であった頃から今まで変らない。

「今日は一段と見当たらないんですよぉ。ったくあのガキ、今度という今度は絶対しばくっ」

基本的にタイランの子育ては俺を中心に何名かの召使いでやっていて、陛下はほとんど関わらない。それは決して親として冷たい訳ではなく、立場のある龍人はそのようにして子を育てる慣習があるからだ。

平民ならばそれこそ親子で枕を並べて寝ることもあるそうだが、黒龍ともなれば万が一の暗殺や有事に備えて必要以上に接触しないのだ。

黒龍を暗殺しようなどという恐れ知らずはなかなかいないがゼロでもない。とはいえ慣習が続いているだけで、黒龍陛下自身もタイランを可愛がっていることは見て分かる。

そして俺も本気でタイランをどうこうしようなんて思っていないのは、黒龍陛下にだって分かっているのだろう。ポキポキと指を鳴らし怒りに燃える俺を気にする様子もなく、黒龍陛下は肘をついてのんびりと微笑む。

「まあ今回ばかりは仕方ないと思うよホンスァ」

「なぜです」

焦る俺とは正反対に、落ち着いて訳知り顔をする黒龍陛下だが、腹立たしいことにそれがこの方を頼った理由でもあった。

幼い龍は昔から命を落としやすい。そのため親龍は子供がある程度の年齢になるまでは居場所を大まかに把握する能力が備わっているのだ。子を持たない俺には分からないが、どの親もそうだと口を揃える。

親と子の絆だという話だが、こうやって最後にはこの人に頼まなければいけないのはなんだか癪だったりもする。

「タイランはねぇ、どうやらニヴァーナ王国に向かっているようなんだよね」

「はあ？　ニヴァーナ？」

そう聞いても俺は、そこがどこか一瞬分からなかった。それから少し考えて、この大陸で最も巨大なこの国の、膨大な数の周辺国のうちの一つだと気が付いた。長く過ごしていた赤龍領から遠く離れているというその国は、記憶の端にようやくひっかかる程度の小国だ。

「国外……それもニヴァーナ王国なんて所にタイラン様が？　なんでまた……」

国民の九割が龍人で構成されるこの国は、基本的に『龍人国』としては他国と積極的な国交とっていない。とはいえ各色龍の判断で、必要であれば貿易や交流をしている国もある。

こちらに友好的な国や重要な国は数あれど、ニヴァーナ王国とはどの色龍も一切国交を持っていないはずだ。人間至上主義の国らしく、龍人を見下しているとも聞いている。

人間の国のほとんどは、こちらの機嫌を取ろうと折に触れ物を贈り人を寄越すのにそれもない。珍しいといえば珍しい国だったはずだ。

その国に、どうしてタイランが行っているのか。

黒龍陛下は頬杖をつき、ニコニコと実に愉しそうだ。

「迷いのないこの経路は、間違いないね。多分、自分の運命を見つけたんだろう」

「それってまさか……一嗅《ひとかぎ》惚れですか？　まさか、まだ十歳ですよ？　しかも一人で国を越えて？」

一目惚れならぬ一嗅惚《ひとかぎ》れは、力の強い龍人にたまに起こる。

嗅覚が良すぎるせいか自分と相性の良い相手の匂いが分かってしまい、それに無性に引きつけられるのだ。それにしたって十歳でそれは早すぎる。

「まあ、僕の息子だしねえ。恋をするのに年齢は関係ないってことでしょ」

「だからって――、とにかく！　ニヴァーナですね⁉　探しに行かなきゃ」

「そんなに急がなくても。いくら小さくてもタイランも黒龍だよ？　ホンスァも本当に、面倒見がいいんだから」

「そういう問題じゃねえよ！　なんかこう、胸騒ぎがするんです！」

のんびりとした態度の父親の胸ぐらを掴み、予想できるタイランの行き先を吐き出させた。

慌てなくてもと言う黒龍陛下から、国宝である探知球《たんちきゅう》を奪い取る。これがあれば王の血筋の居場所が分かるという、王族には嬉しくない秘伝の宝物だ。

「うう……ホンスァ、僕一応黒龍なんだけどな」

「知ってますし、俺が探してるのも未来の大事な黒龍だ。どっちも大事に決まってるだろ」

「ホンスァ……嬉しいよ。僕と結婚する？」

「しねぇから」

うるうるした瞳で手を握る男の手首をぺしんとはたき落とした。じゃれ合ってる場合ではない。

「とにかく、タイランを探しに行ってきます」

「うんうん、よろしくねぇ」

それから大急ぎで龍の姿となり、探知球を頼りにニヴァーナ王国に入り目立たないよう探し回って一日半。川の中で流されるタイランを見つけた時には、全身から嫌な汗が噴き出した。

いかに黒龍とはいえ、さすがに幼龍が単身で国を越えるのは容易ではなかったらしい。腕の中で震えるタイランはすっかり衰弱していて、一時は本当に危なかった。

『見つけたんだ、ホンスァ。私の、私だけの相手を』

それなのにタイランは、死にそうになりながらも恋に上擦った声でそんなことを言う。

なにが一嗅《ひとかぎ》惚れだ。タイランをこんな目に合わせる相手に、怒りすら湧いた。

それから国に連れ帰って、三日三晩、寝込むタイランを必死で看病した。父親である黒龍陛下も反省したらしく、息子を心配して何度も顔を出してきた。

そしてようやく意識を取り戻したタイランが、開口一番にこう言った。

『よし、じゃあ元気になったからもう一度会いに行ってくる』

その言葉にブチ切れてしまったのは、どう考えても許されると思う。

「黒龍陛下。息子さんにまた何かあっては困りますので、王位継承まで黒龍領で軟《なん》き……外出禁止で大事に大事に、と〜っても大事に、育てませんかあ？」

「う、うん……ホンスァがそう言うなら、そうしよっかぁ」

珍しく頬をひきつらせる黒龍陛下は、あっさりと俺の脅迫……もとい提案を受け入れてくれた。

短気で苛烈な赤龍としての性質を、俺自身よく理解している。努めて笑顔を作り、忠実な家臣の顔を取り繕い黒龍陛下に進言したつもりだが、その仮面はないも同然だったかもしれない。

こうして父親である黒龍陛下の協力もあり、半ば軟禁のようにして育て上げた。それは再び危険を犯してほしくないという親心でもあったし、タイランをヘビのように扱いポイ捨てしたという人間を俺が殺さない保証がないせいでもあった。

タイランが川に流れていた原因を作った男は、運命の相手本人ではなくその兄だとしばらく後に知ったが、それでも黒龍領から出ることは許さなかった。

過保護だと笑われようとも、当のタイランに嫌がられようともだ。

◇◇◇

そうして月日は流れ、タイランが王位を継いだ。

後継者が生まれ育ち成人を迎えると、それと同時に世代交代するのが黒龍の習わしだからだ。

そうなるとタイランにも伴侶が必要となってくる。国内の有力な家から、相応しい相手を見繕っても彼は首を縦に振らない。

「あの子がいい」

ある日ぽつりと零したその言葉で、五歳の時からずっと、あの一嗅《ひとかぎ》惚れの子供に恋焦がれていたことを知る。

もう諦めてくれているだろうと、そう思っていたのは俺たちだけで、タイランはただ静かに匂うその相手を想い続けていたらしい。

「あの子でなければ他の誰もいらない。番わせないと言うのであれば、すまないが世界を滅ぼしてでも手に入れる」

「はあ……分かったよ」

長年抑圧してきた自覚はあるし、そこまで言われてしまえばこちらも折れるしかない。

タイランはもう力のない幼龍ではない。この国の龍人たちをまとめる『黒龍』だ。あの頃のように川に投げ捨てられれば、川自体を大破させることだってできるだろう。

どちらにせよ、龍人の執着の強さは理解している。黒龍ともなれば尚更だ。

そうして観念して調べていくと、タイランの相手はニヴァーノ王国の第二王子であることが分かった。だがこちらとの国交を断絶しているニヴァーナの、その国の王子との婚姻は難しいように思えた。

理由の一つは、かの国が同性愛を許容していないこと。むしろ同性同士の結婚は忌み嫌われていて、見下している龍人が相手となればさらに拒絶の声が強そうだった。

二つ目はやはり、王子を黒龍の相手として召し上げるには、いささか理由がなさすぎることだった。同性婚を良しとしない他国の王子を、どうやってこちらに伴侶として連れ出せるのか。まあいざとなれば攫《さら》ってしまえるのだが、それは最終手段として取っておきたい。

いかに穏便に、かつ可能であればタイランに好印象を持たせるように婚姻を結ぶか――そう日々頭を悩ませていたある日、青龍が文字通り飛び込んできた。

「変な女に操られて、ニヴァーナ王国に金山を渡しちまった！」

ノックもなく大慌てで執務室に飛び込み、血相を変えた様子の青龍だったが、その言葉に俺とタイランは思わず顔を見合わせた。

青龍領と隣接しているニヴァーナ王国、それはタイランの運命がいる国でもある。

「少し前からニヴァーナ王国が端っこの金山奪取でちょっかいかけて来てたんだがよ、適当に躱して遊ん……いや訓練してたはずなのに、気が付いたら金山を明け渡してたんだ！」

「へぇえ？　その話、聞いてないけど」

俺の態度に青龍はあたふたと頼んでもない言い訳を始めた。

各色龍領の統治はそれぞれに任せてある。そのため些細なことまでは黒龍の耳には入らないのだが、さすがに国土を奪われたとなれば『大したこと』に分類されると青龍も思ったのだろう。

「い、いやうちの若いやつらのいい訓練にな、なるなって対応してたはずなんだよ！　向こうにもこっちにも被害は最小限になるように指示してたし……ああいや、それはとりあえず今は良いんだよ！　とにかく妙な女が現れたと思ってから、気が付いたら金山を明け渡しちまって」

青龍の言う金山を頭に思い浮かべる。確かにあそこは数百年前に採掘済の廃金山だったはずだ。ニヴァーナ王国ではそれを知らず、もしくは表面上の調査で金の採取を目論んだのかもしれない。

曰く、それは二月《ふたつき》ほど前の出来事だという。

突如現れた女が何かを呟いた途端、彼女の——ニヴァーナ王国の要求を全て受け入れてしまったのだという。不思議と彼女に対する好意が増して、彼女が望むのであればそれを叶えてあげたいという気分になったそうだ。

「で、言われるがままに金山を渡した、と。なるほどなあ」

呆れ声を隠す気もなく呟くと、青龍は顔色を悪くする。そんなに怯えなくても、僕は『赤龍』じゃなく今はただの一般龍だから何もしないというのに。

それに。

チラリと隣を見ると、タイランはしかめ面をしている。

「酷い残り香だと思ったら、そのせいか。洗脳する古代魔術の一種かもしれないね」

言われて鼻を動かすと、確かに妙な匂いを感じた。

青龍からは腐りきった果物のような、発酵しきった山羊乳のような、そんな鼻の奥にいつまでも残る気持ちの悪い匂いがする。龍人は総じて鼻がいいが、黒龍はその感覚すら飛び抜けている。

鼻が麻痺しているのか、青龍は自分の腕をクンクンと匂う。

「うげぇ……そんな匂いがすんのかよ。ユウに嫌われちまう」

その名前に聞き覚えがなく首を傾げると、なぜか青龍は誇らしげに胸を張って告げた。

「ユウはさ、俺たちを洗脳から解いてくれた恩人なんだ。すげぇ綺麗な男でちょっと憂いがあるところがまた庇護欲をそそるっつうか。でもツンケンしちゃってるところも可愛いんだよなあ」

「はあ」

「ユウが言うには、その変な女はどうやら異世界の聖女って呼ばれてるらしいんだよ。人の好感度を操るんだと」

「なんでそのユウって奴にそんなことが分かるんだ？」

「ユウも女と同じ異世界から、女神に呼ばれて来たそうだ。間違った聖女をこっちに寄越しちまったから、その能力を無効にさせる能力を与えられたんだってよ。だから俺たちの洗脳を解けたんだぜ。すごいだろ」

その男も青龍に魅了魔術でも使ったのかもしれない。

そんな風に思えるくらいには、青龍はどこからどう見てもユウにベタ惚れの様子だった。こうなった龍人の男には、何を言っても無駄だと俺はよく知っている。

青龍からはその聖女以外の嫌な臭いはしてこないとはいえ、ユウという人物には一度会って聞き取りをする必要があるだろう。

しかし寄越された情報を整理してみると、これはどうしてなかなか悪くないかもしれない。

まず、他者を洗脳する、聖女と呼ばれる人物がニヴァーナ王国にいることが分かった。

そして、ニヴァーナ王国は聖女を使い、我が国の金山を奪った実績ができた。

この二つの事実によりこちら側としては、なんならニヴァーナ王国を制圧する免罪符すら与えられたのだ。とはいえ人間たちの国をどうにかするのも、後処理を考えると実際は面倒くさい。

「これをネタにして、縁を結ぶっていうのもありなんじゃない？」

どちらにせよもう何も採れない金山だ。くれてやってもいいとは思うが、ただでやるのも気に入らない。それならばそれを最大限利用して、例の運命を引っ張ってきたら良いかもしれない。

「悪くないね。攫《さら》うよりも平和的だし、私の好感度も上がるかもしれないし」

「お前ね、それはちょっと厚かましくない～？　あの国、反龍人主義だぜえ？」

「なに。彼も私と再会すれば、同じ胸の高鳴りを感じてくれるよ」

うっとりと夢見心地の黒龍だった。あっちもこっちも春が来て、実にまあ、めでたいことで。

叱責するでもない俺たちの様子に、青龍ピィインは事態を飲み込めず「あれ？」と声を漏らす。

タイミングが良くて助かったな。

思わずタイランと顔を見合わせ、悪い笑みが零れる。

「渡りに船とはこのことだね、ホンスァ」

「ああ、むしろでかしたな青龍。タイラン様が報奨金をくれるかもしれないぞ」

理由が分からずポカンと口を開ける青龍と、笑みを深める黒龍。

これで正々堂々正面から、王子を嫁にくれと要求できるのだ。

黒龍の愛は深い。そして執念深くもある。

まだ見ぬタイランの伴侶。彼に与えられてしまうその重すぎる愛を考え、俺は内心合掌しながら
彼らの未来を祈るのだった。

この作品に対する皆様のご意見・ご感想をお待ちしております。

おハガキ・お手紙は以下の宛先にお送りください。

【宛先】

〒150-6019 東京都渋谷区恵比寿 4-20-3 恵比寿ｶﾞｰﾃﾞﾝﾌﾟﾚｲｽﾀﾜｰ 19F
(株) アルファポリス　書籍感想係

メールフォームでのご意見・ご感想は右のＱＲコードから、
あるいは以下のワードで検索をかけてください。

アルファポリス　書籍の感想　検索

ご感想はこちらから

本書は、「アルファポリス」(https://www.alphapolis.co.jp/) に掲載されていたものを、
改題、改稿、加筆のうえ、書籍化したものです。

断罪《だんざい》された当《あ》て馬王子《うまおうじ》と
愛《あい》したがり黒龍陛下《こくりゅうへいか》の幸《しあわ》せな結婚《けっこん》

てんつぶ

2024年 2月 20日初版発行

編集－徳井文香・森 順子
編集長－倉持真理
発行者－梶本雄介
発行所－株式会社アルファポリス
〒150-6019 東京都渋谷区恵比寿4-20-3 恵比寿ｶﾞｰﾃﾞﾝﾌﾟﾚｲｽﾀﾜｰ19F
TEL 03-6277-1601（営業） 03-6277-1602（編集）
URL https://www.alphapolis.co.jp/
発売元－株式会社星雲社（共同出版社・流通責任出版社）
〒112-0005 東京都文京区水道1-3-30
TEL 03-3868-3275
装丁・本文イラスト－今井蓉
装丁デザイン－ナルティス（稲葉玲美）
（レーベルフォーマットデザイン―円と球）
印刷－図書印刷株式会社

価格はカバーに表示されてあります。

落丁乱丁の場合はアルファポリスまでご連絡ください。

送料は小社負担でお取り替えします。


ISBN978-4-434-33451-1 C0093